LE PARDON

LE PARDON

À mes parents

I
Octobre 1992

I
Octobre 1997

PROLOGUE

La veillée avait commencé au crépuscule, elle durerait jusqu'à l'aube. Peu après minuit, de lourds nuages avaient caché la pleine lune, comme si, de chagrin ou simplement par indifférence, le ciel avait décidé de fermer l'œil. Il restait six heures à attendre, dans l'obscurité. Alors le soleil rouge du matin se lèverait sur les pins et les palmiers du nord-est de la Floride. Alors, à sept heures exactement, Raul Fernandez serait mis à mort.

Une foule de gens s'était réunie devant les grilles du pénitencier de haute sécurité. De l'autre côté de la cour, l'immeuble de trois étages était silencieux. De rares lumières éclairaient la façade de la bâtisse où végétaient quelques déchets d'humanité à l'esprit brisé. Des gardes armés arpentaient les miradors. On apercevait de temps à autre leurs silhouettes, brièvement révélées par l'éclair d'une lampe torche. Il y avait moins de spectateurs que dans le temps, lorsque les exécutions capitales faisaient la une des journaux ; aujourd'hui, elles ne méritaient plus qu'une brève notice, juste à côté du bulletin météo. Cependant, l'arrivée du corbillard noir qui emporterait le corps du condamné avait été saluée par les cris habituels. Ceux qui braillaient et conspuaient le plus bruyamment buvaient de la bière debout sur leurs camions. Ils brandissaient des bannières portant l'inscription : ALLEZ, L'ÉTINCELANTE ! C'est ainsi que les partisans de la peine de mort avaient amicalement surnommé la chaise électrique. Les parents de la victime regardaient à travers les grilles, attentivement. Tranquilles, déterminés, ils attendaient le châtiment, faute d'avoir pu trouver un sens ou une justification au meurtre de leur fille. De l'autre côté de la route, les vieux enfants de la Flower Generation avaient allumé des bougies et jouaient de la guitare en invoquant les noms de Joan Baez et de John Lennon. Leurs visages tendus étaient marqués par l'âge et le poids des problèmes du monde. Agenouillées, des religieuses priaient tandis qu'un groupe de militants du quartier de Little Havana s'époumonaient en espagnol : « *Raul es inocente, inocente !* »

Derrière les murs de brique et les fenêtres grillagées du pénitencier, Raul Fernandez venait de terminer son dernier repas – ailes de poulet au miel et pommes de terre sautées à volonté – avant d'aller pour la dernière fois chez le coiffeur de la prison. Escorté par des gardiens armés revêtus de leurs uniformes beige et brun, il prit place sur le siège en cuir usé du coiffeur, un fauteuil presque aussi inconfortable que le trône en bois qu'on lui avait réservé pour mourir. Les gardiens l'attachèrent. L'un d'eux resta près du prisonnier tandis que l'autre se postait devant la porte.

« Le coiffeur sera là dans une minute, dit l'un des gardes. Tiens-toi tranquille. »

Immobile, droit sur sa chaise, Fernandez semblait attendre le courant électrique. Les yeux injectés de sang, il fixait les murs et le carrelage d'un blanc immaculé qu'éclairait crûment un plafonnier, blanc lui aussi. Il s'autorisa un instant d'amère ironie en constatant que même les gardes étaient blancs.

En fait, tout était blanc, sauf l'homme qui devait mourir, Raul Fernandez, l'un des milliers de réfugiés cubains qui avaient débarqué à Miami en 1980 sur le *Mariel*. Un an plus tard, il était arrêté pour meurtre au

JAMES GRIPPANDO

LE PARDON

BELFOND

Cet ouvrage a été publié sous le titre original :
THE PARDON
par Harper Collins Publishers, New York

Traduit de l'américain
par Arlette Stroumza

Le Code de la propriété intellectuelle n'autorisant, aux termes des paragraphes 2 et 3 de l'article L. 122-5 (2° et 3° a), d'une part, que les « copies ou reproductions strictement réservées à l'usage privé du copiste et non destinées à une utilisation collective » et, d'autre part, que les analyses et les courtes citations dans un but d'exemple ou d'illustration, « toute représentation ou reproduction intégrale ou partielle faite sans le consentement de l'auteur ou de ses ayants droit ou ayants cause est illicite » (art. L. 122-4).
Cette représentation ou reproduction, par quelque procédé que ce soit, constituerait donc une contrefaçon sanctionnée par les articles L. 335-2 et suivants du Code de la propriété intellectuelle.

© James Grippando, 1994. Tous droits réservés.
© Belfond 1995 pour la traduction française.
ISBN 2-266-08511-5

premier degré. Le jury le déclara coupable en moins de temps qu'il n'avait fallu à sa jeune victime pour s'étouffer dans son propre sang. Le juge le condamna à mourir sur la chaise électrique. Pendant dix ans, tout avait été tenté pour le sauver. Mais aujourd'hui, son heure avait sonné.

« Salut, Bud », dit le garde qui se tenait près de la porte.

Le prisonnier vit entrer le coiffeur, un homme ventripotent, aux oreilles en chou-fleur, affligé d'une coupe de cheveux à la légionnaire. Ses mouvements étaient lents et méthodiques ; il semblait apprécier le fait que pour Fernandez chaque instant eût le goût de l'éternité. Debout à côté de son client captif, sa fidèle tondeuse électrique dans une main et dans l'autre une tasse en plastique remplie d'un thé épais et noir, le plus épais et le plus noir qu'ait jamais vu Fernandez, il prenait des poses avantageuses.

« Juste à l'heure », marmonna-t-il entre ses dents jaunies par le tabac. Puis il cracha dans sa tasse et la posa sur une table avant de regarder attentivement Fernandez. « Y a pas à dire, rien de rien, t'es juste comme à la télé », constata-t-il d'un air réjoui.

Impassible, Fernandez ne réagit pas.

« Une belle petite coupe à la Louis Armstrong, voilà ce qu'on va se faire aujourd'hui », continua-t-il en s'emparant de son rasoir électrique.

Les cheveux noirs et bouclés tombaient par paquets ; le rasoir réduisait l'épaisse tignasse du prisonnier à une espèce de meule où brillaient des gouttes de sueur. Lorsque ce fut le moment, le garde remonta les jambes du pantalon de Fernandez et le coiffeur le rasa autour des chevilles. Désormais, le prisonnier pouvait être branché aux deux extrémités, la tête chauve et les chevilles nues conduiraient à bon port la charge de kilowatts qui brûlerait sa peau, ferait bouillir son sang et anéantirait sa vie.

Le coiffeur recula d'un pas pour admirer son œuvre.

« C'est y pas une belle coupe, ça ? lança-t-il avant d'ajouter : Et garantie à vie, en plus ! »

Les gardes s'esclaffèrent. Fernandez serra les poings.

Un coup frappé à la porte soulagea la tension. Le garde fit tinter ses clés en ouvrant. Raul tendit l'oreille pour saisir ce qui se murmurait, mais sans y parvenir. Le gardien se tourna enfin vers lui, l'air ennuyé.

« Fernandez, on te demande au téléphone. C'est ton avocat. »

Raul sursauta.

« Allons-y », ordonna le garde en prenant le prisonnier par le bras.

Ce dernier bondit de sa chaise.

« Doucement ! » dit le gardien.

Fernandez connaissait la musique. Il tendit les bras pour que le garde lui passe les menottes, puis s'agenouilla pour que l'autre garde puisse lui attacher les chevilles en se tenant derrière lui. Il se releva lentement mais impatiemment, et, aussi vite que le lui permettaient ses chaînes et son escorte, il franchit la porte et s'élança dans le couloir. Un instant plus tard, il se trouvait dans le petit local où les prisonniers recevaient les appels de leurs avocats. Par la porte vitrée, les gardiens pouvaient surveiller leurs prisonniers sans entendre les conversations, protégées par le secret.

« Alors, qu'est-ce qu'ils ont dit ? »

À l'autre bout du fil, le silence n'augurait rien de bon.

« Je suis désolé, Raul, dit enfin l'avocat.

– Non ! » Il tapa du poing sur la table. « C'est impossible. Je suis innocent ! » Il tentait de reprendre son souffle, passait avidement le local en revue, à la recherche d'une porte de sortie.

« Je t'avais promis de ne pas te raconter de bobards, Raul, continua l'avocat d'une voix calme. Nous avons tout essayé, tous les recours possibles. Et ça ne pourrait pas être pire. Non seulement la Cour suprême rejette toute demande de délai, mais elle interdit à tout autre tribunal du pays de te l'accorder.

— Mais pourquoi ? Je veux savoir pourquoi, nom de Dieu !

— La Cour n'a pas donné de raisons. Elle n'y est pas obligée.

— Alors, explique-moi, toi. Que quelqu'un m'explique pourquoi un truc pareil m'arrive à moi, bon Dieu ! »

Un long silence s'ensuivit.

Raul se passa la main sur la tête, incrédule. L'étrange sensation que lui procura son crâne chauve ne donna que plus de poids à ce qu'il venait d'entendre.

« Il doit y avoir... un moyen, un moyen quelconque. Il faut arrêter ça, dit Raul, la voix tremblante. On est déjà passés par là, tous les deux. Fais comme la dernière fois. Remplis un nouveau dossier, fais encore appel, écris une motion ou n'importe quel truc, vous devez savoir quoi, vous, les avocats ! Gagne du temps. Et vite. Ils m'ont déjà rasé la tête, les salauds ! »

L'avocat soupira si profondément que la ligne grésilla.

« Allez, ajouta Fernandez, désespéré, il doit bien y avoir quelque chose à faire.

— Une chose, peut-être », répondit l'avocat sans enthousiasme.

Fernandez serra les poings, l'espoir lui redonna vie, une fois encore. « Vas-y, mon pote ! s'exclama-t-il.

— Je te préviens, c'est à mille contre un, poursuivit l'avocat. On a peut-être un nouvel angle : je vais demander au gouverneur de commuer ta peine. Mais ne te fais pas d'illusions. Prépare-toi au pire. Le gouverneur a signé ton décret d'exécution. Je vois mal pourquoi il ferait marche arrière et t'accorderait la perpète en échange. Tu comprends ce que je te dis ? »

Fernandez ferma les yeux, tenta d'oublier sa peur. Il n'abandonnait pas tout espoir. « Je comprends, mec, vraiment. Mais essaie, essaie, c'est tout. Et merci, mec, merci pour tout. Que Dieu te bénisse », ajouta-t-il avant de raccrocher.

Il respira profondément et regarda l'heure. Deux heures huit. Cinq heures encore à vivre.

CHAPITRE PREMIER

À cinq heures du matin, le gouverneur Harold Swyteck réussit enfin à s'endormir. Les nuits d'exécution, il ne trouvait jamais le sommeil. Cela en aurait étonné plus d'un : en effet, le gouverneur ne perdait jamais une occasion de mettre l'accent sur la nécessité de se débarrasser de tous les bons à rien qui encombraient les antichambres de la mort dans les prisons de Floride. Ancien policier, puis magistrat, Harry Swyteck avait appuyé toute sa campagne électorale sur un programme hypersécuritaire : « La loi et l'ordre ». Il réclamait de nouvelles prisons, des condamnations plus lourdes et davantage d'exécutions capitales. Ainsi enraierait-on, selon lui, la criminalité galopante en Floride. Aussitôt élu, avec une marge confortable, il avait donné les preuves de sa détermination. En janvier 1990, le jour même de son investiture, il avait signé son premier décret d'exécution. Et, durant les vingt et un mois suivants, il avait envoyé plus de criminels à la chaise électrique que les deux précédentes administrations réunies.

Quelques minutes après cinq heures, une sonnerie aiguë tira le gouverneur de sa somnolence. Harry tendit le bras pour faire taire son réveil, mais la sonnerie persista.

« C'est le téléphone », marmonna sa femme.

Sur le téléphone mural, une lumière rouge s'était allumée, signalant un appel de son service de sécurité.

Il se cogna le petit orteil contre le lit en se dirigeant vers l'appareil et jura. « Qu'est-ce que c'est ? grogna-t-il en décrochant.

— Ici la sécurité, monsieur le gouverneur.

— Je sais que c'est vous, Mel. Mais qu'est-ce qui se passe ? »

L'agent, mal à l'aise comme quiconque aurait réveillé son patron avant l'aube, répondit d'une voix contrainte. « Il y a quelqu'un qui veut vous voir, monsieur. Au sujet de l'exécution. »

Le gouverneur s'efforça de reprendre son calme. Il n'y avait aucune raison de faire subir au garde responsable de sa sécurité la colère due à un orteil douloureux et à une nuit sans sommeil. « Mel, s'il vous plaît, vous ne pouvez pas me réveiller pour chaque illuminé qui vient frapper à ma porte. Il y a une marche à suivre pour ces choses-là. C'est pour ça que j'ai des adjoints. Appelez-les. Et maintenant, bonne nuit.

— Je comprends, monsieur, vous avez raison. Mais c'est un cas particulier. Il dit qu'il a des informations à vous communiquer, qui vous persuaderont de l'innocence de Fernandez.

— Qui est-ce, cette fois ? demanda Harry en soupirant. Sa mère ? un ami de la famille ?

— Non, monsieur. Cette personne dit... ce monsieur dit qu'il est votre fils. »

Tout d'un coup, le gouverneur n'avait plus sommeil. « Faites-le entrer », dit-il avant de raccrocher. Il regarda l'heure. Presque cinq heures et demie. Il restait quatre-vingt-dix minutes. *Drôle d'heure pour ta première visite en cette demeure, fils.*

Jack Swyteck se tenait sur le perron, incapable de déchiffrer le visage impassible de son père.

« Eh bien, eh bien », lança ce dernier, en peignoir de bain monogrammé, debout sur le seuil de la porte ouverte. Jack était son fils unique. Sa mère était morte quelques heures après sa naissance, vingt-six ans auparavant. Il avait eu beau essayer, le gouverneur n'avait jamais vraiment réussi à le lui pardonner.

« J'ai à te parler boulot, dit Jack. Je te demande dix minutes. »

Avec ses yeux noirs et pénétrants, Jack ressemblait indubitablement à son père. Ce dernier l'observa quelques instants en silence. Il portait un pantalon en jean délavé, un blouson et des bottes de cuir. À première vue, on l'aurait pris pour un chanteur de country, mais son aisance d'élocution, qui lui avait permis de décrocher haut la main un diplôme de droit à Yale, démentait rapidement cette impression. À vingt ans, son père avait la même allure et, plus de trente ans après, gardait la même silhouette mince et les épaules carrées. Diplômé de l'université de Floride en 1965, il avait choisi de devenir policier, puis politicien. Grand sportif, redoutable escrimeur, il avait toujours su esquiver les coups, les rendre, et toucher son adversaire dès qu'il baissait sa garde. Son fils n'avait jamais pris le risque de commettre cette erreur.

« Entre », dit Harry.

Jack ferma la porte derrière lui et suivit son père dans la maison, qu'il trouva moins luxueuse qu'il ne l'aurait cru. Élégante, mais simple, avec ses hauts plafonds à caissons et ses parquets marquetés ; lustres de cristal, tapis d'Orient et rares meubles anciens ajoutaient une note historique à cette vénérable demeure.

« Assieds-toi », lui proposa le gouverneur tandis qu'ils entraient dans la bibliothèque.

Les sombres boiseries de cette pièce rappelaient à Jack la maison où il avait grandi. Il s'installa sur un fauteuil en cuir, devant la cheminée, étendit les jambes et posa irrespectueusement ses bottes sur la tête du gros ours brun d'Alaska que son père avait chassé quelques années auparavant, avant de le transformer en tapis. Le gouverneur détourna son regard et se retint de demander à son fils de se tenir droit. Il passa derrière le grand bar en chêne et remplit un verre de glaçons.

Jack pensait que son père avait cessé de boire. C'était la première fois qu'il le voyait depuis qu'il occupait ses prestigieuses fonctions. « Tu as vraiment besoin d'un verre ? Comme je te l'ai dit, j'ai à te parler boulot. »

Le gouverneur lui jeta un regard noir et se servit un plein verre de Chivas. « Ça, dit-il en levant son verre, ça n'a rien à voir avec ton boulot. Santé. » Il but une longue gorgée.

Jack se contenta de le regarder et s'efforça de se concentrer sur la raison de sa visite.

La voix du gouverneur claqua comme un fouet : « Eh bien, combien de temps y a-t-il que nous ne nous sommes ni vus ni parlé ? Je ne m'en souviens même plus. »

Jack haussa les épaules. « Deux ans, deux ans et demi...

— Depuis la cérémonie de remise de ton diplôme de droit, c'est ça ?

— Non. » Jack retint une ombre de sourire. « Depuis que je t'ai annoncé que j'entrais à l'institut pour la Liberté.

— Ah oui, l'institut pour la Liberté, répondit Harry Swyteck en soupirant. Cet endroit où les avocats mesurent leurs succès au nombre d'assassins, de violeurs et de voleurs qu'ils renvoient dans la rue. Cet endroit où des libéraux au cœur tendre volent au secours des coupables avec une bonne conscience inébranlable sous prétexte qu'ils ne prennent pas un sou à la vermine qu'ils défendent. » Et il ajouta, l'air chagrin : « L'endroit, le seul endroit où je souffrirais de te voir travailler, et tu savais à quel point. »

Jack s'agrippa au bras de son fauteuil. « Je ne suis pas venu ici pour remettre ces vieilles histoires sur le tapis.

— J'en suis sûr. Et pourtant, ça recommence. Remarque, la dernière fois, ça s'est passé d'une façon un peu plus violente que d'habitude. Mais ce n'était pas plus grave, finalement, que toutes les autres fois où tu as essayé de me rejeter hors de ta vie. Tu n'as jamais admis que je ne voulais que ton bien. »

Jack était sur le point de se lancer dans un commentaire acerbe sur la prétendue infaillibilité de son père lorsque son attention fut attirée par une vieille photographie sur une étagère. On les voyait tous les deux, en mer, à la pêche au gros, lors d'un de leurs rares moments de bonheur partagé. *Tu peux toujours essayer de me coincer à la première occasion, papa. N'empêche que tu as gardé cette photo bien en vue, pas vrai ?*

« Je sais, reprit Jack, il y a beaucoup de choses dont nous devrions parler. Mais ce n'est pas le moment, je ne suis pas venu pour ça.

— Tu es venu parce que Raul Fernandez doit mourir sur la chaise électrique dans... » Le gouverneur consulta sa montre : « ... dans exactement quatre-vingts minutes.

— Je suis venu parce qu'il est innocent.

— Ce n'était pas l'opinion des douze jurés, Jack.

— Ils ne savaient pas tout.

— Ils en savaient assez pour le condamner en vingt minutes de délibération. Je connais des jurys qui ont mis bien plus longtemps à choisir leur porte-parole.

— Vas-tu enfin m'écouter ? » jeta Jack. Puis il reprit, plus calmement : « S'il te plaît, papa, écoute-moi. »

Le gouverneur se versa un autre verre. « D'accord, je t'écoute. »

Jack se pencha vers lui. « Il y a cinq heures, un homme m'a téléphoné. Il m'a dit qu'il avait besoin de me voir en tant que client, qu'il avait des informations confidentielles à me communiquer. Il ne m'a pas donné son nom mais, comme il affirmait que c'était une question de vie ou de mort, j'ai accepté de le recevoir. Il est arrivé dix minutes plus tard, le visage dissimulé sous une cagoule. D'abord, j'ai pensé que c'était un voleur, mais en fait il voulait me parler de Fernandez.

Et... » Jack ne quittait pas son père des yeux. « ... en moins de cinq minutes, il m'a convaincu de l'innocence de Fernandez. »

Sceptique, le gouverneur lança : « Et que t'a révélé ce mystérieux visiteur ?

— Je ne peux pas te le dire.

— Pourquoi ?

— Il est mon client. Je suis tenu au secret professionnel. Je n'ai pas vu son visage, je suppose que je ne le verrai jamais, mais, légalement, je suis son avocat. Tout ce qu'il m'a confié est protégé par le secret professionnel, à moins qu'il ne m'autorise à le divulguer. Et il refuse.

— Alors, qu'es-tu venu faire ici ? »

Jack lança un regard navré à son père. « Je suis venu te dire qu'un innocent va mourir sur la chaise si tu ne sursois pas à l'exécution de Fernandez. »

Le gouverneur arpentait lentement la pièce, son verre dans une main et la bouteille dans l'autre. Il s'assit en face de Jack. « Je te le demande encore une fois : Comment sais-tu que Fernandez est innocent ?

— Comment je le sais ? hurla Jack, rouge d'exaspération. Pourquoi me demandes-tu toujours plus que je ne peux te donner ? Pourquoi crois-tu que je suis venu ici en pleine nuit ? Je t'ai dit tout ce que j'avais le droit de dire du point de vue légal et éthique. Ça ne te suffit pas ?

— Je te répète qu'il me faut des preuves. Je ne peux pas surseoir à une exécution pour rien...

— Donc, ma parole ne vaut rien, traduisit Jack.

— En l'occurrence, non. Tu es l'avocat, et je suis le gouverneur.

— Non. En l'occurrence, je suis le témoin et tu es l'assassin. Parce que tu vas faire exécuter Fernandez et que je sais qu'il est innocent.

— Comment le sais-tu ?

— Parce que ce soir j'ai rencontré le vrai meurtrier.

Il a avoué. Il a fait plus qu'avouer, il m'a montré une preuve.

— C'est-à-dire ? s'enquit le gouverneur, subitement intéressé.

— Je n'ai pas le droit d'en dire plus. Je suis déjà allé trop loin. »

Le gouverneur se cala dans son fauteuil. « Tu ne trouves pas que tu es un peu naïf ? demanda-t-il à son fils avec un petit sourire paternaliste. Replace ces informations de dernière minute dans leur contexte. Fernandez est un tueur condamné. Lui et ses amis sont au désespoir. Ils n'ont plus rien à perdre. Ce prétendu client qui a sonné à ta porte n'est sans doute qu'un cousin, un frère ou un copain de Fernandez, qui ferait n'importe quoi pour gagner du temps.

— Tu n'en sais rien.

— C'est vrai, reconnut le gouverneur avec un soupir, les yeux baissés, en se frottant les tempes. On n'est jamais sûr. Voilà sans doute pourquoi je me suis mis à ça, ajouta-t-il en montrant la bouteille de scotch. Mais il faut considérer la situation objectivement. J'ai fondé toute ma campagne sur le respect de la loi et le maintien de l'ordre. J'ai milité activement pour la peine de mort, j'ai promis de l'appliquer sans faillir, et à l'époque je comptais bien tenir parole. Depuis que je suis en fonctions, j'ai appris qu'il n'est pas si facile de signer un décret d'exécution. Tu as vu ces formulaires, n'est-ce pas ? Ils sont assez impressionnants, avec leurs bords noirs et le sceau officiel de l'État... Mais as-tu jamais lu ce qui est écrit dessus ? Moi, oui, crois-moi. » Sa voix faiblit. « Un pouvoir pareil, ça monte à la tête, si tu n'y prends pas garde. Bon sang ! »

Il but une gorgée et ricana. « Quand je pense que ce sont les docteurs qui se prennent pour des dieux ! »

Étonné par ces confidences, Jack ne répondit pas immédiatement ; son père ne donnait pas souvent à entendre qu'il avait une conscience. « C'est bien pour cela qu'il faut que tu m'écoutes, dit-il enfin. Pour être sûr de ne pas commettre une erreur.

— Ce n'est pas une erreur, Jack. Ce que tu ne dis pas parle contre toi. Tu refuses de renoncer au secret professionnel, même pour me convaincre de changer d'avis. Je respecte ton attitude, Jack, mais tu dois respecter la mienne. J'obéis à des règles. J'ai des obligations, tout comme toi. Et mes électeurs attendent de moi que je mette en œuvre le programme sur lequel ils m'ont élu.

— Ce n'est pas la même chose.

— C'est vrai. Et voilà pourquoi tu ne dois rien te reprocher quand tu t'en iras d'ici. Tu as fait de ton mieux. Maintenant, c'est à moi de prendre une décision. Et je l'ai prise. Je ne crois pas à l'innocence de Raul Fernandez. Toi, tu y crois. Tu n'as donc aucune raison de te sentir responsable de sa mort. »

Jack regarda son père dans les yeux. Il savait ce que souhaitait ce dernier : une sorte de reconnaissance mutuelle et tacite, l'assurance que son fils ne lui tiendrait pas rigueur de se conformer à ce qu'il considérait comme son devoir. Harold Swyteck voulait l'absolution – le pardon.

Le jeune homme détourna le regard. Il ne devait pas faiblir. Il ne faiblirait pas. « Ne t'inquiète pas, je ne me reprocherai rien. Comme tu me l'as toujours dit, nous sommes tous responsables de nos actions. Si un innocent meurt sur la chaise électrique, tu es le gouverneur, c'est toi le responsable. C'est toi qui seras à blâmer. »

Les paroles de Jack obtinrent le résultat escompté. Le gouverneur rougit de fureur et oublia tout désir de conciliation. « Personne n'est à blâmer, déclara-t-il. Personne, sauf Fernandez. On t'a pris pour un con. Fernandez et sa clique se servent de toi. À ton avis, pourquoi ce type ne t'a-t-il même pas donné son nom, ni montré son visage ?

— Parce qu'il ne veut pas être arrêté. Mais il ne veut pas non plus qu'un innocent meure à sa place.

— Un assassin, un type qui a commis un crime aussi abominable, ne voudrait pas qu'un innocent meure à sa place ? » Harry Swyteck hocha la tête avec condescendance. « Laisse-moi rire ! Vois-tu, Jack, aussi paradoxal que cela puisse paraître, parfois je suis heureux que ta mère n'ait pas vécu assez vieille pour voir quel crétin elle a mis au monde. »

Jack bondit hors de son fauteuil. « Je ne t'autorise pas à me traiter de...

— Je suis ton père ! hurla Harry. Tu n'as rien à m'autoriser, ni à m'interdire !

— Je ne veux rien entendre. Je ne t'ai jamais rien demandé. Et je ne te demanderai jamais rien, jamais ! » Jack s'élança vers la porte.

« Attends ! » Le ton de Harry figea le jeune homme sur place. Il se retourna lentement vers son père. « Et maintenant écoute-moi bien, mon garçon. Fernandez sera exécuté ce matin, parce que je ne crois pas à ces balivernes sur son innocence. Pas plus que je n'ai cru à l'ultime version du dernier *innocent* que nous avons exécuté, celui qui prétendait avoir frappé sa petite amie à coups de poignard par accident. » Il s'arrêta, à bout de souffle, et reprit : « Par accident, vingt et un coups.

— Tu es devenu un vieillard à l'esprit incroyablement étroit », dit Jack.

Le gouverneur était debout devant le bar. « Va-t'en, Jack. Sors de ma maison. »

Jack traversa le hall en massacrant de ses bottes les délicats parquets de la demeure. En ouvrant la porte, il entendit tinter les glaçons dans le verre de son père. « À ta santé, gouverneur ! » Sa voix retentit dans le hall. « Bois, fais-nous plaisir ! Bois à en crever ! »

Il claqua la porte et s'éloigna sans se retourner.

CHAPITRE 2

Raul Fernandez était dans sa cellule ; assis sur le bord de sa couchette, tête baissée, les mains coincées entre les genoux, il attendait l'heure si proche de sa mort. Le père Ramirez, un prêtre catholique, se tenait à son côté, un rosaire déployé sur l'un de ses genoux. Sur l'autre, une bible était ouverte. Il observait le condamné avec commisération, désespéré de ne pas trouver le chemin de son âme.

« Le meurtre est un péché mortel, Raul. Et il n'y a pas de place au paradis pour ceux qui meurent sans avoir confessé leurs péchés mortels. Jésus l'a déjà dit à ses disciples : "Celui à qui vous pardonnez ses péchés sera pardonné." Confesse-toi, Raul, et tu seras absous. »

Fernandez le regarda droit dans les yeux, avec toute la sincérité dont il était capable : « Mon père, à l'heure qu'il est, je n'ai rien à perdre à dire la vérité. Et, je vous le répète : je n'ai rien à confesser. »

Le père Ramirez, le visage impassible, frissonna en entendant la clé tourner dans la serrure.

« C'est l'heure », dit le garde. Ils entrèrent à deux dans la cellule pour accompagner Fernandez. Le père Ramirez se leva, fit le signe de croix sur le prisonnier et recula. Fernandez ne bougea pas.

« Allons, ordonna le garde.

— Donnez-lui une minute, demanda le prêtre.
— On n'a pas le temps », s'emporta le garde en faisant un pas vers le prisonnier.

Fernandez bondit soudain sur le garde, tête baissée. Ils tombèrent tous les deux. « Je suis innocent ! » hurlat-il en battant des bras. La matraque du second garde entra en action. Les coups s'abattaient sur le dos et les épaules de Fernandez, qui se trouva vite réduit à l'immobilité.

« Putain de cinglé ! s'écria le garde qui était tombé. Passe-lui les menottes », dit-il à son acolyte en maintenant le prisonnier sur le ventre. Les deux hommes lui attachèrent les bras derrière le dos, enchaînèrent ses chevilles.

« Je suis innocent ! continuait Fernandez, le visage écrasé sur le ciment. Je suis innocent !
— Va au diable », marmonna le garde qui s'était battu avec le condamné. Il sortit une bande de cuir de sa poche et bâillonna étroitement Fernandez.

Les gardes relevèrent leur prisonnier sans ménagement, sous l'œil horrifié du père Ramirez. Comme Fernandez n'avait pas encore recouvré ses esprits, ils le secouèrent, car la loi exige que les hommes marchent à leur mort imminente en toute conscience. Les gardes le prirent chacun par un bras et l'entraînèrent hors de la cellule.

Pensif, troublé, le prêtre suivit la petite procession dans le couloir violemment éclairé. Aucun des nombreux condamnés à mort auprès desquels il avait rempli son office n'avait lutté comme celui-là. Aucun n'avait proclamé son innocence avec tant de vigueur.

Ils s'arrêtèrent devant la porte en fer de la chambre des exécutions qui glissa lentement sur ses rails. Les gardes remirent alors leur prisonnier à deux assistants spécialisés, aux mouvements rapides et efficaces. Tandis que la pendule égrenait les précieuses secondes, ils attachèrent Fernandez sur le lourd fauteuil en chêne, fixèrent les électrodes sur sa tête rasée et sur ses chevilles, lui ôtèrent son bâillon et le remplacèrent par un mors en acier.

Le silence n'était troublé que par le sifflement des tubes fluorescents fixés au plafond. Les gardes recouvrirent le visage de Fernandez d'un capuchon et prirent place le long du mur verdâtre. Des stores s'ouvrirent, exposant le condamné aux trois douzaines de témoins qui attendaient derrière la cloison vitrée. Des journalistes s'agitèrent. Un représentant du procureur, impassible, observait la scène. L'oncle de la victime, le seul membre de la famille présent, poussa un profond soupir. Tous les yeux étaient fixés sur l'horloge, sauf ceux de l'homme qui allait mourir. Le capuchon les recouvrait, ainsi qu'un bandeau de cuir qu'on avait étroitement serré autour de sa tête, afin d'empêcher ses globes oculaires de jaillir hors de leurs orbites lorsque le courant passerait.

Le père Ramirez pénétra dans la zone réservée au public. Le garde l'interrogea. « Vous allez le regarder passer, celui-là, mon père ? demanda-t-il à voix basse.

— Je ne regarde jamais, vous le savez bien, répondit le prêtre.

— Il y a un début à tout.

— En effet, rétorqua vivement le père Ramirez. Et si mon instinct ne me trompe pas, je ne peux espérer qu'une chose : c'est que nous n'assistions pas à la première d'une série d'exécutions d'innocents. » Puis il ferma les yeux et se mit à prier.

Le garde détourna le regard et s'empressa d'oublier ces paroles accusatrices. Il n'était, après tout, pas plus responsable de cette exécution que le premier quidam venu. Ce n'était pas lui qui avait condamné cet homme à mort, ce ne serait pas lui qui appuierait sur le bouton.

À cet instant, la trotteuse indiqua l'heure juste. Le directeur donna le signal, et toutes les lumières de la prison faiblirent tandis que deux mille cinq cents volts traversaient le corps du prisonnier. Son buste se tordit vers l'avant, son dos se cambra, sa peau fuma et grésilla. Il mordit si fort dans le mors en acier que ses dents se fracassèrent. Ses doigts se crispèrent si violemment sur les bras du fauteuil que ses os craquèrent.

Un deuxième choc alla droit à son cœur.

Le troisième n'était qu'une formalité, pour s'assurer que le travail était fait.

Cela avait duré un peu plus d'une minute – les dernières et les plus longues soixante-sept secondes des trente-cinq années de cette vie. Un ventilateur se mit en route, pour éliminer l'odeur. Le médecin s'avança, posa un stéthoscope sur la poitrine du prisonnier et écouta.

« Il est mort », annonça-t-il.

Le père Ramirez rouvrit les yeux en soupirant profondément, puis baissa la tête et se bénit lui-même d'un signe de croix. « Que Dieu nous pardonne, murmura-t-il, et accueille l'innocent. »

II

Juillet 1994

CHAPITRE 3

Eddy Goss était inculpé d'un acte d'une violence si peu commune que lui-même s'en étonnait. La première fois qu'il avait vu la jeune fille, elle sortait de l'école et rentrait chez elle à pied, vêtue de son uniforme de gymnastique. Il lui avait donné environ seize ans. C'était tout à fait son genre de fille : de longs cheveux blonds tombant sur les épaules, un joli petit corps aux douces rondeurs et, surtout, pas de maquillage. Une fraîcheur qui lui plaisait, qui lui disait qu'il serait le premier.

Le temps qu'il la rattrape, elle s'était rendu compte de quelque chose, il en était sûr. Elle regardait derrière elle, pressait le pas. Il supposa qu'elle avait peur, trop peur, en fait, pour réagir. En effet, il ne lui fallut que quelques secondes pour la faire entrer de force dans sa Ford Pinto. À une dizaine de kilomètres de la ville, dans une pinède à l'écart de la nationale, il posa un couteau sur sa gorge et lui ordonna de faire tout ce qu'il lui demanderait. Elle accepta, bien entendu. Avait-elle le choix ? Elle souleva sa jupe, ôta son collant et ne bougea pas pendant qu'Eddy fouillait son vagin de ses doigts. Mais elle se mit bientôt à pleurer, de gros sanglots qui rendirent Eddy furieux. Il détestait qu'elles pleurent. Il lui passa donc son collant autour du cou, et serra. Et tira si fort qu'il réussit son coup : il lui rompit les vertèbres et la décapita.

Eddy Goss était fier de ce qu'il avait accompli. On allait le juger. Son avocat s'appelait Jack Swyteck.

Le jury avait délibéré et s'apprêtait à entrer dans la salle d'audience. Une étudiante infirmière. Un conducteur de bus. Un gardien d'immeuble. Cinq Noirs, deux juifs. Quatre hommes, huit femmes. Sept ouvriers, deux professions libérales, trois inclassables. Mais les impressions personnelles ne comptaient plus pour Jack. Ces hommes et ces femmes avaient pris une décision collective. Debout par rangées de six, ils fixaient l'espace vide qui les séparait du juge, cette espèce de scène de théâtre où les avocats qui défendent les coupables bluffent et lancent leurs arguments de quatre sous en espérant rafler la mise.

Jack essaya de lire sur leurs visages. Il plaidait depuis quatre ans et avait assez l'habitude de ces situations pour garder une apparence de calme, mais l'adrénaline affluait dans ses veines en ce dernier jour d'un procès qui avait fait la une des journaux pendant plus d'un mois. Il n'avait pas beaucoup changé en deux ans ; un regard un peu plus cynique, peut-être, et quelques mèches grises qui le vieillissaient. Il boutonna son costume rayé et jeta un rapide regard à son client, debout à côté de lui.

« Asseyez-vous », lança le juge aux cheveux blancs à la salle bondée.

L'accusé braquait son regard sombre sur les membres du jury, qui reprenaient leurs places. Son expression était aussi tendue que celle d'un soldat déminant un champ. Il avait des mains immenses, des mains d'étrangleur comme l'avait fait remarquer le procureur, aux ongles rongés jusqu'au sang. Sa mâchoire proéminente et son grand front brillant lui donnaient un air menaçant. Il était facile de l'imaginer en train de commettre le crime dont il était accusé. Pourtant, songea Jack en l'observant, on aurait dit qu'il s'amusait.

C'était d'ailleurs ce qu'il avait pensé quatre mois plus tôt, lorsqu'il avait visionné une bande-vidéo où Goss, content de lui, racontait son meurtre aux policiers. Le cas aurait dû être jugé d'avance : le procureur était en possession d'une confession enregistrée. Mais le jury ne l'avait jamais vue, car Jack avait mobilisé toutes les ressources de la loi pour qu'elle ne fût pas retenue comme pièce à conviction.

« Le jury a-t-il rendu son verdict ? demanda le juge.
– Oui, Votre Honneur. »

La salle se pencha en avant. Les cales des ventilateurs faisaient à peine vibrer le silence. Un huissier se saisit du verdict écrit et le porta au juge.

Peu importe le verdict, se disait Jack. Il était au service du système, au service de la justice. Tout en regardant le juge rendre le papier à l'huissier, Jack songeait aux discours qu'on lui avait assenés pendant ses études de droit... Tout citoyen a le droit d'être défendu... Les droits des innocents seraient bafoués si les avocats ne luttaient pas pour que les mêmes droits soient accordés aux coupables... Cela paraissait si noble, alors ! La réalité se chargeait bien vite de vous ouvrir les yeux. Cette fois, il défendait un type qui ne regrettait même pas le crime atroce qu'il avait commis. Et le jury, en son âme et conscience, l'avait considéré...

« Non coupable. »

« Noooon ! » hurla la sœur de la victime, déchaînant une réaction de colère dans toute la salle d'audience.

Jack ferma les yeux. Comme elle était douloureuse, cette « victoire ».

« Silence ! » cria le juge en brandissant son marteau pour calmer la foule, proche de l'hystérie. Les insultes et les menaces fusaient de partout, toutes destinées à Jack Swyteck et au voyou qu'il avait défendu.

« Silence ! »

« Tu ne perds rien pour attendre, Goss ! s'écria un ami de la victime. Et toi non plus, Swyteck ! »

Jack fixait le plafond, essayait de ne rien entendre.

« J'espère que vous dormirez bien cette nuit », lui murmura en s'éloignant le procureur en colère.

Jack n'avait rien à répondre. Il se détourna et fit l'unique chose qui lui semblât acceptable : sans féliciter Eddy Goss, sans lui serrer la main, il rangea ses affaires et jeta un coup d'œil à sa droite.

Goss le regardait, l'air satisfait. « Donnez-moi votre carte, maître Swyteck, dit-il, tête penchée sur le côté, mains crânement plantées sur les hanches. Que je sache qui appeler – la prochaine fois. »

Jack avança vers lui : « Écoutez-moi bien, ordure ! Vous avez intérêt à ce qu'il n'y ait pas de prochaine fois. Parce que, s'il y en a une, non seulement je ne vous défendrai pas, mais je m'arrangerai pour que vous touchiez le plus tocard des avocats de la région. Et ce n'est pas une menace en l'air : je suis le fils du gouverneur, ne l'oubliez pas ! »

Le sourire de Goss s'effaça, et l'œil mauvais il lança : « On ne me menace pas, Swyteck !

– Je vais me gêner. »

Goss retroussa les lèvres. « Regarde ce que tu as fait. Tu m'as fait de la peine. Je ne suis pas sûr de te le pardonner, Swyteck. Mais je suis sûr d'un truc, continua-t-il en se penchant vers Jack, un de ces jours, et dans pas longtemps, Jack Swyteck me suppliera à genoux de lui pardonner. » Goss se redressa, sans lâcher Jack de son regard noir. « À genoux. »

Jack ne pouvait s'empêcher d'être impressionné par l'expression du voyou. « Vous ignorez jusqu'au sens du mot pardon, Goss », lâcha-t-il, puis il tourna les talons et, après avoir ramassé son cartable, traversa la foule hostile avec un profond sentiment de solitude.

« Il s'en va, mesdames et messieurs, lança Goss à la cantonade sur le ton de monsieur Loyal. Mon ex-meilleur ami, Jack Swyteck s'en va ! »

Tout le monde l'ignora, chacun regardait Jack.

« Salaud ! » cria quelqu'un.

« Ordure ! » dit quelqu'un d'autre.

Jack comprenait soudain ce que signifiait le mot *représenter* quelqu'un. Il représentait Eddy Goss, comme un drapeau représente son pays, comme le crime représente le Mal. « Le voilà ! » cria un journaliste en voyant Jack sortir de la salle d'audience suivi par de nombreux spectateurs. Dans le hall, une autre foule l'attendait, armée de microphones et de caméras.

« Monsieur Swyteck ! » appela un des journalistes dont la voix couvrit un instant le vacarme. Une forêt de micros se tendaient devant lui, rendant toute progression impossible. « Votre réaction ?... Que fera votre client ?... Qu'avez-vous à dire à la famille de la victime... ? » Les questions se bousculaient, lancinantes.

Jack était coincé entre la foule qui se pressait derrière lui et les journalistes qui lui barraient la route. Il ne s'en sortirait pas avec un simple « Pas de commentaires ». Il s'arrêta, et après quelques secondes de silence commença : « Je crois que ce qui s'est passé aujourd'hui prouve la victoire de notre système de justice. Notre système, qui requiert que le procureur prouve la culpabilité de l'accusé et... »

Des cris retentirent soudain, tandis qu'un jet de liquide rouge jaillissait sur Jack. La panique s'accentua alors que le jet rouge continuait d'asperger Jack et les gens autour de lui.

Figé par la surprise, stupéfait, Jack mit quelques instants à commencer de s'essuyer les yeux. Était-ce du sang, ou une espèce de peinture rouge ? Le liquide laissait de longues traces écarlates sur ses vêtements.

« Il est sur toi, Swyteck ! cria son agresseur anonyme, perdu dans la foule. Le sang de la victime est sur toi ! »

CHAPITRE 4

Jack décapota son cabriolet Mustang pour rentrer chez lui. Il avait enlevé et roulé en boule sa chemise et sa veste tachées et les avait jetées sur la banquette arrière de la voiture. Le grand air nettoierait l'atmosphère. Étrange conclusion ! La presse avait anticipé sur le verdict, et devant l'éventualité d'un acquittement quelqu'un s'était muni de quelques sachets de cet épais liquide rouge. À New York, les défenseurs extrémistes des droits des animaux agressaient de la même manière les femmes en manteau de fourrure. Une fois encore, il s'interrogea sur la nature du produit. Du sang d'animal ? Du sang humain contaminé par le sida ? Il s'imaginait déjà les photos et les manchettes des journaux du lendemain : « JACK SWYTECK – UN LIBÉRAL À L'ÉPREUVE DU SANG. » *Merde ! Peut-on imaginer pire ?*

Lorsqu'il arriva chez lui, la nuit était tombée. Pas de Pontiac rouge au parking. Il ne pourrait donc pas raconter les dernières péripéties de la journée à sa compagne, Cindy Paige. Sa compagne ! Ne se leurrait-il pas en l'appelant ainsi ? Les choses n'allaient pas pour le mieux entre eux, depuis un certain temps. L'excuse qu'elle lui avait donnée pour aller s'installer quelques jours chez Gina, sa « meilleure amie qui avait des problèmes en ce moment », ressemblait davantage à une fuite ; dans son for intérieur, Jack savait qu'il n'était pas de très bonne compagnie depuis plusieurs mois. Soit il plongeait dans son travail comme un forcené, soit il entretenait de longs dialogues avec lui-même pour tenter de comprendre le sens de sa vie. Et il ne mêlait guère Cindy aux questions fondamentales qu'il se posait.

« Salut, mon vieux ! » dit Jack à son meilleur ami, qui s'était précipité à sa rencontre sur le porche. Ses grosses pattes plantées sur la poitrine de Jack, il frottait son museau contre le nez de son maître. Il s'appelait Jeudi, car c'était un jeudi que lui, Cindy et sa nièce de cinq ans l'avaient tiré d'un étang où il allait se noyer. Jeudi, un bâtard de labrador, était bien le plus méritant de tous les condamnés qu'il ait jamais sauvés. Et le plus expansif. Pour l'instant ses bons gros yeux chocolat criaient : « J'ai faim. »

« On dirait que tu as besoin de boulotter quelque chose », dit Jack en le poussant gentiment pour entrer dans la maison. Il emplit rapidement de pâtée l'écuelle du chien et y ajouta des restes de pizza, dont l'animal était particulièrement friand et que Cindy lui mettait toujours de côté.

Heureusement, le sang, si c'en était, s'en allait facilement. Après s'être douché, Jack passa un short et alla s'asseoir sur son lit. Il parcourut la chambre des yeux et contempla la photo encadrée de Cindy, sur la table de chevet. Elle était debout sur un rocher et souriait ; le vent jouait dans ses cheveux couleur de miel. C'était la photo préférée de Jack qui l'avait prise lors d'une balade en montagne en Utah, du temps où ils étaient heureux ensemble ; elle mettait en valeur ce que Jack considérait comme les qualités essentielles de Cindy. Pas son joli visage, ni son corps parfait, mais ses yeux et son sourire francs et ouverts.

Il prit soudain le téléphone. Mais n'obtint que le répondeur de Gina.

« Cindy, appelle-moi », dit-il. Et il ajouta : « Tu me

manques » avant de raccrocher. Jack s'allongea sur le lit et ferma les yeux ; il avait un sérieux besoin de se détendre. Mais il fronça soudain les sourcils à l'idée que ce serait Gina qui écouterait le message en premier, et qu'elle ferait tout pour convaincre Cindy qu'il cherchait à la récupérer. Ce qui était d'ailleurs vrai.

Distraitement, il prit la télécommande et parcourut les programmes, à la recherche d'une chaîne qui ne parlerait pas du procès d'Eddy Goss. Sur MTV, deux rockers minables tapaient sur leur guitare pendant qu'un sosie de Cindy Crawford leur léchait le visage.

Il éteignit l'appareil et enfonça sa tête dans l'oreiller. Le sommeil le fuyait ; les yeux grands ouverts, il fixait l'écran de télévision. Aucun programme ne le tentait. Subitement, alors qu'il se repassait mentalement le film de la journée, il éprouva le besoin de revoir quelque chose.

Il bondit hors du lit, saisit son cartable, l'ouvrit et, malgré l'obscurité, trouva immédiatement ce qu'il cherchait. Il glissa la cassette dans le magnétoscope et s'assit sur le bord de son lit. Quelques secondes de neige sur l'écran, que traversèrent ensuite deux ou trois barres, puis...

« Je m'appelle Eddy Goss », disait l'homme en s'adressant à une caméra de la police. Hirsute, pas rasé, vêtu d'un jean sale et d'un maillot de corps douteux, déchiré et taché de sueur, les lacets de ses tennis dénoués, on aurait dit un clochard agressif. L'air content de lui, il était assis, les bras croisés, sur une chaise pliante ; quatre longues égratignures barraient son visage. La date et l'heure – 2 mars 1994, onze heures quatre – étaient inscrites au coin de l'écran.

« J'habite 409 East Adams Street, appartement 217. »

Le champ de la caméra s'élargit : le suspect était assis au bout d'une longue table de conférence ; à sa droite, également assis, un homme qui semblait avoir près de soixante-dix ans, les cheveux gris et le nez aquilin. Des lunettes noires dissimulaient ses yeux.

« Je suis l'inspecteur Lonzo Stafford, monsieur Goss. Derrière la caméra se tient l'inspecteur Jamahl Bradley. Vous n'ignorez pas que vous avez le droit de vous taire. Vous avez le droit... »

Jack activa la touche avance rapide jusqu'à ce que Goss réapparaisse à l'écran, différent, plus vivant, fier de lui.

« ... Je l'ai tuée, la petite allumeuse », disait Goss en haussant les épaules avec indifférence.

Jack rembobina, écouta encore, comme pour s'autoflageller.

« ... Je l'ai tuée, la petite allumeuse », entendit-il une fois encore. Une confession qu'avaient entendue des milliers de gens – expurgée des mots les plus crus –, comme ils devaient l'entendre à nouveau ce soir, dans tous les bulletins d'informations. La bande se déroulait ; Jack ferma les yeux et écouta Goss décrire son forfait. Les larmes qui avaient accueilli son désir normal de gentilles petites caresses, la lutte qui s'était ensuivie. Et enfin, le collant qu'il avait serré autour du cou de la jeune fille...

Jack soupira, les yeux toujours fermés. La bande n'était pas finie, mais tout le monde se taisait. Même les policiers avaient éprouvé le besoin de reprendre leur souffle. Le jury, s'il avait eu le droit d'écouter cette confession, aurait sans doute réagi de la même façon. Mais Jack l'en avait empêché. Il avait obtenu, sous prétexte que les droits constitutionnels de Goss avaient été violés et que sa confession lui avait été extorquée, que la bande-vidéo ne fût pas retenue comme pièce à conviction. Pourtant, la police n'avait pas récolté ces aveux sous la contrainte, ni sous la menace. « Mon client a été piégé », avait plaidé Jack, en se fondant sur une remarque douteuse émise par un policier qui, dans sa hâte de voir Goss inculpé, avait utilisé des arguments que la loi réprouvait. Mais il avait toutes les raisons d'agir ainsi : l'expérience prouvait que seul un juge ultralibéral condamnerait ces méthodes.

« Nous ne voulons pas savoir si vous avez commis cet acte, avait affirmé l'inspecteur Stafford à Goss. Nous voulons que vous nous montriez où est le corps de Kerry, afin qu'on puisse l'enterrer chrétiennement. » Dès lors, Jack tenait sa défense. « Ils ont obtenu une confession en pariant sur la conscience de mon client, ils ont fait appel à ses sentiments religieux. Ce discours sur une sépulture chrétienne est manifestement illégal, Votre Honneur. »

Jack fut le premier surpris lorsque le juge retint l'objection. La confession fut déclarée irrecevable. Le jury ne visionna jamais la bande. Et acquitta un coupable. Le déni de justice était évident. *Bravo, Swyteck.*

Jack éjecta la cassette du magnétoscope, écœuré par le métier qu'il exerçait pour gagner sa vie. Dans la pile de films rangée à côté du magnétoscope, il chercha *To Kill a Mockingbird*[1] et, pour la quinzième fois depuis qu'il était entré à l'institut pour la Liberté, il regarda Gregory Peck défendre des innocents.

L'acteur venait de se lancer dans sa péroraison lorsque la sonnerie stridente du téléphone tira Jack de son demi-sommeil.

En espérant que c'était Cindy, il décrocha. Mais, au bout de quelques instants de silence, une voix revêche dit : « Swyteck ? »

Jack ne répondit rien. La voix, pourtant vaguement familière, lui semblait déguisée, contrefaite. Il attendait. Le message arriva enfin, bref, brutal.

« Cette nuit, il y a un tueur en vadrouille, Swyteck. Un tueur en vadrouille.

– Qui est à l'appareil ? Qui êtes-vous ? »

---

1. Titre français : *Du silence et des ombres.*

Pas de réponse. Jack, la main serrée sur le combiné, n'entendait que le bruit rauque d'une respiration haletante.

« Dormez bien », dit enfin la voix, froidement. Et on raccrocha.

CHAPITRE 5

Le gouverneur Harry Swyteck courait sur un sentier aménagé. Il ralentit le pas en réfléchissant aux éventuelles conséquences politiques de la « victoire » qu'avait remportée Jack la veille. Depuis des semaines, le gouverneur et ses adjoints spéculaient sur les répercussions du procès. Ils avaient prévu un certain nombre de discours purs et durs, qui contrebalanceraient sans doute l'engagement de Jack en faveur d'un assassin. Mais ils n'avaient jamais envisagé l'acquittement. L'auraient-ils fait, qu'ils auraient eu une réponse toute prête à fournir aux médias. En effet, depuis le début de la matinée, les journalistes insistaient avec complaisance sur le fait que c'était le fils du gouverneur qui avait fait acquitter un meurtrier pour vice de forme.

« Bon Dieu de bon Dieu ! » s'écria Harry en reprenant son souffle, et en accélérant la cadence. La course ne calmait pas sa colère. Une colère de père, plus déçu que furieux.

Le gouverneur luttait pour tenir le rythme. Depuis l'exécution de Fernandez, il s'était mis à la course à pied et il avait cessé de boire. Cela faisait mille deux cents jours qu'il était en fonction, et il avait couru au moins autant de kilomètres, et évoqué la terrible nuit au moins autant de fois. Si seulement il avait écouté son fils, et accordé un délai au condamné pour enquêter sur la version de Jack ! La course avait un avantage : on pouvait réfléchir et même douter sans prendre le risque de se laisser aller à des confidences. Ses adjoints avaient beau le harceler avec sa sécurité, il refusait généralement toute escorte, sauf tard le soir ou dans les grandes villes. « Si un cinglé veut me descendre, disait-il, il n'ira pas chercher un type en survêtement trempé et casquette de base-ball sur une petite route de campagne. » Jusque-là, les faits lui avaient donné raison.

Harry ralentit en arrivant en vue d'un bosquet de chênes-lièges. Il était à mi-course, et devait respecter la règle qu'il s'était fixée : une moitié du temps pour évacuer la tension, et l'autre pour réfléchir de façon positive.

« Mes chers concitoyens, entonna-t-il silencieusement en dépassant les chênes, chers habitants de Floride... » Il fallait oublier les ennuis, et ne plus penser qu'à ses amis et fidèles supporters : dans quelques heures commençait sa seconde campagne électorale.

« ... vous avez un choix à faire. » Mais, tandis que le discours se déroulait dans sa tête, il se retrouva soudain par terre, le coude et le genou droits en sang. Pensant qu'il avait trébuché, il regarda derrière lui et aperçut une silhouette noire, sortie du bosquet de chênes, qui fonçait sur lui. La forme le renversa à nouveau. Ils luttèrent quelques instants, et roulèrent dans le fossé qui longeait le sentier désert. Le gouverneur allait saisir son bip électronique pour appeler le service de sécurité, mais son agresseur lui coupa le souffle d'un violent coup de poing dans le plexus solaire. Face contre terre, Harry ne bougeait plus.

Il remua un tout petit peu la tête, pour pouvoir respirer. « Hé ! » haleta-t-il avant qu'une lame d'acier ne se pose sur sa gorge et lui interdise de prononcer une autre parole.

« Ne bougez pas », ordonna l'homme.

Le gouverneur tenta de réprimer les tremblements

de son corps et de rester tranquille. Sa joue droite s'enfonçait dans la terre, mais, du coin de l'œil gauche, il apercevait la massive silhouette de boxeur assise sur son dos. Son simple poids l'empêchait de respirer. Qui parlait de bouger ? C'était évidemment un homme. Une voix basse, de grandes mains cachées sous des gants de cuir noir, une tenue camouflée. Mais on ne pouvait distinguer son visage, dissimulé sous une cagoule.

« Bon, bon, quelle bonne surprise ! » L'homme parlait vite, d'une voix âpre. « Monsieur le Grand Politicien en balade matinale ! »

Le gouverneur serra les poings, non pour se défendre mais pour maîtriser sa peur. On n'entendait que le sifflement rauque de la respiration de l'homme. Que s'était-il donc enfoncé dans la bouche pour déguiser ainsi sa voix ?

« Eh bien, monsieur le Gouverneur... » À présent, l'homme se moquait ouvertement de lui. « ... je crois savoir que vous autres, les hommes politiques, vous aimez négocier. Alors, qu'est-ce qu'on donne en échange d'une preuve de l'innocence de Raul Fernandez ? »

Henry sursauta. Il envisagea rapidement une dizaine d'hypothèses différentes sans comprendre pourquoi ce nom surgissait maintenant.

« En échange, je serai bien sage et je ne dirai à personne que vous et votre fils vous avez tué un innocent. Et vous serez réélu. Mais il faudra me donner du fric. Un sacré paquet de fric ! »

Le gouverneur gardait le silence.

L'homme lui tordit la nuque, comme si le couteau ne représentait pas une menace suffisante. « À moins que vous ne préfériez que j'aie une gentille petite conversation avec les journalistes ? »

Le gouverneur parvint à étouffer sa peur le temps de poser une question. « Que voulez-vous de moi ?

– Il y a un drugstore au coin de la 10e Rue et de Monroe. Ça s'appelle Albert's. Jeudi, à midi, soyez dans la cabine téléphonique juste en face. Seul. Et surtout, oubliez les flics. Si j'en vois un seul, je vais voir les journaleux. Vous avez entendu ?

— Oui », dit le gouverneur en avalant sa salive.

L'homme sauta sur ses pieds en prenant appui sur la tête de Harry, qui s'enfonça un peu plus dans la terre.

« Et maintenant, avant de bouger ne fût-ce qu'un doigt, vous comptez jusqu'à cent, tout haut, et lentement. Partez.

— Un, deux... » Harry comptait en écoutant diminuer le bruit des pas de son agresseur. Il ne bougea pas avant d'en être à trente. Alors il chercha son bip, dans sa poche. S'il appuyait sur le bouton rouge, l'agent chargé de sa sécurité serait là en moins d'une minute. Mais que lui dirait-il ? Qu'une brute l'avait menacé de révéler qu'il avait fait exécuter un innocent ?

Il remit l'appareil dans sa poche. Son agresseur l'avait prévenu : pas un mot, ou toute l'histoire s'étalerait dans les journaux. Fallait-il considérer cela comme une catastrophe ? Ça ferait mauvais effet, certes, mais sa crainte essentielle, plus profonde, était d'un autre ordre. L'agresseur ne s'adresserait peut-être pas aux journaux. S'il n'allait pas à ce rendez-vous jeudi, il n'entendrait peut-être plus parler de cet homme. Mais alors, il ne saurait jamais la vérité sur Fernandez.

Le carrefour entre la 10ᵉ Rue et Monroe était très fréquenté. Un lieu public et sûr. Rien à voir avec un tête-à-tête dans un chemin forestier. Bon Dieu, si ce type avait voulu le tuer, il serait déjà mort. La décision fut facile à prendre.

« À midi, dit-il, demain. »

CHAPITRE 6

Grâce à des avocats malins, grâce à des failles dans le système juridique, Eddy Goss arpentait à nouveau les rues de Miami. Dans ce quartier sinistré, aux trottoirs défoncés, des femmes se tenaient aux carrefours, seules, attendant l'occasion de se procurer les cent dollars qu'il leur fallait chaque jour pour se payer leurs doses de crack. Des hommes mariés passaient lentement en voiture ; ici, satisfaire un besoin urgent leur coûterait vingt dollars seulement. Goss ne s'était jamais intéressé aux propositions crues de ces femmes ; il passait devant elles, indifférent à leurs avances, pressé d'arriver dans son repaire favori : un immeuble jaune vif, sans fenêtres, à la porte barrée d'un immense X noir. À l'intérieur, sur des étagères fixées tout le long des murs aveugles, s'étalaient des magazines scellés sous Cellophane. Goss aimait les magazines : les filles étaient tellement plus jolies que dans la rue !

Il parcourait la librairie « pour adultes » en familier, comme s'il était chez lui. Il en connaissait chaque recoin. Les rayons de droite étaient consacrés au sexe « oral », ceux de gauche au sexe de groupe. S'il avait envie de choses plus spéciales, il s'avançait. Mais son rayon préféré, c'était celui qui courait sur le mur du fond : ceux qui aimaient les filles vraiment très jeunes y trouvaient leur bonheur.

« Vous voulez acheter quelque chose ? s'enquit l'obèse assis derrière la caisse.

– C'est à moi que vous parlez ? » demanda Goss, surpris.

Le gros homme mordit dans un énorme sandwich. « J'ai dit, répondit-il, la bouche pleine, de la mayonnaise coulant sur sa barbe poivre et sel : vous allez vous décider à acheter quelque chose, minable ? »

Goss remit un magazine à sa place. « Je regarde, c'est tout.

– Une heure et demie à regarder, ça suffit, mon pote. Tirez-vous. »

Goss s'immobilisa, fixant l'homme d'un œil furieux. Ce dernier soutint d'abord son regard. En quelques secondes, il perdit sa superbe. Il avait vu des milliers de types à la dérive dans sa boutique, mais aucun ne lui avait jamais paru aussi menaçant.

« Tu sais à qui tu parles ? » demanda Goss.

L'employé avala sa salive. « Je me fous de...

– Je suis Eddy Goss. »

L'obèse avait regardé la télévision. Il le reconnut tout d'un coup, terrorisé.

Goss fit deux pas en avant, se rapprochant du comptoir central où étaient exposés divers accessoires. « Je suis Eddy Goss », répéta-t-il, comme s'il était inutile d'en dire plus. Puis il balaya le comptoir d'une main, envoyant valser à travers la librairie un certain nombre d'articles « pour adultes ».

L'employé reprit ses esprits, et sortit de sous le comptoir un revolver qu'il braqua sur Goss. « Tire-toi vite fait, ou je te fais sauter ta putain de tête. »

Goss secoua la tête.

« Tu as dix secondes », reprit le libraire.

Goss se contenta de le regarder.

Difficilement, l'obèse remua sa lourde masse. Il avait du mal à tenir le pistolet à bout de bras. Des gouttes de sueur dégoulinaient de son front sur ses sourcils et ses yeux. L'arme tremblait dans sa main. « Je plaisante pas, connard ! »

Goss n'était pas impressionné. Il était convaincu que l'homme n'aurait pas le courage de lui tirer dessus. Mais il en avait vu assez pour une journée. « Je me tire », dit-il en sortant.

Lorsqu'il était arrivé, le soleil brillait encore ; entre-temps, la nuit était tombée. Il avait faim et soif. Il entra dans la supérette de l'autre côté du parking. Le magasin était vide. Un employé haïtien se tenait derrière la caisse. Goss prit un paquet de bonbons et, parcourant l'allée, s'en fourra plein la bouche. Il ouvrit les portes en verre du réfrigérateur, cacha l'emballage des sucreries derrière les packs de six boîtes, et choisit une bière qu'il paya. Avant de sortir, il jeta un coup d'œil derrière lui. L'employé ne le regardait pas. Il saisit furtivement un journal qu'il plia sous son bras. En faisant le tour du magasin par l'extérieur, on se trouvait dans une ruelle obscure. Goss s'y rendit, but sa bière, jeta la boîte vide sur le trottoir et alla s'asseoir sur une pile de cageots entassés contre une palissade, dans un coin tranquille. C'était le moment.

Goss ouvrit le journal, tourna les pages impatiemment jusqu'à ce qu'il trouve ce qu'il cherchait. Sur une publicité, une fille à l'expression particulièrement stupide accrocha son regard. Il ouvrit le journal à la page, l'étala sur le sol devant lui, et se déboutonna rapidement. Braguette ouverte, il cracha dans ses mains, et fouilla entre ses jambes. Ses yeux se rétrécirent jusqu'à n'être plus que des fentes tandis qu'il s'imaginait sur la fille. Sa respiration s'accéléra en même temps que le mouvement rythmé de ses mains, d'avant en arrière.

« Putains de salopes », jeta-t-il tandis que son corps se cambrait avec violence. Il ferma complètement les yeux et les rouvrit une seconde plus tard pour examiner son œuvre.

Lentement, il se releva et remonta la fermeture de

son pantalon en contemplant l'image souillée. Fouillant dans sa poche, il en sortit un objet minuscule qu'il jeta sur le papier humide, où il tomba avec un bruit mat. C'était une graine. Une graine de chrysanthème.

« Ma carte », dit Goss en ricanant.

CHAPITRE 7

Jeudi matin, le gouverneur Harry Swyteck se réveilla à six heures. Pendant qu'il se douchait et se rasait, sa femme Agnès se reposait dans son lit, épuisée par une nuit d'insomnie. Harry Swyteck n'avait pas de secrets pour elle. La veille, il avait inventé une histoire de mauvaise chute pour justifier son visage contusionné auprès de ses agents de sécurité. Mais il avait avoué la vérité à sa femme, tant par souci de sa sécurité à elle que par désir de franchise.

Agnès jouait avec sa télécommande. Infos-Première, la chaîne d'informations locale, montrait Harry entouré d'un groupe de prêtres, de pasteurs et de rabbins qui soutenaient sa candidature. Son mari, volubile, remerciait les ecclésiastiques pour leurs bonnes paroles. Elle était fière de lui, mais aussi très inquiète de ce qu'il lui avait raconté la veille au soir.

Agnès avait toujours craint que sa fonction ne mît Harry en danger, qu'un jour ses ennemis ne se contentent plus de proférer des menaces. Mais, en apprenant que l'agresseur en question semblait détenir des informations de première main sur l'affaire Fernandez, elle avait éprouvé des sentiments plus complexes que la peur. Elle savait trop bien à quel point Harry avait regretté sa décision de refuser un délai, à quel point il avait douté de sa clairvoyance. Elle comprenait et partageait sa souffrance. Non seulement parce qu'il n'existait aucun moyen de connaître la vérité, mais aussi à cause de Jack.

En tant que belle-mère, elle avait loupé son coup, elle était la première à le reconnaître. Ce n'était pas faute d'avoir essayé, mais elle n'avait pas eu le choix. Les jeux étaient faits depuis longtemps, depuis un certain soir, vingt-trois ans plus tôt. Avant cela, elle aurait pu gagner l'affection de son beau-fils. Mais ce jour-là, son médecin lui avait annoncé qu'elle et Harry n'auraient jamais d'enfant, et, pour se consoler de l'affreuse nouvelle, elle avait bu.

Comme elle était trop ivre pour aller chercher Jack à l'école maternelle, un voisin l'avait ramené à la maison. L'enfant était entré doucement, par la porte de derrière ; il essayait manifestement d'éviter cette nouvelle « maman » en qui il n'avait pas encore confiance.

« Jack, viens ici, mon chéri », avait-elle marmonné, la bouche pâteuse, en ouvrant les yeux.

Il essaya de s'échapper, mais elle le rattrapa par les jambes de son short et l'attira vers elle. L'entourant maladroitement de ses bras, elle pressa ses lèvres contre sa joue. « Embrasse maman très fort », dit-elle en lui soufflant au visage une haleine chargée de gin. Le garçon se débattit, mais Agnès serra plus fort. « Tu ne veux pas embrasser maman ? demanda-t-elle.

— Non, répondit-il en faisant la grimace. Et d'abord, tu n'es pas ma maman. »

Elle devint folle. Desserrant son étreinte mais retenant toujours fermement Jack par le bras, elle gronda : « Je t'interdis de me parler sur ce ton. » Puis elle le gifla. Le petit garçon éclata en sanglots, luttant pour se libérer, mais Agnès ne le lâchait pas.

« Tu me fais mal, laisse-moi.

— C'est le seul langage que tu comprennes, mon garçon. Le reste, tu t'en moques. Qui a changé tes couches sales ? C'est moi. C'est moi qui ai passé des nuits blanches quand tu pleurais des heures durant... Moi ! Pas ta mère. Moi ! Je suis ta mère. Tu n'en as pas d'autres.

– Tu n'es pas ma maman. Ma maman est au ciel ! »

Et, sans savoir d'où venaient les horribles paroles qu'elle allait prononcer, sans pouvoir les retenir, Agnès répondit : « Ta mère n'est pas morte, petit crétin, elle ne voulait pas de toi, c'est tout ! »

Tremblant de la tête aux pieds, Jack regarda sa belle-mère. « Tu es une menteuse ! hurla-t-il. Menteuse ! Menteuse ! »

« Vous êtes à l'écoute d'Infos-Première... » La voix du présentateur tira Agnès de ce lointain passé. « Bonne journée à tous, de la part de toute... »

Agnès éteignit le récepteur. Le gouverneur sortit de la salle de bains, habillé, prêt à répondre au téléphone qui sonnerait à midi au coin de la 10ᵉ Rue et de Monroe, prêt à entendre la vérité sur Raul Fernandez. La veille au soir, il avait promis à sa femme qu'il n'irait pas sans son accord. « La nuit porte conseil, avait-elle répondu, je te dirai ce que j'en pense demain matin. » Le moment était venu de lui donner sa réponse.

« Alors ? » demanda-t-il.

Agnès soupira. La décision n'était pas évidente. Le simple fait de répondre à un appel téléphonique pouvait avoir des conséquences dramatiques. L'homme avait un couteau. Mais si Harry avait une chance de soulager sa souffrance, si c'était l'occasion d'une éventuelle réconciliation entre le père et le fils, elle ne pouvait pas s'y opposer.

« Ne prends pas de risques, Harry Swyteck. »

Le gouverneur sourit avec reconnaissance, et se pencha sur elle pour l'embrasser sur les lèvres. « Je t'appellerai dès que ce sera fini. Et ne te fais aucun souci. Je ne t'ai pas dit que j'étais le frère cadet de Superman ? »

Agnès hocha la tête sans conviction. Au début de leur mariage, quand Harry était dans la police, la peur était son lot quotidien. Elle savait que son mari était courageux. Mais ne l'était-il pas trop ?

Sur le pas de la porte, Harry se retourna. « Mais si je ne t'ai pas appelée à une heure...

— Tais-toi, Harry. » Les yeux d'Agnès s'étaient remplis de larmes. « N'y pensons même pas. »

Il lui fit un petit signe de tête et promit : « Je t'appellerai. »

Par habitude plus que par choix, Jack passa un jean et un polo — l'uniforme d'été des membres de l'institut pour la Liberté —, donna une tape amicale à Jeudi et sortit. Dans sa voiture, le doute le saisit à nouveau : donnerait-il ou non sa démission ? En arrivant, il n'avait pas encore pris de décision. Il retournait au bureau pour la première fois depuis le début du procès de Goss, trois semaines auparavant. Il jeta un regard sans complaisance sur l'endroit où il travaillait depuis quatre ans. La réception n'était guère plus spacieuse qu'un couloir. Des tubes de néon éclairaient crûment la moquette tachée. Quelques chaises dépareillées étaient alignées le long du mur blanc et nu. Au bout du couloir, derrière un bureau métallique beaucoup trop grand, trônait la jeune femme enceinte qui faisait fonction d'hôtesse d'accueil et de secrétaire pour les quatre avocats installés dans quatre bureaux sans fenêtre. Un réduit attenant servait aussi bien à interroger les témoins qu'à manger un sandwich à midi.

« Hourra ! » s'écrièrent en chœur les collègues de Jack en le voyant entrer dans la petite cuisine. Les trois avocats, debout autour de la table en Formica, arboraient un large sourire. Brian, le jeune homme blond et bronzé, éclatant de santé, qui se déplaçait avec la même agilité devant un jury que sur ses skis nautiques. Ève, la seule femme fumant la pipe que Jack eût jamais rencontrée, et qui gardait le moral contre vents et marées. Neil Goderich, le plus âgé. À l'époque où il avait fondé l'institut, vingt-huit ans plus tôt, il portait une queue de cheval. De ce temps-là, il n'avait gardé que l'habitude de ne pas boutonner le col de sa chemise sous sa cravate. Non pas pour être à l'aise, mais parce que son cou avait beaucoup grossi depuis qu'il s'était acheté sa dernière chemise neuve.

L'équipe déboucha solennellement une bouteille de mousseux à bon marché.

« Félicitations ! » dit Neil en remplissant quatre tasses tachées de café.

Ils lui portèrent un toast et Jack sourit. Non qu'il partageât leur humeur festive, mais parce qu'il appréciait le geste. Il les considérait tous comme des amis. Dès leur première rencontre, quatre ans plus tôt, il avait compris qu'il avait affaire à des gens réalistes, qui croyaient en eux-mêmes et en leurs principes, et assez honnêtes pour ne pas dissimuler au fils d'un politicien en vue leur répugnance pour les individus « politiquement corrects ». La force de leurs convictions manquerait à Jack. Mais il ne doutait plus : le moment était venu de les quitter.

« Excellent travail, dit Neil, tandis que les autres approuvaient de la tête ou de la voix.

— Merci à tous, je suis très touché, déclara Jack en les interrompant. Puisque tout le monde est là, je ferais aussi bien d'en profiter pour vous annoncer quelque chose. Les enfants, Eddy Goss aura été mon dernier client. Je vais quitter l'institut. »

La nouvelle fit tourner le mousseux dans les tasses.

Jack posa son récipient sur la table et se dirigea lentement vers son bureau. Il avait été un peu brutal, mais il n'avait pas envie de se justifier. D'ailleurs, n'ayant pas d'autre boulot en vue, il avait du mal à se justifier à ses propres yeux.

Il passa deux heures à parcourir de vieux dossiers et à ranger ses affaires personnelles. À onze heures, Neil Goderich passa la tête dans le bureau.

« Quand tu es arrivé, dit-il, on s'est tous demandé si ce boulot te conviendrait.

– Moi aussi », répondit Jack en ramassant un livre.

Neil souriait tristement, comme un père qui regarde son gosse quitter la maison pour de bon. Il se posa sur un coin du bureau de Jack, à côté d'une pile de cartons. « On n'aurait jamais dû prendre un type dans ton genre, dit-il dans sa barbe. Tu faisais trop jeune avocat aux dents longues, plus enclin à encaisser les gros chèques que les coups durs.

– Alors, pourquoi m'avez-vous engagé ?
– Parce que tu étais le fils de Harold Swyteck. Et que je ne pouvais pas imaginer de meilleur tour à jouer à Monsieur Sécurité que de faire bosser son fils pour un vieux gauchiste de la génération perdue.

– Eh bien, répliqua Jack en souriant, toi et moi nous avions donc la même raison de nous entendre.

– Je m'en doutais. » Neil sourit, mais reprit son sérieux avant de poursuivre : « Tu en avais par-dessus la tête de faire ce que ton père te disait. Et l'institut représentait le comble de la provocation que tu étais capable d'assumer. »

Jack se tut. Il n'avait jamais abordé le sujet de son père avec Neil. Et ce dernier n'avait pas une vision très flatteuse de leur relation.

Neil se pencha en avant et croisa les doigts : il allait parler sérieusement. « Écoute, Jack, je lis les journaux, je regarde la télé. Je sais comment on parle de toi dans l'affaire Goss. Et tout ça n'est pas bon pour la campagne de ton père. Peut-être te sens-tu coupable. Peut-être ton père t'a-t-il demandé de nous quitter. Je ne sais pas, et d'ailleurs ça ne me regarde pas. Mais il y a une chose qui me regarde : tu as un fantastique talent, Jack, tu es un grand avocat. Et, au fond de toi, je sais que tu ne fais pas partie de ces sales égoïstes qui acceptent sans broncher la pauvreté, la drogue et tout ce qui transforme des enfants en criminels. Du moment que la justice les venge, ils sont satisfaits. Notre institut les prive de cette vengeance, leur refuse ce qu'ils appellent la justice. Mais nous avons raison. Nous faisons ce qu'il faut. Tu as fait ce qu'il fallait. »

Jack détourna le regard en soupirant. Sa propre notion du bien et du mal n'avait jamais été aussi définitive que celle de Neil. Parfois, il entrevoyait le but suprême, il croyait vraiment que chaque acquittement réaffirmait les droits de tous les hommes. Mais il fallait plus qu'une vision pour défendre jour après jour des Eddy Goss. Il y fallait le genre de passion qui anime les révolutionnaires. Jack n'avait éprouvé de sentiment aussi violent qu'une seule fois dans sa vie : le soir où son père avait fait exécuter Raul Fernandez. Mais il y avait une différence : Fernandez était innocent.

« Désolé, Neil. Je ne crois plus à cet idéal. Je ne partirais peut-être pas si le type que j'ai défendu avait éprouvé le moindre remords. Je ne demande pas qu'il soit innocent, non. Simplement qu'il regrette. Qu'il considère le verdict comme une seconde chance que lui offre la vie, et non comme une occasion de tuer encore. Je ne peux plus rester ici, Neil. Ce serait simplement de l'hypocrisie.

— Je ne t'approuve pas, mais je te comprends. Je suis déçu, mais pas par toi. » Neil se leva et serra la main de Jack. « Pour toi, la porte sera toujours ouverte, Jack. Si tu changeais d'avis...

— Merci. »

Dix minutes plus tard, en allant vers sa voiture, Jack pensait à Cindy. Elle ne l'avait pas rappelé. Soit elle n'avait pas eu son message, soit elle lui en envoyait un à sa façon.

D'après ce qu'elle lui avait raconté lors de la dernière soirée qu'ils avaient passée ensemble, son amie Gina avait besoin d'être consolée. L'histoire aurait été plausible, à condition de ne pas connaître Gina, qui était bien la dernière personne au monde à avoir besoin de « consolation ». Et Jack la connaissait. C'était grâce à elle qu'il avait rencontré Cindy.

Un ami commun avait organisé une sortie à quatre.

Le rendez-vous était chez Gina, dont Jack devait être le cavalier. Elle l'avait fait attendre pendant une heure dans le salon ; et Cindy, qui partageait l'appartement avec Gina, était venue lui tenir compagnie. Un déclic s'était produit entre les deux jeunes gens. Et quel déclic ! Il avait passé la soirée à interroger Gina sur son amie, et, depuis, il ne sortait plus qu'avec elle. Cela faisait quatorze mois. Au début, Gina n'avait pas beaucoup apprécié, mais avec le temps elle s'y était habituée.

Lourdement chargé, Jack s'arrêta au carrefour en attendant que le feu passe au rouge, puis il traversa pour se rendre au parking de l'institut, de l'autre côté du boulevard. Bien que plongé dans ses souvenirs, il aperçut soudain une voiture qui brûlait le feu et fonçait sur lui. Il pressa le pas, mais la voiture accéléra encore. Jack dut se jeter sur le trottoir pour l'éviter. Tout ce qu'il put lire de la plaque d'immatriculation était le Z qui, en Floride, signalait les voitures de location.

Tremblant de tous ses membres, le souffle coupé, Jack observa rapidement les alentours : aucun témoin en vue. Ce n'était pas un quartier où les gens aimaient à flâner. Toujours par terre, il envisagea diverses hypothèses. Était-ce un accident, le rite d'initiation d'une bande de voyous, un chauffard ? Sans tomber dans la paranoïa, l'accident était peu plausible. Une sonnerie aigrelette attira son attention : c'était celle de son téléphone de voiture, un engin bon marché qu'il avait acheté sur l'insistance de Neil Goderich pour le cas où sa Mustang vieille de vingt ans le lâcherait dans un des quartiers pourris où l'institut trouvait ses clients.

Il n'y avait personne autour de lui. Le téléphone sonnait toujours. Il se dirigea vers sa voiture, déverrouilla le système d'ouverture central, ouvrit la portière et décrocha.

« Allô ?
– Swyteck ? »

Jack soupira. C'était la même voix rauque, contrefaite, que deux jours plus tôt.

« Qui est à l'appareil ? »

Il n'y eut pas de réponse.

« Qui êtes-vous ?

— Le tueur est en vadrouille. Et c'est votre faute, Swyteck.

— Que voulez-vous de moi ? »

Un profond soupir lui répondit, suivi d'un silence. Puis la réponse vint : « Coincez le tueur, Swyteck. Coincez-le. Ou alors...

— Mais... »

Il était trop tard pour discuter. On avait raccroché.

CHAPITRE 8

À midi moins vingt, Harry Swyteck enfila une veste légère et sortit de l'hôtel de ville par une porte latérale. Le brillant soleil du matin laissait présager un nouvel après-midi intolérable, mais pour l'instant l'air n'était pas encore saturé de l'humidité qu'apporterait l'inévitable averse de trois heures. C'était l'heure idéale pour se promener dans les rues et serrer les mains de ses concitoyens.

Quelques minutes avant midi, il parvint devant le drugstore, masquant son angoisse sous des sourires purement électoraux. Le drugstore Albert's n'avait pas changé depuis quarante ans. On y trouvait toujours tout, de la pommade antihémorroïdes au poil à gratter. Le lieu présentait un avantage inestimable pour le gouverneur : il disposait d'une des dernières vraies cabines téléphoniques à l'ancienne subsistant dans la ville. Son agresseur l'avait sans doute choisie pour cela.

« Bien le bonjour, monsieur le Gouverneur ! » s'exclama une petite voix amicale. Le vieux monsieur Albert, maintenant âgé de soixante-dix-neuf ans, se tenait sur le seuil de son magasin.

« Bonjour, dit Harry. Quelle belle journée, n'est-ce pas ?

– Si on veut », répondit le vieil homme en s'épongeant le front avant de se retirer à l'intérieur de la pharmacie.

Harry aurait dû, lui aussi, passer son chemin. Mais il ne pouvait ni s'éloigner de la cabine ni se permettre d'intriguer les gens en traînant autour de la pharmacie. Il entra donc dans la cabine et souleva le récepteur qu'il tint d'une main sous son menton, comme s'il était plongé dans une conversation, tout en maintenant le crochet enclenché. Mais il n'eut guère à attendre. La sonnerie retentit.

« Je suis là, dit-il.

— Parfait, mon bonhomme. » La voix de son interlocuteur sifflait toujours de la même façon. « Dépêchons-nous.

— Ne vous inquiétez pas, ce téléphone n'est pas sur écoute. »

L'homme ricana. « Je ne m'inquiète pas le moins du monde. Je sais très bien que vous n'appellerez pas les flics. »

Harry se rebiffa. Pourquoi son interlocuteur le prenait-il pour une proie aussi facile ? « Comment pouvez-vous en être si sûr ?

— Parce que je lis en vous comme dans un livre. J'ai vu votre regard quand je vous ai dit que je connaissais la vérité sur Fernandez. Cette histoire vous tracasse depuis un bon moment, n'est-ce pas ? »

Le gouverneur écoutait avec attention. À l'extérieur, hommes et voitures circulaient paisiblement. Cet étranger le comprenait trop bien. Il s'exprimait comme une crapule, mais avec la pertinence d'un fin psychologue. « Que me proposez-vous ? interrogea-t-il.

— C'est très simple. Je vous donne la preuve. La même que celle que j'ai montrée à votre fils il y a deux ans. Vous verrez de vos propres yeux que c'est moi qui ai égorgé la petite pouffiasse. Vous n'avez qu'à apporter le fric. »

Harry réfléchissait à toute vitesse. Se pouvait-il que ce fût ce même homme qui était allé voir Jack la nuit de l'exécution ? Se pouvait-il que ce fût le véritable assassin ?

« Une minute. Êtes-vous en train de me dire que c'est vous qui avez tué la jeune fille ?

— Vous êtes sourd, ou quoi ? Évidemment que c'est ça que je vous dis. »

Le gouverneur sentit un gouffre s'ouvrir sous ses pieds, un abîme où il tombait sans fin. Il reprit enfin ses esprits. « Vous avez parlé d'argent ?

— Dix mille. En billets de cinquante.

— Comment ? » Harry avait du mal à croire qu'il était vraiment en train de négocier avec un assassin. Et pourtant, il continua : « Et comment aurai-je la fameuse preuve ?

— Allez au Bayfront Park, à Miami. Offrez-vous une balade en fiacre, un de ceux qui partent de la grande statue de Christophe Colomb. Prenez le fiacre blanc avec des sièges en velours rouge. Le cocher est un vieux nègre qui s'appelle Calvin. Soyez-y pour le départ de neuf heures du soir. Pendant ce tour-là, il s'arrête toujours du côté de l'amphithéâtre pour se payer un thé glacé au stand de la petite señorita aux gros nichons. À ce moment-là, fouillez sous le siège de droite. Il se soulève. En dessous, il y aura une boîte à chaussures et une lettre. Laissez l'argent, prenez la boîte, lisez la lettre, et suivez les instructions. Pigé ?

— Et si le cocher ne s'arrête pas ?

— Il s'arrêtera. Ce type est réglé comme une horloge. Pendant le tour de neuf heures, il s'arrête toujours.

— Je ne peux pas monter dans un fiacre avec tout cet argent.

— Vous le pouvez, et vous le ferez. »

L'homme ne reviendrait pas sur les termes de la négociation, Harry le comprit rapidement.

« Il me faut un peu de temps.

— Je vous donne jusqu'à samedi soir. Et n'oubliez pas, neuf heures pile. Je vais raccrocher, maintenant.

On ne sait jamais, vous avez peut-être mis ce téléphone sur écoute, et mes soixante-dix secondes sont écoulées. »

Lentement, le gouverneur raccrocha lui aussi. Il se laissait entraîner trop loin, songea-t-il en soupirant. Mais savoir si l'homme disait la vérité était essentiel pour lui. Il ignorait ce qu'il ferait si ses assertions étaient confirmées : comment s'arrangerait-il avec sa conscience ? Parlerait-il à Jack ? Néanmoins, il avait besoin d'une certitude.

D'ailleurs, cela aurait pu être pire. Il enrageait de devoir donner ne fût-ce qu'un sou à une telle crapule, mais dix mille dollars ne le ruineraient pas. L'homme aurait pu demander davantage.

Pourquoi ne l'avait-il pas fait ? En maintenant le contact, son agresseur prenait des risques. Il aurait eu intérêt à exiger une grosse somme en une seule fois. À moins qu'il ne joue un autre jeu, qu'il ne poursuive un objectif dont Harry ignorait complètement le sens.

Cette éventualité augmenta d'autant ses craintes.

CHAPITRE 9

« À ta santé, mon pote, s'écria Mike Mannon, le propriétaire du Mike's Bikes et le meilleur ami de Jack Swyteck, en levant sa bouteille de Michelob. Et que tu ne redeviennes jamais avocat ! »

Jack sourit et trinqua avant de boire une longue gorgée de sa bière. Il avait passé la journée à téléphoner à d'anciens amis pour trouver du travail. Lorsque Mike l'avait invité à dîner à South Beach, il avait accueilli la proposition avec soulagement.

Ils étaient assis à la terrasse d'un café, devant des cheeseburgers. Le vent de mer était frais, et l'atmosphère joyeuse. Des hommes et des femmes beaux et bronzés sortaient de voitures décapotables, de coupés classiques ou de vieilles jeeps aux pneus dégonflés, au son d'un vieux reggae ou d'une salsa cubaine. À huit heures, dès que le soleil s'était couché, tout ce que la ville comptait de frimeurs, d'aventuriers et de marginaux paradait sur Ocean Drive, sous la lumière bleue des réverbères.

« Waouuu ! » s'écria Mike en regardant une blonde au décolleté impressionnant qui ondulait le long des tables.

Amusé, Jack sourit. Mike était un dragueur impénitent. Il ne vieillissait pas. En général, on le trouvait charmant. Toujours de bonne humeur, il ne prenait pas la vie très au sérieux, se laissait guider par son désir du moment et se moquait de l'opinion des gens. Une qualité que Jack lui enviait.

« Tu sais, Mike, je connais une femme, chirurgien orthopédique à Jackson Memorial, qui serait passionnée par tes radios. Elle écrit un article sur les limites de flexibilité du cou.

— Tu peux parler, toi, le monogame ! Nous autres, on ne se couche pas tous les soirs avec Cindy Paige...

— Oh, je commence à me demander si ça va être encore longtemps le cas, répondit Jack, le regard lointain.

— Ah ! Ah ! De l'eau dans le gaz ? Bon, je vais te trouver une mignonne. Regarde celle-là. » Mike lui désigna une adepte du bodybuilding aux cheveux rouges.

« Parfait. Elle m'a tout l'air du genre de fille à sortir avec un type au chômage. Et si par hasard elle hésitait, je n'aurais qu'à ajouter qu'un cinglé cherche à me transformer en accident de la route ! »

Mike le regarda d'un air préoccupé. « Tu as une idée de qui ça peut bien être ?

— Aucune. » Jack haussa les épaules. « Peut-être Goss, pour me flanquer la trouille. Ce "tueur en vadrouille", c'est bien son style. Mais je ne le crois pas aussi persévérant. D'abord le coup de fil, maintenant ça. Ça tourne au harcèlement. C'est quelqu'un que le verdict a mis dans une rage noire. »

La tête de Mike pivota pour suivre deux filles aux seins en forme d'obus qui sortaient des toilettes pour dames. « Tu devrais peut-être appeler les flics.

— Rien ne ferait plus plaisir à la police de Miami que de savoir Jack Swyteck menacé. À mon avis, les flics lui donneraient les clés de la ville, à ce type. Non, ce n'est pas la bonne idée.

— Alors, surveille tes arrières, déclara Mike avec un sérieux surprenant. Tu devrais peut-être changer de boulot, devenir représentant en cartes de vœux, ou un truc comme ça. »

Jack hocha la tête. Mike n'avait pas tort. Peut-être aurait-il intérêt à aller vivre ailleurs. Loin de Goss ; et de son père, qui trouvait qu'il n'en faisait jamais assez ; et de Cindy, qui l'exhortait sans cesse à se confier à elle. Bon Dieu, pourquoi était-il incapable de se confier ? Les Américains passaient leur vie à ça. On ne pouvait pas écouter une émission sans se cogner à un quidam qui racontait ses problèmes à la caméra.

« Dis donc, Mike, tu t'entends comment avec ta famille ? interrogea Jack, sautant du coq à l'âne. Je veux dire... tu discutes le bout de gras avec eux ? »

Mike ne quittait pas des yeux une femme en collant violet. « Heu... » Il revint à Jack. « La famille, tu sais... Ma mère et moi, on se parle un peu. Elle pose surtout des questions. Elle veut savoir si je vais enfin me marier, avoir des enfants.

— Et ton père ?

— Ça va. » Mike sourit un peu tristement. « Quand j'étais gosse, on s'entendait comme larrons en foire, on partait en week-end, on montait à cheval, on faisait du bateau. Mais quand j'ai arrêté l'école, ça a changé. Il s'est mis à me serrer la main, tu sais, et à me demander comment allaient les affaires. Mais on peut toujours compter l'un sur l'autre. »

Jack songea à la photo qu'il avait vue chez son père la nuit où Fernandez était mort. La pêche au gros, tous les deux ensemble.

« Garçon ! cria-t-il. Deux autres bières, s'il vous plaît. »

Il était deux heures moins le quart du matin. Cindy et Gina revenaient en voiture de South Beach. Cindy baissa un peu sa fenêtre, laissant entrer une bouffée d'air tiède.

« Pourquoi fais-tu ça ? demanda vivement Gina.

— On gèle dans cette voiture.

– L'air froid me fait du bien. Ça me réveille. Surtout après quelques verres. Et puis ce pantalon me tient chaud. »

Cindy contempla son amie. « Chaud » était le mot, en effet. Le latex noir moulait étroitement les formes de Gina, révélant à qui voulait le voir un corps sculptural, qui lui valait d'être régulièrement invitée dans les meilleurs restaurants mais lui permettrait, aussi bien, de décrocher un boulot de serveuse dans un Restoroute. Elle était magnifique et se donnait la peine qu'il fallait pour le rester. À vingt-quatre ans, elle avait gardé la fraîcheur de ses seize printemps, lorsqu'on la payait mille dollars par semaine pour poser comme mannequin.

Elles s'étaient rencontrées six ans plus tôt, à l'université. Les hasards administratifs leur avaient assigné le même logement. Les deux jeunes filles étaient aussi différentes que possible. Cindy travaillait, et Gina sortait. Durant le premier semestre, elles ne se dérangèrent pas. Puis, un samedi soir, assez tard, Gina rentra en larmes. Cindy eut le plus grand mal à la convaincre qu'aucun professeur d'université, même excellent amant, ne valait qu'on avale pour lui une demi-bouteille de bourbon et un flacon de somnifères. Elle était à ce jour la seule personne au monde à savoir qu'un homme, un soir, avait eu ce pouvoir sur Gina Terisi. De cette longue conversation, une amitié était née. Et Cindy assista dès lors au jeu de massacre : un bon nombre d'innocents payèrent très cher les mauvaises actions commises par le premier amour de Gina. Cindy savait que son amie n'était pas vraiment une garce. Mais le reste du monde ignorait qu'elle pût être vulnérable.

« Tu as déjà conduit les yeux fermés ? demanda Gina.

– Sûrement pas, répondit Cindy, en allumant la radio.

– Moi oui. Parfois, quand une voiture vient d'en face, j'ai envie de me cramponner au volant, de fermer les yeux et d'attendre le whououoush... qu'elle fera en me croisant.

— Conduis, Gina, s'il te plaît.
— Qu'est-ce que tu es de mauvaise humeur !
— Excuse-moi. Je crois que je n'aurais pas dû sortir ce soir. Tu sais, je ne suis plus sûre du tout de vouloir quitter Jack.
— On en a parlé cent fois, Cindy. Dans ta tête, la question était parfaitement réglée.
— On s'entendait si bien ! On commençait même à parler d'avenir.
— Eh bien, je t'ai sauvée à temps. Crois-moi, le mariage est un enterrement. Dans la vie, les occasions ne se présentent pas deux fois. Amuse-toi, profite, au lieu de rester sur le bord de la route. Tu as une chance formidable, pour une photographe de vingt-cinq ans... Ce n'est pas tous les jours qu'on te proposera un boulot pareil : des semaines en Italie, tous frais payés, pour une brochure touristique. Saute dessus. Si tu refuses, si tu restes parce que tu as peur de perdre Jack, tu lui en voudras et tu le détesteras.
— Peut-être. Mais pourquoi rompre ? Je pourrais lui dire simplement que ce voyage nous aidera à nous décider pour de bon.
— Arrête, veux-tu ? Vous vivez ensemble depuis des mois. Votre opinion n'est pas encore faite ? Je ne donne pas cher de votre avenir.
— On a eu des moments formidables.
— Oui, il y a longtemps de ça. Je te connais, Cindy, ça fait des mois que tu es malheureuse avec Jack. Voilà un type qui parle d'avenir, alors qu'il n'est même pas capable de te dire à quoi il pense vraiment sur le moment. Et ce grand secret, qui l'empêche d'adresser la parole à son célèbre père ? Tu trouves ça net ? Moi, je crois qu'il a un grain.
— C'est complètement faux, rétorqua Cindy. Mais la famille a bizarrement vécu la mort de sa mère, c'est normal que ça lui pose des problèmes.

– Parfait. Qu'il les règle ! Pendant ce temps-là, va t'amuser en Italie.

– Je ne pensais pas...

– Fais ce que tu veux, à la fin. Mais on discute pour rien. Dès que Jack saura avec qui tu pars en Italie, ce sera fini entre vous, de toute façon. »

Cindy ne répondit pas. Gina avait raison, mais elle n'avait pas envie d'y penser. Elle écouta la radio quelques instants. L'émission de jazz s'achevait, le journal allait commencer. Eddy Goss faisait la une.

« ... assassin, acquitté par le jury mardi dernier. » Et le journaliste mentionnait les efforts de l'inspecteur Lonzo Stafford pour impliquer Goss dans deux autres meurtres. Car il fallait, selon l'inspecteur, empêcher Goss de tuer à nouveau. Cindy et Gina firent comme si elles n'avaient pas écouté. Mais ni l'une ni l'autre n'était dupe. L'affaire Goss les avait concernées de trop près. Cindy pensait à Jack, sans doute tout seul à la maison. Gina pensait à Eddy Goss, qui errait quelque part, non loin de là.

La BMW beige, cadeau d'un prétendant malheureux, entra dans le parking d'une copropriété composée d'une vingtaine de maisons, sur le front de mer. Avec son salaire de décoratrice d'intérieur, Gina n'aurait jamais pu s'offrir ce luxe. Elle « louait » donc sa maison à un homme d'affaires vénézuélien, très riche et marié, qui, plaisantait Gina, « encaissait son loyer en trois versements par an, le tout en une seule nuit ».

La voiture de Cindy étant garée dans le box de Gina, celle-ci glissa la sienne dans une place réservée aux visiteurs, à une centaine de mètres de chez elle. Les deux jeunes filles sortirent du véhicule en pensant à Eddy Goss.

« Rien de tel que de savoir un tueur en liberté pour courir le marathon, plaisanta Cindy, mi-figue mi-raisin, en traversant le parking au pas de course.

– Tu l'as dit », répondit Gina en riant et elle se mit elle aussi à courir.

La jeune fille atteignit les marches de l'entrée avant son amie, moins habituée aux talons hauts. La lumière de la terrasse était allumée et la porte fermée, comme elles les avaient laissées en partant. Gina fouilla dans son sac pour trouver sa clé, et tâtonna avant de parvenir à l'introduire dans la serrure. En deux tours rapides, la porte s'ouvrit, mais s'entrebâilla seulement. La chaîne de sécurité la bloquait.

Les deux jeunes filles étaient stupéfaites. Elles ne pouvaient pas avoir fermé de l'intérieur avant de sortir. Gina jeta un coup d'œil au pot en terre sous lequel elle cachait toujours sa seconde clé. Quelqu'un l'avait changé de place.

Avant que Gina ait eu le temps de reculer, la porte lui claqua brutalement au nez. Elle trébucha, le contenu de son sac se répandit sur la terrasse.

Terrorisées, les jeunes filles se serrèrent l'une contre l'autre. En entendant glisser la chaîne de sécurité, elles hurlèrent toutes les deux, et dévalèrent l'escalier. Gina, au pas de course, se débarrassa de ses chaussures. Le talon de Cindy se coinça sur la dernière marche, elle tomba sur le trottoir.

« Gina ! appela-t-elle. Je ne peux pas me relever. » Son amie courait toujours, sans regarder derrière elle.

« Gina ! »

CHAPITRE 10

« Hé ! cria Jack du haut des marches, dès que la porte s'ouvrit en grand. Hé, c'est moi ! »

Gina courait toujours. Cindy regarda Jack et tenta de se remettre debout.

« Tout va bien. Ce n'est que moi.

— Espèce d'enfant de salaud ! s'exclama Gina en revenant. Qu'est-ce que tu fais ici ? »

Bonne question, se dit Jack. Un peu plus tôt dans la soirée, il avait suivi les conseils de Mike, et abandonné la bière au bénéfice d'un « Bahama Mamas ». Peu habitué aux alcools forts, Jack en avait rapidement ressenti les effets. Plutôt que de prendre le risque de tuer quelqu'un en traversant toute la ville au volant de sa Mustang pour rentrer chez lui, il s'était arrêté chez Gina, où il espérait trouver Cindy.

« Je n'en sais trop rien », dit-il en haussant les épaules, plus pour lui-même qu'en réponse à la question. Puis il regarda Cindy. « Je suis désolé, je crois que j'ai un peu trop bu. J'avais envie de te parler, de comprendre ce qui nous arrive.

— Jack, ce n'est pas l'endroit pour...

— Je veux juste parler, Cindy, tu me dois au moins ça. » Il vacilla un peu et se cramponna à la rampe pour garder l'équilibre.

Cindy ne savait quelle attitude adopter. « Je ne suis

pas sûre de pouvoir parler, en tout cas ce soir. Honnêtement, je ne suis pas encore décidée à...

– Elle est décidée, interrompit Gina. C'est fini, Jack, elle te quitte. Que cela te plaise ou non, elle se sent mieux sans toi. Laisse-la tranquille. »

Cindy lança un regard furieux à son amie.

Jack parut soudain gêné de se donner ainsi en spectacle.

« D'accord », dit-il en commençant à descendre les marches.

Cindy hésita un instant, puis avança vers lui. « Non, tu as raison. Il faut qu'on parle. Je vais chercher mes clés de voiture. On se retrouve à la maison. »

Jack regarda Gina et Cindy : « Tu es sûre ? »

Elle hocha la tête. « Va devant. Je prends mes clés et je te suis. »

Aucune frontière n'est plus tangible que celle qui court au milieu d'un lit. La pièce peut être sombre, les yeux peuvent être fermés. Elle est là, silencieux symbole de l'abîme qui se creuse parfois entre un homme et une femme.

Entre Jack et Cindy, la frontière commença de se tracer lorsqu'ils partirent de chez Gina dans deux voitures, se garèrent sur le parking et marchèrent l'un derrière l'autre vers la maison. Elle s'accentua lorsqu'ils se déshabillèrent en silence. Le temps qu'ils se couchent chacun de leur côté dans le grand lit, la ligne de démarcation était aussi infranchissable que le mur de Berlin avant sa destruction. Jack avait peur de ce qu'il pourrait dire après avoir passé une nuit à boire. Il préféra jouer la sécurité, éteignit la lumière, marmonna un vague bonne nuit et fit semblant de dormir. Mais il mit des heures à trouver le sommeil.

Cindy n'essaya pas de le réveiller. Pourtant, elle n'arrivait pas à s'endormir non plus. Elle pensait à la manière dont il lui avait proposé de vivre avec lui, dix mois plus tôt. Il lui avait couvert les yeux de ses mains et l'avait amenée dans la chambre à coucher. Quand il avait enlevé ses mains, elle avait vu des petits rubans jaunes accrochés aux poignées de la moitié des tiroirs de la commode. « Ceux-là sont pour toi », avait-il dit. Étendue, les yeux fermés, somnolente, elle voyait des rubans jaunes, et des dentelles, des serpentins. Puis une grande pièce, décorée pour une fête somptueuse, où se pressaient des centaines d'invités. Instinctivement, elle savait qu'il était important que Jack soit là. Elle le cherchait, elle l'appelait, mais personne ne répondait.

« Jack, murmura-t-elle trois heures plus tard, tandis que la chaleur du soleil matinal lui chauffait doucement le front et que sa propre voix la tirait de son rêve. Jack, il faut qu'on parle, reprit-elle d'une voix plus assurée.

– Oui, oui. » Jack se frotta les yeux, consulta le réveil. Il était sept heures. « Je reviens dans une seconde », dit-il en glissant ses jambes hors du lit. À peine fut-il debout qu'il se rassit. « Ouille, ouille ouille », grogna-t-il. Il avait une gueule de bois sévère, si sévère que si on lui avait proposé de lui couper la tête il n'aurait sans doute pas refusé. « Écoute, Cindy, déclara-t-il en se résignant à rester immobile, je suis désolé pour hier soir. »

Cindy hésitait à traverser la frontière entre eux. C'était étrange : ils avaient vécu ensemble pendant des mois, et maintenant, revêtue seulement de son grand T-shirt, elle se sentait gênée.

« Moi aussi. » Glissant doucement de son côté du lit, Cindy s'assit près de Jack, mais pas trop près. « Les excuses ne mènent à rien. J'ai beaucoup réfléchi à tout ça.

– Réfléchi à quoi ?

– On me propose un reportage photo en Italie. »

Jack sourit à l'heureuse nouvelle. « C'est formidable ! Absolument génial ! s'exclama-t-il en lui prenant la main. Tu en rêves depuis toujours. Pourquoi ne m'as-tu rien dit ?

– Parce que le voyage durera trois ou quatre mois. »

Jack balaya l'objection. « Nous pouvons survivre à ça.

— Voilà la question, rétorqua Cindy. Je n'en suis pas convaincue.

— Je ne comprends pas. » Sur le visage de Jack, le sourire avait disparu.

« Nous avons un problème, Jack. Le problème, ce n'est pas nous. C'est quelque chose au fond de toi, et que, je ne sais pour quelles raisons, tu ne veux pas partager. »

C'était vrai, Jack le savait parfaitement.

« Ce n'est pas nouveau. Je m'enferme, je suis d'une humeur de chien, je le sais bien. Souvent, c'est la faute du boulot, du métier que je fais. » Fallait-il lui dire qu'il avait démissionné de l'institut pour la Liberté ? Non, qu'il fût au chômage n'arrangerait sans doute rien, songea-t-il. « Mais je m'habituerai.

— Il y a autre chose. Qui te rend incapable de communiquer, de ressentir des émotions. Ce n'est pas supportable. Depuis que nous sommes ensemble, tu n'as pas trouvé le moyen d'aller voir ton père, pour te réconcilier avec lui ou pour clarifier les raisons de votre brouille. C'est inquiétant, comme façon de gérer les relations personnelles. C'est si inquiétant que j'ai profité de l'affaire Goss pour prendre un peu de recul, pour réfléchir. À nous, à notre avenir. J'ai le choix entre deux possibilités. Un, je te dis : "Séparons-nous" ; deux, je te dis : "Je t'aime toujours, je t'écrirai, je t'appellerai, et nous nous verrons quand je rentrerai d'Italie."

— Et tu allais décider toute seule ? Moi, j'étais supposé accepter le résultat de tes cogitations sans broncher, sans avoir pu me défendre ?

— Non. Je savais qu'il fallait qu'on en parle. Mais ce n'est pas si facile que ça. Il y a autre chose.

— Quoi ?

— Je ne pars pas seule. » Et, timidement, elle ajouta : « Chet vient aussi. »

Jack resta sans voix. Chet était le premier employeur de Cindy, et son patron aux studios Image Maker depuis qu'elle avait quitté l'université. C'était aussi l'homme qui comptait dans sa vie avant qu'elle ne le rencontre. Jack avait envie de vomir.

« Ce n'est pas ce que tu crois. C'est purement professionnel.

— Pourquoi t'y prends-tu comme ça ? hurla-t-il. Tu t'imagines que je vais craquer si tu me dis la vérité ? Si tu avoues que tu me plaques ? Mais non, ne t'inquiète pas. Je suis plus costaud que ça. Depuis un mois, dès que j'écoute des infos, ou que je lis un journal, c'est toujours "le meurtrier Eddy Goss et son avocat Jack Swyteck" toujours dans le même sac, toujours sur le ton du plus profond dégoût. Je marche dans la rue, et des gens que je connais m'évitent. Je traverse et des gens que je ne connais pas me crachent au visage. Et c'est de mal en pis. » Il pensait au type qui l'avait presque écrasé la veille. « Mais je vais te dire une chose : je vais m'en sortir. Et je ne veux pas de ta pitié.

— Je n'ai pas pitié de toi, et je ne te quitte pas. Crois-moi, tout simplement. Et dis-moi la vérité, toi aussi.

— Je ne t'ai jamais menti.

— Évidemment. Tu ne m'as jamais rien dit. Parfois, je m'imagine que c'est ma faute. Gina pense que c'est l'histoire entre ton père et toi...

— Comment Gina saurait-elle quoi que ce soit au sujet de mon père, bon Dieu ? »

Cindy se mordit les lèvres. Elle avait fait une gaffe. Jack secouait la tête, serrait les poings. « C'est toi ? Tu lui as raconté ce que je t'avais confié ?

— Gina est ma meilleure amie, Jack. On se parle, on se raconte ce qui compte dans notre vie.

— Je t'interdis, tu m'entends, Cindy, je t'interdis de mentionner le simple nom de mon père avec elle. Bon Dieu ! Quelle putain d'insensibilité !

— Ne me parle pas sur ce ton ou je m'en vais immédiatement.

— Tu t'en vas de toute façon. Je comprends très bien, allez. Tu vas en Italie avec ton patron, ton patron avec qui tu couchais. Tu sors avec Gina jusqu'à trois heures du matin ! Vous traînez dans les boîtes, vous draguez !

— Nous n'étions pas dans...

— Foutaises ! » Jack était tellement bouleversé qu'il en oubliait ses propres errements de la nuit précédente. « Ce n'est pas Mère Teresa, ta copine, tu sais. Bon Dieu ! J'ai dû avoir des conversations plus intéressantes avec les demoiselles du téléphone que Gina avec la moitié des hommes qu'elle s'est envoyés.

— Je ne suis pas Gina. En plus, elle n'est pas comme ça. Arrête, Jack.

— Arrêter quoi ? cria Jack. De regarder la vérité en face ? De trouver très amusantes les Aventures et nouvelles Aventures de Cindy et Gina ? »

Trop blessée pour parler, Cindy était toujours assise sur le bord du lit.

« Tu veux t'en aller ? » Jack courut à la porte de la chambre, l'ouvrit brutalement. « Eh bien, va-t'en. »

Cindy le regarda en pleurant.

« Allez, reprit Jack. Tire-toi. »

Elle ne bougea pas.

Surexcité, Jack cherchait un moyen d'extérioriser des mois, des années peut-être, de colère rentrée. Une colère dont Cindy n'était pas responsable, mais dont elle subissait maintenant les conséquences. Il se précipita sur le bureau et saisit rageusement les photos que Cindy avait glissées dans le cadre du miroir – leurs souvenirs de vie à deux.

« Jack !

— Voilà ! dit-il en déchirant la première.

— Ne fais pas ça !

— Puisque tu t'en vas », répondit-il en prenant une autre photo.

Cindy bondit vers le placard. Il lui barra la route.

« Il faut que je m'habille, protesta-t-elle.

— Pas question. Tu t'en vas immédiatement. Retourne chez Gina, ta confidente Gina.

— Arrête ! »

D'un seul coup, Jack déchira en deux toutes les photos qui restaient.

Cindy attrapa ses clés de voiture. Sur le pas de la porte, vêtue de son seul T-shirt, elle se retourna vers Jack, les yeux pleins de larmes. « Je ne voulais pas que ça finisse comme ça.

— On croirait entendre les salauds que je défends. »

Elle rougit sous l'affront, hésitant entre le chagrin et la colère.

« C'est toi qui es un salaud ! » hurla-t-elle.

CHAPITRE 11

Samedi soir, vers huit heures, Harry Swyteck rangea la voiture qu'il avait louée sous un des innombrables palmiers de Biscayne Boulevard, la grande artère nord-sud qui traverse Miami. Comme il l'avait promis au maître chanteur, il était venu seul. Le soleil venait de se coucher, et les réverbères s'allumaient. Le gouverneur soupira. À toutes les inquiétudes qu'il éprouvait déjà s'ajoutait celle de se promener avec dix mille dollars en liquide, la nuit, à Miami. Il vérifia la serrure de sa mallette et sortit rapidement de la voiture. Après avoir franchi les six voies à grande circulation, il pénétra dans le parc.

Bayfront Park était le plus grand espace vert de Miami. Il séparait les rues bruyantes de la ville de l'embarcadère de Biscayne Bay. Des tours de granit, de marbre et de verre, aux mille fenêtres brillamment éclairées, découpaient l'horizon à l'ouest et au sud du parc. De l'autre côté de la baie, des bateaux de croisière étincelaient, tels des rangs de perles flottantes. Une petite brise rafraîchissante soufflait de l'est, apportant avec elle le bruit du ressac. C'était à l'extrémité nord du parc que se situaient les restaurants et les boutiques, ainsi que le point de départ des fiacres où les touristes adoraient prendre place pour une promenade romantique.

Ce soir, le gouverneur allait s'offrir une balade. Il n'était pourtant pas un touriste, même si, pour s'en donner l'apparence, il avait revêtu un pantalon blanc, une chemise imprimée et une casquette de base-ball. La mallette en cuir détonnait sérieusement dans le tableau. Le gouverneur s'arrêta à un stand ambulant, acheta un gros animal en peluche qu'il fit envelopper dans un grand sac en papier, et s'empressa d'y dissimuler la mallette. Cette fausse note éliminée, il n'avait plus du tout l'air d'un gouverneur. Il avait cependant prévu l'éventualité où quelqu'un le reconnaîtrait malgré son déguisement – « Il faut tout connaître de sa ville, quand on veut être gouverneur », dirait-il en souriant. Et les gens le croiraient sans doute. Quatre ans plus tôt, lors de sa première campagne électorale, il avait travaillé dans un McDonald's, enseigné la prononciation à des grands débutants et effectué d'autres petits boulots du même genre, dans le seul dessein de ressembler à Monsieur Tout-le-Monde.

« Une petite promenade ? proposa un cocher de fiacre.

– Je vais voir, répondit Harry.

– Quarante dollars la demi-heure », insista le cocher, mais le gouverneur n'écoutait pas. Il essayait de repérer le fiacre de Calvin au milieu d'une dizaine d'autres. Par déductions successives, il finit par se diriger vers le fiacre qu'il avait reçu l'ordre de prendre : blanc, sièges de velours rouge, il était mené par un alezan dont les oreilles, pareilles à celles d'un âne, pointaient à travers les bords d'un chapeau de paille. Le gouverneur s'approcha nerveusement du vieux cocher noir, avec la sensation d'être surveillé. Il jeta un regard rapide alentour, sans rien remarquer d'anormal.

« C'est vous, Calvin ? demanda le gouverneur.

– Oui, m'sieur », répondit en saluant un vieillard de près de quatre-vingts ans, véritable relique du vieux Sud profond. Il avait les cheveux blancs et les mains calleuses d'un homme que la vie n'a pas ménagé. La déférence exagérée dont il faisait preuve donna mauvaise conscience à Harry. Comment le cocher avait-il dû être traité lorsqu'il était jeune !

« Je ferais bien une petite balade, dit le gouverneur en lui tendant deux billets de vingt.

– Oui, m'sieur, dit Calvin en regardant sa montre. Mais il faut que je vous prévienne d'une chose : il est neuf heures, et pendant la promenade de neuf heures je m'arrête toujours pour m'acheter un verre de thé glacé.

– Pas de problème », affirma le gouverneur en montant dans le fiacre. *Surtout, ne change rien à tes habitudes, mon vieux.*

Avec un claquement de la langue, Calvin tira à peine sur les rênes. Son cheval sortit du rang et, tel un pilote automatique, se dirigea vers le front de mer. Le gouverneur, amusé, observait l'animal : il se frayait son chemin, tranquillement. « Il y a combien de temps que vous faites ce métier, Calvin ?

– Longtemps, très longtemps, bien avant que vous soyez gouverneur, m'sieur le Gouverneur. »

Autant pour l'anonymat !

Le voyage commençait au pied de la gigantesque statue de Christophe Colomb. Ensuite, on prenait vers le sud, le long de la mer, sous les palmiers. Des musiciens jouaient de la guitare ou du saxophone tout le long d'une chaussée dallée de corail blanc, censée évoquer, version Floride-du-Sud, une rue pavée à l'ancienne. Calvin jouait au guide. Le parc et son histoire n'avaient pas de secrets pour lui : il raconta au gouverneur comment on avait gagné le terrain sur la mer en 1924, et comment la mer s'était efforcée de récupérer son bien en 1926, lors du grand ouragan. Manifestement, il parlait par habitude ; mais il y mettait un peu plus d'émotion que d'ordinaire, pour impressionner son célèbre passager. Le gouverneur écoutait poliment, l'esprit ailleurs, concentré sur son objectif

— l'échange à venir. Son anxiété s'accrut en quittant les zones brillamment éclairées : le fiacre s'enfonçait maintenant dans le parc, les palmiers et les chênes obscurcissaient la lumière dispensée par de rares réverbères. En arrivant près de l'amphithéâtre, le cocher ralentit, comme Calvin l'en avait prévenu — comme le maître chanteur l'avait prévu.

Le fiacre s'arrêta. Avant de descendre, Calvin se tourna vers son passager. « Nous sommes à l'endroit le plus tragique de la visite, dit-il. C'est exactement ici qu'en l'an béni de 1933 le Président Franklin Delano Roosevelt s'adressa à une foule de quinze mille personnes. Dans cette foule immense se cachait un jeune homme très en colère, un homme dont les docteurs diraient plus tard qu'il était un psychopathe extrêmement intelligent avec des tendances morbides qui le poussaient à entrer en conflit avec l'ordre établi. Ce jeune désaxé est resté tranquillement assis sur un banc, en attendant que le Président finisse son discours. Puis il a sorti un revolver de sa poche et tiré sur la tribune pour tuer M. Roosevelt. Il a raté le Président, mais cinq innocents ont été touchés. Le plus sérieusement blessé, c'était Anton Cermak, le maire de Chicago, qui a dit au Président, juste avant de mourir : "Je suis heureux que ce soit moi plutôt que vous." »

Devant l'expression du gouverneur, Calvin s'interrompit, désolé. « Je ne voulais pas vous effrayer, m'sieur le Gouverneur. Je le raconte toujours, pas seulement aux hommes politiques. C'est un morceau de notre histoire.

— Mais bien sûr, voyons », répliqua Harry, en essayant de réprimer ses frissons. Il se demandait si son maître chanteur savait que Calvin racontait toujours cette histoire à ses passagers. Peut-être était-ce la raison pour laquelle il avait choisi ce fiacre. C'était plausible. L'homme prévoyait son forfait depuis deux ans, depuis l'exécution de Fernandez. Harry eut envie d'en savoir plus. « Ça a dû faire sensation, en 1933 !

— Et comment ! La première page des journaux pendant au moins un mois, si je me rappelle bien.
— Et qu'est-il arrivé à l'assassin ? »

Calvin écarquilla les yeux et leva ses épais sourcils blancs. « Sauf vot' respect, m'sieur le Gouverneur, le type avait sorti son revolver devant quinze mille personnes, avait tiré six balles sur le président des États-Unis, blessé cinq personnes et tué le maire de Chicago. Au tribunal, tout ce qu'il a dit, c'est qu'il regrettait d'avoir raté M. Roosevelt. En plus de tout, ce cinglé a supplié le juge de l'envoyer sur la chaise. Qu'est-ce que vous croyez qu'ils lui ont fait, hein ?
— Ils l'ont exécuté, répondit doucement Harry.
— Sûr qu'ils l'ont exécuté. Quatre jours après avoir mis en terre le pauvre corps du maire de Chicago, on l'a exécuté. En ce temps-là, la justice allait vite. Pas comme maintenant. Avec tous ces avocats, qui plaident, qui font appel, qui demandent du temps, et tout ce cirque. Enfin, ajouta Calvin en soupirant, ça sert à rien de se prendre la tête. Daisy va se reposer un peu, et moi, je vais boire mon thé glacé. Vous voulez quelque chose, m'sieur le Gouverneur ?
— Non, merci, Calvin. Je vais vous attendre tranquillement. » Harry suivit des yeux le vieux cocher, tout en s'interrogeant. Le maître chanteur dévoilait-il ainsi le plus obscur de sa personnalité – ses pulsions morbides qui le poussaient à entrer en conflit avec l'ordre établi ? Était-il intelligent au point d'avoir volontairement mis le gouverneur entre les mains de ce vieux guide, qui, à sa façon mélodramatique, accentuait douloureusement le contraste entre deux affaires, l'une évidente et l'autre insupportablement douteuse ; entre deux hommes, l'un qui se vante de son forfait au seuil même de la mort et l'autre qui proclame son innocence jusqu'à la fin ; bref, la différence entre un assassin forcené et Raul Fernandez ? Le message était peut-être moins subtil, moins philosophique. Choisir le lieu hautement symbolique de cet assassinat politique pouvait

signifier la simple menace d'en perpétrer un autre, au même endroit.

Harry observait avec nervosité Calvin, qui bavardait joyeusement avec la vendeuse, une séduisante jeune Hispanique dont les charmes suffisaient à justifier la régularité des visites de Calvin. Malgré la chaleur, Harry tira la couverture sur ses genoux pour dissimuler ses gestes. Il passa la main sur le coussin de velours. Son cœur battait à cent à l'heure : et si un homme armé d'un revolver surgissait des fourrés ? Et si une bombe explosait au moment où il soulèverait le coussin ? Il écrirait alors le dernier chapitre de la leçon d'histoire de Calvin. Le siège se souleva, comme l'avait indiqué le maître chanteur. Aucune explosion. Pas de serpent à l'affût. Harry se sentait à nouveau surveillé. Il jeta un coup d'œil par-dessus son épaule, mais ne remarqua rien d'anormal. Alors, il se pencha pour prendre ce qu'il y avait sous le siège.

Dans une petite cavité aménagée, il trouva une boîte à chaussures sur laquelle il était écrit : « Déposez l'argent, prenez la boîte. » Pas de signature, mais un dernier avertissement : « Je vous surveille. »

Le gouverneur ne se risqua même pas à regarder autour de lui. Il ouvrit son cartable, enfonça les billets de cinquante dollars sous le siège, fourra la boîte à chaussures dans son sac en papier et remit le siège en place.

Calvin revint peu après. La promenade était presque terminée, mais les quelques minutes de trajet pour arriver à Bayside donnèrent au gouverneur un avant-goût d'éternité. Harry remercia Calvin et se dirigea à vive allure vers sa voiture. Dès qu'il fut assis derrière le volant, il posa son sac sur le siège, soulagé que personne ne fût intervenu. Il mit le contact mais, avant d'avoir pu se glisser dans la circulation, il entendit une sonnerie aigrelette et intermittente qui semblait provenir de la boîte rangée dans le sac en papier. Harry la sortit rapidement, dénoua la ficelle qui retenait le couvercle et l'ouvrit : à l'intérieur, il y avait un téléphone portable, posé sur une enveloppe fermée. Harry saisit le combiné.

« C'est dans l'enveloppe », dit la voix rauque et désormais familière.

Le gouverneur frémit. Ce ne pouvait être que cet homme, bien entendu ; mais il était quand même impressionné. « Qu'est-ce qu'il y a dans l'enveloppe ?

— Vous le demandez, monsieur le Gouverneur ? J'ai l'argent, et vous avez la preuve que c'est moi, et non Raul, qui ai tué la pouffiasse. C'est bien ce dont nous étions convenus, non ? »

Harry ne répondit pas.

« N'est-ce pas, gouverneur ? insista la voix.

— Si, si.

— Bon. Alors, ouvrez l'enveloppe – ouvrez-la seulement, n'en sortez rien. »

Harry s'exécuta. « C'est fait.

— Il y a deux photos à l'intérieur. Elles représentent toutes les deux la fille que Raul est censé avoir tuée. Sortez celle de gauche. »

Le gouverneur sortit le cliché de l'enveloppe et frissonna. Une jeune fille, les seins nus, était couchée sur le dos, les épaules en arrière comme si on lui avait attaché les mains dans le dos. Sa bouche était bâillonnée d'un petit foulard rose. Une lame de couteau était appuyée contre sa gorge. Les yeux écarquillés et injectés de sang, elle fixait son agresseur. Le reste de son visage portait la trace de coups violents.

« Alors, vous voyez ?

— Oui, dit Harry d'une voix tremblante.

— C'est une vraie peur qui se lit dans ses yeux, non ? On ne peut pas faire semblant d'avoir peur comme ça. Parfois, je regrette de ne pas l'avoir filmée au caméscope. Mais ce n'est pas la peine, en fait. Je me rejoue la scène dans ma tête aussi souvent que j'en ai envie. Comme un film. Je l'appelle "le domptage de

Vanessa". Elle s'appelait Vanessa, vous savez. J'aime bien connaître leur nom. Ça fait plus vrai. »

Le cliché tremblait dans la main du gouverneur, envahi par le dégoût et la crainte.

« Prenez l'autre photo, maintenant. »

Harry ferma les yeux en soupirant. Ces images auraient été pénibles à regarder en toutes circonstances, mais elles l'étaient doublement maintenant qu'il lui fallait reconnaître que Fernandez n'était pas responsable de la mort de la jeune fille. L'énormité de sa faute lui apparaissait soudain, et il se haïssait. « J'en ai vu assez, dit-il lentement.

— Regardez l'autre, regardez ce que j'ai fait avec le couteau.

— Je vous ai dit que j'en avais vu assez, répondit Harry d'une voix ferme en remettant la photo dans l'enveloppe. Vous avez votre argent, espèce de monstre. C'est ce dont nous étions convenus. Prenez-le et taisez-vous. Ne m'appelez plus jamais.

— Ce n'est pas comme ça que ça se joue, Harry. » Au bout du fil, l'homme eut un petit rire amusé. « Ça ne fait que commencer, entre vous et moi. Prochain rendez-vous dans quelques jours.

— Vous n'aurez plus un *cent*.

— Quelle conviction ! Vous ne sentez pas encore la corde autour de votre cou ? Écoutez donc ça. »

Harry tendit l'oreille : il entendit un déclic dans le téléphone, le silence ; puis un nouveau déclic, et sa propre voix, parfaitement reconnaissable : « Vous avez votre argent, espèce de monstre. C'est ce dont nous étions convenus. Prenez-le et taisez-vous. Ne m'appelez plus jamais. »

Un autre déclic, et son interlocuteur revint en ligne. « Tout est enregistré, bonhomme. Le très respectable gouverneur Harry Swyteck en train de payer un assassin pour qu'il se taise. Tout ça pour protéger sa carrière politique. Tout est enregistré, et prêt à être remis à la presse.

— Vous n'oseriez...
— Que si. Alors, considérez vos malheureux dix mille dollars comme des arrhes. Et apportez-en autant au 409 East Adams Street, à Miami, appartement 217. À quatre heures du matin, le 21 juillet. Pas une minute avant, pas une minute après. La porte sera ouverte. Posez l'argent sur la table de la cuisine. Et tenez-vous à carreau.

— Espèce de fils de... » Le gouverneur s'interrompit, l'homme avait raccroché. Une vague de panique le submergea tandis qu'il jetait l'enveloppe et le téléphone dans la boîte. Harry se prit ensuite la tête dans les mains, une nausée lui tordit l'estomac. « Foutu crétin ! » grommela-t-il en se renversant sur son siège. Il tremblait de tous ses membres, furieux de sa propre stupidité. Car les divers événements de cette nuit terrifiante, la leçon d'histoire du vieux cocher, les photos de la jeune fille, la bande enregistrée lui prouvaient à l'évidence que l'assassin avait remporté la première manche de leur confrontation.

CHAPITRE 12

Lourdement chargé, Jack Swyteck finissait de transporter ses cartons dans la maison. Derrière lui, fumant tranquillement un gros cigare, Mike Mannon s'amusait visiblement des efforts de son copain.

« T'es pas très en forme, mon pote ! ironisa-t-il.
— Je vous demande bien pardon, monsieur Schwarzenegger, mais, à ma connaissance, vous n'avez gagné aucun record de lever de poids, aujourd'hui. Et sors ce bâton puant de chez moi. »

En haussant les épaules, Mike souffla un gros nuage de fumée au nez de Jack. « Il n'était pas question que je soulève quoi que ce soit. Tu as dit que tu avais besoin d'une bagnole parce que la tienne était au garage. Pas que j'étais censé jouer les bêtes de somme.
— Bon, je crois que tout est là, s'exclama Jack. Je ne sais pas pourquoi je n'ai pas laissé tout ça au bureau. Enfin, ça pourra me servir un jour. Si je retrouve du boulot. »

Mike considérait sans indulgence les piles de livres de droit. « Sûrement ! Les chefs de rang chez McDo ont tous les jours besoin de chercher dans les annales juridiques.
— Je m'en souviendrai la prochaine fois que tu viendras me taper parce qu'on essaie de te coincer pour dettes, Mannon ! » s'écria Jack. Il sourit amèrement.

« Mais je dis des conneries. Vu mon avenir dans cette foutue ville, c'est probablement moi qui viendrai te taper le premier.

— Aie confiance en toi, mon vieux ! Les grands cabinets d'avocats ont toujours besoin d'un type sans scrupule. »

Jack se détendit un peu. « Tu es sûr de ne pas avoir le temps de faire un tour avec moi ?

— Non, il faut que je retourne à la boutique. J'ai laissé Lenny tout seul, et il lui suffit de deux heures pour déclencher des drames. » Il regarda sa montre. « Il doit déjà y en avoir un en préparation à l'heure qu'il est.

— Tant pis », dit Jack en accompagnant son ami à la porte. Jeudi bondissait entre ses jambes, un livre dans la gueule. « Lâche ça, veux-tu, dit Jack en récupérant son bien. Et merci, Mike ! » lança-t-il à Mannon qui remontait dans sa voiture.

Jack était seul avec ses pensées. Il referma la porte et alla s'installer dans le salon, où il s'affala sur le canapé pour détendre ses muscles noués par l'effort. Comme tout était vide ! Il avait l'impression d'être l'unique pensionnaire d'un grand hôtel. Pourquoi avait-il acheté une si grande maison ? Un jour, Cindy lui avait dit que, lorsqu'elle était petite, elle rêvait de vivre dans un manoir. Sans doute parce qu'elle habitait alors un petit appartement avec ses parents et ses trois frères.

Et voilà qu'il repensait à elle. Depuis la veille, depuis cette terrible matinée où il s'était ridiculisé et l'avait obligée à partir, elle occupait sans arrêt son esprit. Depuis qu'elle avait quitté la maison, il n'avait cessé de s'étonner de sa stupidité. Alors qu'il n'avait qu'une inquiétude, la voir renouer avec Chet, il avait tout fait pour la pousser dans ses bras.

Très malin, Swyteck ! Jack avait envie de l'appeler, de la supplier de lui pardonner ; mais une voix intérieure lui conseillait de se reprendre en main d'abord. Il débloquait complètement, ces jours-ci.

Il en était à compter les grains de poussière qui volaient dans un rayon de lumière lorsque le téléphone sonna. Après avoir espéré un instant entendre la voix de Cindy, il se rembrunit à l'idée que c'était peut-être le type qui le menaçait. Il décrocha.

« Jack, dit une voix de femme, mais pas celle de Cindy. Jack, c'est ta... » Elle s'interrompit, et reprit : « C'est Agnès. »

Ému, Jack se rendit compte que cela faisait plus de deux ans qu'il n'avait pas entendu la voix de sa belle-mère. Elle avait l'air inquiet.

« Jack, je ne peux pas t'en dire plus, mais ton père a un grave problème, et je crois que tu devrais être au courant. Ne t'inquiète pas, sa santé est bonne, parfaite, même. Mais je voudrais que tu lui téléphones, évidemment sans lui dire que je t'ai demandé de le faire. C'est important. »

Jack était intrigué. Sa belle-mère ne l'avait pas appelé depuis des lustres. Il avait remarqué qu'Agnès avait bafouillé, avait failli dire : « C'est ta mère. » Cette phrase le renvoyait des dizaines d'années en arrière, lorsqu'il avait cinq ans...

« Ta mère n'est pas morte. Elle ne veut pas de toi, c'est tout. » Et Jack hurlait : « Menteuse ! Menteuse ! » et quittait la pièce en laissant Agnès à ses martinis-gin. Il s'était réfugié dans sa chambre en pleurant, avait claqué la porte et s'était écroulé sur son lit. Il savait que sa vraie mère était morte. Agnès mentait forcément en prétendant qu'elle ne voulait pas de lui. Le visage enfoui dans l'oreiller, il avait sangloté de plus belle. Jack se remémorait tous les détails de la scène : quelques instants après, il s'était retourné pour fixer le plafond. Il avait réfléchi : comment prouver à Agnès qu'elle se trompait ? À l'âge de cinq ans, il préparait sa première affaire.

Il s'était levé et avait jeté un coup d'œil hors de sa

chambre. On entendait la télévision dans le salon, à moins de cinq mètres de la chambre de ses parents, dont la porte était fermée. Jack s'en était approché avec précaution – si on l'y prenait, il aurait de sérieux ennuis – et était entré.

Il avait ouvert le tiroir en bas de la commode. C'était le tiroir de son père. Jack l'avait fouillé une première fois deux mois auparavant, en cherchant une lotion après-rasage après avoir « emprunté » le rasoir électrique de son père. Il n'avait pas trouvé de lotion, mais avait déniché, bien cachée derrière les sous-vêtements, une boîte à bijoux en loupe d'érable incrustée d'initiales en argent qu'il n'avait pas su lire. Mais il était certain que c'étaient les initiales de sa mère, de sa vraie mère.

Comme deux mois auparavant, il avait pris la boîte, l'avait ouverte et avait ôté rapidement le plateau supérieur pour regarder ce qu'il y avait en dessous. Il était là : un lourd crucifix de bronze au dos concave – comme de la pâte à tarte qui a collé sur un rouleau à pâtisserie, songea-t-il, mais un peu moins quand même. La première fois qu'il avait vu le crucifix, cette face concave l'avait beaucoup intrigué. Il n'en avait jamais vu un comme ça auparavant. Après lui avoir fait promettre le secret, il avait parlé de sa découverte à sa grand-mère, qui lui avait expliqué les raisons de cette forme étrange. C'était le crucifix qu'on avait posé sur le couvercle arrondi du cercueil de sa mère. Donc, sa mère était morte. Et il en possédait la preuve.

Le crucifix en main, il avait rangé la boîte à bijoux dans le tiroir. Cramponné à la preuve concrète qu'il détenait, il était retourné dans le salon. Sa belle-mère était allongée sur un canapé.

« Tu es une menteuse ! » s'écria-t-il.

Agnès avait la migraine ; elle releva lentement la tête et vit Jack sur le pas de la porte.

Il brandissait le crucifix. « Tu vois ? Ma mère est au ciel. Tu es une menteuse !

— Viens ici, Jack. »

Tétanisé, le petit garçon n'avait pas bougé.

« Viens ici, je te dis ! » hurla Agnès.

L'enfant avait avalé sa salive, fait timidement un pas en arrière puis couru jusqu'à la chambre de ses parents. Il essayait de remettre le crucifix à sa place lorsque Agnès lui avait saisi le bras. « Qu'est-ce que c'est que ça ? » avait-elle demandé impérieusement.

Effrayé, le petit garçon la regardait sans rien dire. Agnès avait alors vu les initiales gravées sur la boîte, et rougi de colère. Jack s'était dérobé ; il s'attendait à recevoir une gifle. Mais quand il avait relevé la tête, sa belle-mère semblait perdue dans ses pensées. « Va dans ta chambre », avait-elle ordonné distraitement avant de refermer la porte derrière lui.

Un crissement de freins tira Jack de sa rêverie. Il écarta les rideaux de la fenêtre ; mais le feuillage touffu des arbres l'empêchait de distinguer quoi que ce soit. Il lui sembla cependant voir une ombre bouger du côté du garage. Il sortit, regarda autour de lui et se dirigea lentement vers le garage, plein d'appréhension. L'incident de l'autre jour... le coup de téléphone d'Agnès... et maintenant ce bruit d'une voiture qui s'éloignait...

Il fit le tour du garage, scrutant la pénombre.

En revenant sur ses pas, il aperçut Jeudi. Le chien luttait pour se mettre debout, mais les pattes lui manquèrent, il tomba sur le côté.

Jack se précipita vers le chien, lui prit la tête dans les mains et tâta son corps, cherchant une blessure. Jeudi gémissait doucement, de l'écume rouge sortait de sa gueule. Paniqué, Jack se rendit compte qu'il n'avait pas de voiture, puis se rappela Jeff Zebert, un vétérinaire qui habitait à quatre maisons de chez lui. Il prit son chien dans ses bras en murmurant des paroles d'encouragement, et se mit à courir.

Guère plus de trente secondes après, il était chez les Zebert. Jeff arrosait son jardin. « Il y a une urgence !

cria Jack. C'est Jeudi, il a dû s'empoisonner avec quelque chose. »

Jeff lâcha son tuyau. « Vous avez une vague idée de ce que ça pourrait être ? interrogea-t-il.

— Aucune. Regardez-le ! »

Le vétérinaire jeta un coup d'œil au chien, puis demanda à Jack de le poser sur la table de jardin. Il courut dans la maison et ressortit un instant plus tard avec un produit qu'il fit avaler à Jeudi.

« Allez, mon bébé », dit Jack, au désespoir. Jeudi releva un peu la tête en entendant la voix de son maître. Il vomit enfin, mais essentiellement du sang. Jeff essaya encore de faire boire Jeudi ; sans résultat. Les pattes de l'animal cessèrent de trembler, son gémissement se tut, sa poitrine ne se souleva plus. Jack regarda le vétérinaire.

« Je suis désolé, Jack. »

Muet de douleur, Jack détourna les yeux. Quelques instants plus tard, le vétérinaire posa la main sur son épaule. « Il n'y avait rien à faire.

— Je n'aurais pas dû le laisser sortir tout seul. Je n'aurais pas dû...

— Allons, Jack. Vous n'avez rien à vous reprocher. Cela n'est pas le fait du hasard. On dirait bien que quelqu'un lui a donné une livre de viande hachée assaisonnée d'un kilo de verre pilé. Il a tout avalé, le pauvre vieux ! »

Jack n'en croyait pas ses oreilles. Puis les choses se mirent en place. « L'ordure ! murmura-t-il.

— Quoi ?

— Oh, rien. Je n'arrive pas à croire que quelqu'un puisse faire une chose pareille.

— Laissez-le-moi, Jack. Je l'emmènerai demain matin, et je m'occuperai de tout. »

Jack remercia le vétérinaire, caressa son chien pour la dernière fois et retourna chez lui. Les quelques mètres qu'il avait à franchir lui semblèrent longs. Il ne parvenait plus à se maîtriser. Sa vie se déroulait comme une spirale infernale, dans un long tunnel noir. Tout cela finirait-il un jour ?

Le téléphone sonna quelques instants après son retour chez lui.

« Écoutez-moi bien, fils de p...
— Jack, c'est Jeff, dit le vétérinaire.
— Pardon, je croyais que...
— Aucune importance. Je voulais simplement vous apprendre quelque chose : après votre départ, j'ai regardé de plus près ce que Jeudi a régurgité. Il n'y a pas que de la viande et du verre. Il y a des graines, aussi. On dirait des graines de fleur. Vénéneuses ou pas, je n'en sais rien. C'est incontestablement le verre qui est responsable de la mort de votre chien ; mais je voulais vous prévenir.
— Merci, Jeff. Ça m'aidera peut-être à trouver une piste. Je vous tiendrai au courant. »

En effet, les graines lui fournissaient une piste, qui menait tout droit à Eddy Goss. Son client le plus célèbre lui avait expliqué la signification des graines au cours de leur premier long rendez-vous, dans une salle de réunion de la prison classée « haute sécurité ». Ils y étaient enfermés tous les deux, environ douze heures après que Goss eut avoué son forfait à l'inspecteur Lonzo Stafford. Passif, Jack était resté assis de son côté de la table pendant que son client lui narrait complaisamment son crime, en détail. L'un de ces détails, auquel Goss devait son surnom de « Tueur aux chrysanthèmes », lui revenait maintenant à l'esprit.

« Ils ont trouvé la graine ? avait demandé Goss.
— Le médecin qui a examiné le corps l'a trouvée au fond de son vagin. »

Goss s'était montré enchanté. Renversé sur sa chaise, les bras croisés, il avait souri. « C'est une graine de chrysanthème, vous savez. » À voir son air plein de sous-entendus, on aurait juré qu'il s'attendait que son avocat comprenne le sens caché sous ses paroles.

Jack avait haussé les épaules.

« Vous ne pigez pas ? s'était étonné Goss, agacé, presque en colère contre son avocat.

— Non, avait répondu Jack en soupirant. Je ne pige pas. » *Sigmund Freud lui-même ne te comprendrait pas, espèce de salaud.*

Penché vers son avocat, impatient de s'expliquer, Goss avait repris : « Les chrysanthèmes sont les fleurs les plus froides du monde, mec.

— Moi, elles me font penser aux enterrements, avait dit Jack.

— Très juste. » Goss était ravi, Jack était sur le bon chemin. « C'est la nature qui les a consacrées aux enterrements. Un enterrement, c'est sombre, comme la mort. Et les chrysanthèmes adorent ça. »

Curieux et méfiant, Jack avait essayé de comprendre. « Qu'est-ce que vous racontez ?

— La graine de chrysanthème est unique en son genre. La plupart des fleurs s'épanouissent quand il fait chaud ; elles aiment l'été, le soleil. Les chrysanthèmes, c'est le contraire. On les plante en été, quand la terre est chaude. Ils ne font rien. Ils attendent. La graine ne commence à pousser que quand l'été est fini, que les jours raccourcissent et que les nuits fraîchissent. Plus il fait froid, plus il fait nuit, plus la graine est contente. En novembre, lorsque tout le reste meurt, que la terre devient froide, que les nuits sont longues et les jours nuageux – alors apparaissent de belles grandes fleurs.

— Donc, vous plantez votre graine.

— Dans un endroit bien chaud. Un endroit qui va devenir de plus en plus froid, de plus en plus sombre chaque jour. Un endroit idéal pour que ma petite graine pousse. »

Jack avait observé Goss avec incrédulité. Puis il avait écrit rapidement sur son carnet les mots : Possibilité de plaider la démence. « Comment se fait-il que vous en sachiez autant sur les fleurs, Eddy ?

— Quand j'étais môme, dans le Jersey, on avait un voisin horticulteur. Il faisait pousser de tout. » Avec un sourire rusé, Goss avait ajouté : « Même de quoi fumer, et on s'en est pas privés, tous les deux.

— Comment avez-vous pensé à planter une graine ? Comment vous est venue l'idée de planter des graines dans un endroit chaud et sombre ?

— Je me rappelle pas, avait répondu Goss, soudain réticent.

— Vous aviez quel âge ?

— Dix, onze ans.

— Et le vieux bonhomme, il avait quel âge ?

— Il était pas vraiment vieux.

— Qu'est-ce que vous faisiez, là-bas, Eddy ? Avec ce type ?

— Je vous ai dit que je me rappelais pas, mec. Vous entendez mal, ou quoi ? » Goss tremblait de rage.

« J'entends très bien. Mais je veux que vous essayiez de vous rappeler...

— Barrez-vous, putain de bordel ! Fini pour aujourd'hui. J'ai plus rien à vous dire.

— Calmez-vous, voyons.

— J'ai dit : Barrez-vous ! »

Jack avait hoché la tête, s'était levé, avait rangé ses affaires. « On en reparlera un autre jour, avait-il ajouté avant de se diriger vers la porte fermée à clé.

— Hé ! » l'avait interpellé Goss.

Jack s'était retourné vers lui.

« Vous allez me tirer de là, hein ?

— Je vais vous représenter.

— Il faut me tirer de là, avait répété Goss. Il le faut. J'ai encore plein de graines à planter... »

En évoquant cette conversation, Jack frissonna dans son salon. Il soupira, secoua la tête. Si la situation n'avait pas été aussi grave, elle l'aurait fait sourire. Il avait obtenu l'acquittement d'un psychopathe, et maintenant le type se retournait contre lui. Mais Jack doutait que Goss s'en prît réellement à lui, physiquement. Une faible femme ou un animal sans défense lui convenaient mieux. Sans nul doute.

Il y avait largement de quoi lancer un mandat d'amener contre Goss. Mais le résultat n'était pas garanti. Goss s'en était déjà tiré une fois, grâce à lui.

C'était donc à lui qu'il revenait de trouver une solution efficace et définitive.

Il était onze heures passées. Assis dans son lit, le gouverneur Harry Swyteck lisait un article sur Eddy Goss, le tueur acquitté. À la fin de son papier, le journaliste descendait en flammes l'avocat du meurtrier. « Voilà ce qu'ils appellent du journalisme objectif ! » grommela le gouverneur en jetant le magazine.

Quelques instants après, Agnès sortit de la salle de bains en robe de chambre et pantoufles. Elle s'arrêta devant la table près de la fenêtre, et contempla un bouquet de fleurs dans un vase, en tournant le dos à son mari.

« Merci pour tes fleurs, Harry.
– Hein ? » Le gouverneur ne lui avait pas envoyé de fleurs. Ce n'était ni une fête ni un anniversaire, aujourd'hui. À moins que, dans la bousculade de la campagne, il n'ait oublié une date importante, et que ses adjoints y aient pensé à sa place ? Il décida de ne pas prendre de risques. « Je suis content qu'elles te plaisent, chérie.
– C'est particulièrement agréable quand il n'y a aucune raison. Quand c'est un mouvement spontané », ajouta-t-elle avec une étincelle dans les yeux et une moue suggestive, en s'écartant un peu de la table. Maintenant, le gouverneur voyait le bouquet. Il blêmit.

« J'arrive tout de suite », dit-elle, et elle disparut dans son cabinet de toilette, mais Harry n'écoutait pas. Il contemplait, tétanisé, le bouquet de chrysanthèmes blancs, roses et jaunes qui trônait sur la table. Le pas hésitant, Harry se dirigea vers la table et saisit l'enveloppe qu'Agnès n'avait pas ouverte. Il tremblait. Tout devenait clair : la voix contrefaite, les menaces, les photographies de l'abominable meurtre, et maintenant les fleurs. Il ne comprenait que trop bien : entre le Tueur aux chrysanthèmes dont il venait de lire les terribles exploits et son maître chanteur, le lien était évident.

D'ailleurs, le message dans l'enveloppe lui était manifestement destiné : « *Nous deux, ensemble à jamais, jusqu'à ce que la mort nous sépare.* »

« Eddy Goss, murmura Harry d'une voix chevrotante. C'est un psychopathe qui me fait chanter. »

CHAPITRE 13

Le lendemain matin, Jack récupéra sa voiture au garage et s'occupa immédiatement de faire installer chez lui un système d'alarme. À midi, de nouveaux verrous étaient posés sur les portes et il réfléchissait au moyen de s'en sortir. Il était convaincu que Goss n'essaierait pas de le tuer, mais ce n'était pas une raison pour ne pas prendre ses précautions. Jack imagina les pires des scénarios – une attaque en pleine nuit, ou une agression dans le parking – pour trouver les parades adéquates. La compagnie du téléphone, contactée dès le matin, changerait son numéro en deux jours, et le mettrait sur liste rouge.

Cependant, la précaution la plus élémentaire, il ne la prit pas : il ne prévint pas la police, convaincu qu'elle ne lèverait pas le petit doigt afin de protéger l'avocat d'Eddy Goss. D'ailleurs, il avait une autre idée. Et c'est pour cela qu'il avait acheté des munitions pour son arme.

Ce n'était pas vraiment *son* arme. Donna Boyd, une ancienne petite amie de Yale, lui avait légué ce 38 millimètres. La plupart des gens l'ignorent, mais certains quartiers de New Haven ne sont pas sûrs, la nuit, et beaucoup d'étudiants ne vivaient pas sur le campus.

Après que le voisin de Jack eut été cambriolé, Donna avait refusé de dormir chez lui sans son revolver sur la table de nuit. Jack avait accepté, et pris quelques leçons de tir pour limiter les dégâts éventuels.

Le revolver était resté dans son tiroir jusqu'à la fin de ses études. Donna et lui s'étaient séparés avec assez de fracas pour que la jeune fille ne revienne même pas chercher ses affaires chez lui. Une amie commune avait dit à Jack que Donna était partie en Europe. Lorsqu'il avait déménagé, Jack avait emporté sa raquette de tennis, quelques disques et le revolver.

Il avait rangé l'arme au fond d'un tiroir et s'était empressé de l'oublier. Mais, désormais, un revolver enregistré dans le Connecticut au nom de Donna Boyd pouvait avoir son utilité.

Jack n'avait jamais cru que la violence pût résoudre quoi que ce soit. Mais aujourd'hui le problème se posait autrement. Il s'agissait en fait de légitime défense. Au fond de lui-même, Jack se demandait s'il ne souhaitait pas que Goss fît vraiment irruption chez lui. Ses raisons de ne pas appeler la police étaient-elles aussi claires qu'il le pensait ? Cherchait-il, dans son subconscient, une occasion d'affronter Goss directement ? Il eut beau envisager cette hypothèse le plus honnêtement du monde, Jack dut conclure que non. Goss était un assassin, mais pas lui.

Le téléphone sonnait. En décrochant, Jack reconnut la voix familière.

« Vous avez regardé votre courrier, Jack ? »

Jack hésita. Il savait qu'un chasseur à l'affût recherche toujours le contact. Un expert lui aurait recommandé de raccrocher. Mais il était presque certain de connaître l'identité de son agresseur. S'il pouvait l'amener à ne plus déguiser sa voix, il en aurait la confirmation. « Ce n'est pas malin, Goss. Laissez tomber cette voix ridicule. Je sais que c'est vous. »

Jack entendit un ricanement condescendant ; la voix reprit, un instant plus tard, sur un tout autre ton : « Vous ne savez foutre rien, Swyteck. Fermez-la, et allez chercher votre courrier. Immédiatement. »

La voix de son interlocuteur vibrait de colère. Il suffit de peu pour l'énerver, se dit Jack, effrayé.

« Pourquoi ? demanda-t-il cependant.

— Allez-y. Et prenez le téléphone avec vous. Je vous dirai où chercher. »

Jack doutait qu'il fût intelligent d'accepter de jouer le jeu. Mais il voulait savoir jusqu'où irait l'homme. « D'accord. » Il regarda par la fenêtre avant de sortir, mais ne remarqua rien d'anormal. Il ouvrit la porte. « Voilà, je suis devant la boîte aux lettres. »

D'un doigt, Jack souleva le couvercle de la boîte et rejeta sa main en arrière comme s'il avait touché de la lave brûlante.

« Qu'est-ce que vous voyez, Swyteck ? »

Sur la pointe des pieds, du plus loin qu'il le pouvait, Jack jeta un coup d'œil à l'intérieur de la boîte. Il s'attendait à une macabre découverte : une culotte déchirée, un short de gym taché de sang ou une autre preuve d'un nouveau forfait de Goss.

« Il n'y a qu'une enveloppe.

— Ouvrez-la. »

C'était une banale enveloppe blanche. Pas d'adresse, pas de nom d'expéditeur. Elle avait été déposée directement dans la boîte, ce qui signifiait que le tueur était venu jusqu'à sa porte, et ce n'était guère rassurant. Jack en sortit une feuille de papier qu'il déplia.

« Qu'est-ce que c'est ? »

— À quoi ça ressemble, à votre avis ?

— On dirait un plan. » Une route était d'ailleurs soulignée en jaune.

« Si vous voulez savoir qui est le tueur en vadrouille, suivez les indications. Et vous voulez le savoir, n'est-ce pas, Swyteck ?

— Je sais que c'est vous, Goss. Et c'est le chemin de votre appartement qui est indiqué.

— C'est là que vous trouverez celui que vous cherchez. Soyez-y à quatre heures du matin, pile. Et pas de flics, vous le regretteriez. »

Jack reposa pensivement le téléphone après que son interlocuteur eut raccroché. Tout d'abord, il n'envisagea même pas de se rendre chez Goss. Mais, si Goss voulait le tuer, il ne le convoquerait pas dans son propre appartement en lui indiquant avec soin le chemin. Non, il devait avoir autre chose en tête. Et la curiosité de Jack était éveillée.

C'était plus que de la curiosité. Il songeait à cette nuit, deux ans auparavant, lorsqu'il avait refusé de donner à son père les informations protégées par le secret professionnel qui auraient permis de surseoir à l'exécution de Raul Fernandez. Cette inflexibilité avait causé la mort de Fernandez. Jack était bien décidé à ne plus commettre ce genre d'erreur. Il s'agissait d'un assassin, prêt à frapper à nouveau, et Jack ne prendrait plus de gants.

Le moment était venu de lancer un ultimatum. Des mois plus tôt, lorsque Goss et lui avaient envisagé de plaider la folie, Jack avait soutiré à son client de nombreuses informations sur ses précédents forfaits, dont certains meurtres. Il allait prévenir Goss : s'il ne voulait pas monter sur la chaise après qu'un procureur eut reçu des renseignements anonymes sur ses crimes cachés, il avait intérêt à changer d'attitude.

La nuit tombait, le vent s'était levé. Un orage se préparait. Inutile d'attendre quatre heures du matin pour aller voir Goss. Sans doute, même, était-il moins dangereux de ne pas attendre. Juste avant de partir, Jack monta au grenier, et sortit le revolver du tiroir où il l'avait rangé de longues années auparavant. Il le démonta, le nettoya avec minutie et le chargea.

Au cas où.

CHAPITRE 14

La pluie se mit à tomber sitôt Jack installé au volant de sa Mustang. Dans l'après-midi, un de ces violents orages qui s'abattent sur la Floride avait inondé les rues de la ville. Mais les intempéries ne démoralisaient pas le jeune avocat, bien décidé à arriver chez Goss aussi vite que possible. Il ne voulait pas se donner le temps de changer d'avis. Sa voiture filait sur la voie express, à une vitesse que seul un fugitif en cavale aurait trouvée rassurante, et emprunta une sortie qui menait dans un de ces quartiers que personne ne trouve rassurants. Dans un crissement de freins, il s'arrêta devant chez Goss.

Le vieil immeuble de deux étages occupait environ un tiers du pâté de maisons. Il était flanqué d'une station-service et d'un autre immeuble qu'un propriétaire pyromane avait sans aucun doute incendié pour toucher une assurance sans aucun doute plus rentable que les loyers. Des barreaux de fer rouillé fermaient presque toutes les fenêtres du rez-de-chaussée. D'autres étaient condamnées par des planches de bois clouées. En fait d'aménagement du paysage urbain, seules de mauvaises herbes poussaient entre les blocs d'asphalte éclatés.

La pluie tombait avec violence sur la capote en toile du cabriolet, et s'insinuait dans la voiture à travers les joints en caoutchouc des fenêtres, pourris par vingt années d'intempéries. Jack sortit en courant de la voiture et atteignit l'entrée en quinze secondes. Cela suffit pour que ses vêtements trempés lui collent au corps. Il vérifia sur les boîtes aux lettres qu'il était à la bonne adresse. Aucun doute : Goss, appartement 217, lut-il à la lumière défaillante qui éclairait le hall.

Jack monta un étage et emprunta un long couloir plus sombre encore que celui du rez-de-chaussée. Les locataires avaient probablement volé la plupart des ampoules pour s'en servir dans leurs appartements. Couvrant les murs et les portes, des graffitis formaient une véritable fresque. De l'eau s'infiltrait le long des murs et au plafond ; des gamins s'étaient sans doute amusés à enlever ou à briser les tuiles du toit.

Jack chercha le 217. C'était la cinquième porte à gauche. Il n'y avait qu'un moyen d'arrêter Goss : le menacer, le menacer comme seul son propre avocat pouvait le faire. Si Goss dénonçait ses méthodes au barreau de Floride, ce serait la fin de sa carrière. Mais cela lui était égal, désormais. Le simple contraste entre son tragique échec quand il avait essayé de sauver Fernandez et la série de « succès » consistant à remettre en liberté des hommes comme Goss pesait trop lourd sur ses épaules. Jamais Jack ne s'était senti aussi misérable.

Après avoir frappé à la porte de Goss, Jack attendit un moment ; aucune réponse. Persuadé que Goss était chez lui, il frappa à nouveau, plus fort. « Goss, dit-il à très haute voix, je sais que c'est vous ! Ouvrez ! »

Un personnage furieux surgit d'un autre appartement. « Il est dix heures du soir, mec ! J'ai un gosse de deux ans qui dort. Ça suffit, ce cirque ! »

Obsédé par Goss, Jack avait agi comme s'il n'y avait personne d'autre dans l'immeuble. Stupide, se dit-il. Il recula dans le couloir comme s'il allait partir. Dès que le voisin irascible fut rentré chez lui, Jack retourna doucement jusqu'à l'appartement 217, et tourna la poignée de la porte, qui n'était pas fermée à clé. Il tendit l'oreille. Aucun bruit. Ouvrant la porte plus grand, Jack jeta un coup d'œil à l'intérieur. Tout était sombre et silencieux. « Goss ! » appela-t-il d'une voix ferme, debout sur le seuil.

Personne ne répondit. On n'entendait que la pluie tropicale, dont les grosses gouttes s'écrasaient sur le toit et contre les vitres de la fenêtre. À la réflexion, il y avait deux solutions. Partir comme il était venu, la queue entre les jambes, et attendre la prochaine agression, la prochaine menace, l'escalade de la violence. Ou bien – et cela semblait être la seule chose à faire – prendre tout de suite l'initiative.

Jack vérifia qu'il n'y avait personne dans le couloir. Puis il scruta l'appartement de Goss, plongé dans le noir. Son cœur battait la chamade, ses mains étaient moites. Il prit une profonde inspiration pour mobiliser ses forces. Puis, lentement, avec une prudence extrême, il pénétra dans l'antre mortellement sombre d'Eddy Goss.

« Goss, répéta Jack depuis le pas de la porte, c'est Swyteck. Il faut qu'on parle, tous les deux. »

N'obtenant toujours aucune réponse à ses objurgations, Jack appuya sur l'interrupteur près de la porte. Mais la lumière ne s'alluma pas.

L'orage redoubla de violence. Un éclair très proche éclaira subitement la petite pièce d'une lueur fantomatique. Jack s'efforça d'accommoder. En un seul regard, il eut un aperçu de l'appartement, une sorte de studio comprenant une cuisine, une salle à manger et un salon. L'unique fenêtre était masquée par un drap blanchâtre. Il y avait très peu de meubles ; Jack remarqua seulement un vieux canapé défoncé, une lampe posée à même le sol, une table de cuisine et une chaise pliante. Les murs étaient nus. Pour unique décoration, il entrevit des fleurs. Pas le genre de fleurs qu'on a en général plaisir à avoir chez soi, mais des croix, des étoiles de David ou de lourdes couronnes mortuaires composées de chrysanthèmes et d'autres fleurs coupées. Goss avait dû les voler au cimetière. Jack eut un hoquet de rage en lisant les mots « *À notre fille chérie* » sur le ruban rose qui ceignait l'un des ornements. Il détourna son regard avec dégoût et vit la porte de la chambre à coucher.

Huiwouh ! Huiwouh ! Un sifflement strident résonna soudain dans la chambre. Jack se figea sur place.

Huiwouh ! Huiwouh ! On sifflait à nouveau, un peu plus fort, comme pour attirer l'attention d'une fille sur la plage.

Son cœur s'emballait. L'envie de partir en courant était irrésistible, mais ses pieds refusaient de reculer. Avec lenteur, Jack fit un pas en avant, puis un autre. À son propre étonnement, il s'approchait de la chambre. Ses pas étaient feutrés et réguliers, et il s'efforçait d'atténuer les bruits de succion de ses chaussures de tennis trempées. Il n'en était plus qu'à deux pas. Les yeux grands ouverts, très concentré, tous ses sens en alerte, Jack se pencha un peu. Non loin de là, le tonnerre grondait avec colère.

Huiwououououh ! On sifflait à nouveau.

Ce bruit tétanisait Jack, mais il commençait aussi à le mettre en colère. Le salaud jouait avec ses nerfs. Et Jack connaissait les règles des jeux auxquels s'adonnait Goss. Il sortit son arme de sa poche.

« Cessez ce petit jeu, Eddy. Je veux vous parler. »

Un coup de tonnerre retentit au moment où un éclair illumina la chambre. Jack avança d'un demi-pas, d'un autre. Il aperçut les vestiges du dîner de Goss sur la table de cuisine ; une assiette sale, sur le bord de laquelle avait séché un reste de ketchup ; une bouteille de Coca vide, une fourchette ; et un couteau à viande. Jack, en le voyant, se réjouit d'avoir pris son revolver, qu'il tenait à deux mains, à hauteur de la poitrine. Il ne reculerait pas. Un pas encore, et il regardait dans la chambre.

Un cri perçant retentit soudain. Jack vit quelque chose – une ombre, une forme, un agresseur. Vivement, il rebroussa chemin. Mais, perdant l'équilibre, il se prit les pieds dans le tapis, trébucha sur la lampe posée par terre et tomba à genoux. Haletant, il se remit péniblement debout. Le combat était fini avant même d'avoir commencé.

« Connard de perroquet ! » s'exclama-t-il avec un soupir de soulagement.

« Huiwouh ! » siffla l'oiseau, juché sur son perchoir.

Soudain, Jack tressaillit. Un bruit de pas dans le couloir. Il ne voulait pas avoir à expliquer sa présence dans l'appartement. Il fourra l'arme dans son pantalon, sortit de la chambre à coucher en courant et se précipita vers la fenêtre. Mais elle ne s'ouvrait que de trente centimètres, bloquée par un clou sans doute posé par un précédent locataire soucieux de se ménager un semblant de sécurité. Les pas se rapprochaient. Jack jeta un regard affolé dans la pièce, puis saisit rapidement le couteau à viande, dont il se servit pour ôter le clou. La seconde tentative fut la bonne : le clou sauta, le couteau glissa, blessant Jack à la main gauche. Il saignait, mais la peur l'empêchait de ressentir la moindre douleur. Jack lança le couteau sur la table et sortit par la fenêtre. Il descendit furtivement l'escalier d'incendie branlant et se laissa tomber d'une hauteur d'environ trois mètres dans une grosse flaque d'eau boueuse. En courant, il fit le tour de l'immeuble et se réfugia enfin dans sa voiture. Il était prêt à battre un nouveau record de vitesse, mais il se rendit compte que plus il irait vite, plus il se ferait remarquer. Il conduisit donc lentement, reprenant peu à peu sa respiration. La coupure sur le dos de sa main gauche était profonde, elle saignait encore, mais il ne faudrait sans doute pas recoudre. Jack posa sa main blessée sur le volant et de l'autre appuya sur la coupure, pour arrêter l'écoulement.

« Bon Dieu ! jura-t-il. Saleté de bestiole ! » L'oiseau l'avait terrorisé. C'était bizarre que Goss ait un oiseau. Il n'avait pourtant guère de goût pour les créatures vivantes. Mais il y avait une raison, évidemment. Les graines, se dit Jack, les graines de chrysanthème que picorait l'oiseau sur son perchoir. Et il se souvint de la phrase de Goss : « J'ai encore plein de graines à semer. »

Tout en s'éloignant de l'appartement du tueur, Jack récapitulait les événements qui l'y avaient conduit. Le coup de téléphone, le plan, la proposition de voir « le tueur en vadrouille ». Goss devenait de plus en plus violent. Il avait tué son chien. Quelle serait la prochaine étape ? Jack eut soudain peur. Et si sa première intuition avait été la bonne ? Et si Goss ne l'avait pas attiré dans son appartement pour le tuer lui, mais pour tuer quelqu'un d'autre ?

« Cindy ! » s'exclama Jack, affolé. Peut-être accordait-il trop de crédit à Goss, mais ce malade aurait très bien pu imaginer de le faire sortir à quatre heures du matin pour être certain de trouver Cindy seule, et pour planter une autre graine.

Le pied de Jack se crispa sur l'accélérateur. Il fallait aller chez Gina, vite. De sa main libre, il composa un numéro sur son téléphone de voiture. Il n'était pas encore minuit, et l'heure fatidique, quatre heures du matin, était loin, mais il ne voulait courir aucun risque.

Le téléphone de Gina sonnait occupé. Jack essaya de nouveau. Toujours occupé. Il appela l'opératrice et lui demanda d'interrompre la communication. « Évidemment, c'est une urgence, affirma-t-il, une urgence absolue. »

Mais Gina refusa de se laisser interrompre, sans donner d'explication.

Jack raccrocha, et accéléra encore, craignant le pire.

CHAPITRE 15

Sept minutes plus tard, la Mustang freinait rageusement devant chez Gina, et Jack bondissait hors de la voiture. Il monta les marches quatre à quatre et frappa avec détermination, trépignant d'impatience dans l'attente que Gina ouvre enfin sa porte.

« Tout va bien ? Ça va ? »

Gina se tenait sur le seuil, vêtue d'une jupe ultra-courte et moulante en coton blanc et d'un débardeur rouge assez décolleté pour attirer l'œil d'un pasteur mormon.

« Où est Cindy ?
— Cindy n'est pas là.
— Où est-elle ?
— Elle est sortie, dit Gina froidement. Elle va où elle veut, elle fait ce qu'elle veut, et ça ne te regarde pas.
— Il faut que je la trouve. Il y a quelqu'un qui la cherche.
— Ça, oui ! Toi. »

Jack retint fermement la porte pour éviter que Gina ne la lui refermât au nez. « Je n'invente rien. Depuis la fin du procès de Goss, on me suit, on me menace. Un type à la voix rauque me téléphone, pour me dire qu'il y a un tueur en liberté, "un tueur en vadrouille". Il a essayé de m'écraser. Il a tué mon chien. Et maintenant, il est possible qu'il cherche Cindy. »

Enfin, le visage de Gina refléta une émotion. « Cindy ne risque rien. Elle est partie pour l'Italie. Elle a dû passer par Atlanta afin de prendre le premier avion pour Rome. Je l'ai déposée à l'aéroport cet après-midi.

— Formidable », dit Jack. Tout soulagé qu'il fût de la savoir en sécurité, il lui fallait s'habituer à l'idée que Cindy n'était vraiment plus là, et ce n'était pas une partie de plaisir. Il aurait tant voulu avoir une dernière chance de tout lui expliquer !

Gina le regarda s'éloigner, très étonnée qu'en dépit de leur rupture Jack s'intéressât toujours à Cindy. Un an et demi plus tôt, ils étaient sortis une fois ensemble, et Gina avait eu l'impression qu'il avait oublié son existence immédiatement après. Aujourd'hui, elle était convaincue que, même si Jack et Cindy ne se l'avouaient pas, le voyage en Italie les séparerait définitivement. Et elle se demandait, elle se l'était déjà souvent demandé, ce qu'elle pourrait bien faire pour que Jack remarque enfin son existence.

« Et moi ? interrogea-t-elle, les sourcils levés, avant de poursuivre devant l'air intrigué de Jack : Et si le cinglé vient chercher Cindy, et que je sois ici toute seule ?

— Que voudrais-tu que je fasse ?

— Reste. On ne sait jamais. »

Bouche bée, Jack garda le silence quelques instants. « Je ne pense pas...

— Tu penses beaucoup trop, Jack. Voilà ton problème. Viens, je t'offre un verre. Je pourrai même te raconter les tenants et aboutissants du voyage très professionnel de Cindy », ajouta-t-elle avec un regard entendu.

Jack sursauta, enclin à croire Gina même s'il essayait de se persuader qu'elle ne poursuivait qu'un seul objectif : le dégoûter de Cindy une fois pour toutes. Après tout, cette dernière était partie sans le prévenir, sans lui envoyer le moindre mot. D'ailleurs, songea Jack, vu tout ce qu'il avait subi depuis une semaine, un peu de compagnie ne lui ferait pas de mal. De plus, Gina était la seule personne au monde qui savait ce que Cindy avait vraiment derrière la tête.

« Un scotch, alors, avec des glaçons. »

Jack suivit Gina dans le salon du rez-de-chaussée, une vaste pièce carrelée de blanc, aux meubles de laque noire, de verre et d'acier. Des tableaux modernes, des fleurs séchées et quelques tapis persans apportaient les seules notes de couleur dans ce décor glacé.

« Tiens, dit-elle en lui tendant un peignoir en tissu-éponge. Passe ça, et je mettrai tes vêtements mouillés dans le sèche-linge. »

Jack hésita. Pourtant, il était trempé jusqu'aux os.

« Fais-moi confiance, Jack, dit Gina, moqueuse. Si je voulais te voir nu, je me montrerais beaucoup moins subtile. Change-toi avant d'attraper une pneumonie », ajouta-t-elle en lui indiquant la salle de bains.

Jack s'exécuta. Une fois déshabillé, il ne sut que faire du revolver enfoui dans la poche de son pantalon. Il n'avait aucune envie de prendre Gina pour confidente. Après avoir retiré les balles, il enveloppa l'arme dans une serviette de bain et la fourra dans une des poches de son peignoir. Sa blessure ne saignait plus. Il se lava soigneusement les mains et sortit de la salle de bains.

Gina lui prit ses vêtements et l'entraîna dans la cuisine. Jack la regarda lui verser un verre. La lumière crue des tubes de néon ne parvenait pas à enlaidir Gina. Elle est superbe, se dit-il. Des yeux noirs et brillants, la peau mate et sûrement aucune marque de maillot de bain sous la jupe blanche ultracourte. Son seul défaut était un sourire très légèrement oblique, accentué par son rouge à lèvres brillant. Cette imperfection minime avait pourtant gâché sa carrière de top model.

« Voilà », dit-elle en lui tendant son verre.

Jack, assis sur un tabouret de bar devant le comptoir de la cuisine, remercia d'un signe de tête et but avidement.

« La nuit a été dure ? le taquina Gina en le servant à nouveau.

— Le mois a été dur.

— Je sais ce qu'il te faut ! s'exclama Gina. On va boire un Jagermeister.

— Quoi ?

— Ça réveillerait un mort, répondit Gina en sortant deux autres verres. Juste une goutte.

— Je ne pense pas...

— Je te l'ai déjà dit, Jack, tu penses trop. » Elle remplit les deux verres, celui de Jack plus généreusement que le sien.

« Prosit ! » dit Gina.

Ils vidèrent leurs verres cul sec. Gina sourit et remplit le verre de Jack une deuxième fois. Puis une troisième.

« Qu'est-ce qu'il y a dans ce truc ? demanda Jack, la gorge en feu.

— Bois, et je te le dirai. »

Jack hésitait. Il ne perdait pas de vue qu'il désirait garder la maîtrise de la situation. À moitié soûl, il ne ferait pas le poids si Goss montrait le bout de son nez.

« Je crois que ça suffit comme ça, Gina.

— Allez, minauda-t-elle. Un petit dernier, détends-toi. Mes verrous sont assez solides pour empêcher le loup d'entrer. »

Sans plus opposer de résistance, Jack but le contenu du verre que Gina avait porté à ses lèvres.

« Ça vient d'Allemagne. En fait, c'est interdit dans presque tout le pays. À cause de l'opium qu'il y a dedans.

— De l'opium ?

— Eh oui. Tu seras complètement défoncé dans une minute et demie. »

Jack inspira à fond. Il se sentait déjà partir. « Il faut que je m'en aille », bredouilla-t-il en s'agrippant au buffet pour garder l'équilibre.

Penchée sur le comptoir, Gina l'observait. Jack

recula un peu, car les seins de Gina lui sautaient littéralement au visage. Avec l'impression que quelque chose avait envahi son espace intérieur, il se déplaça avec maladresse.

« Il faut vraiment que j'y aille, bafouilla-t-il, sans bouger.

— Je vois un ou deux moyens pour t'obliger à rester.
— Par exemple ?
— D'abord, le chantage.
— Et puis ?
— La torture ! répliqua-t-elle en le pinçant avec violence entre les côtes tout en s'éloignant un peu.
— Aïe ! Ça fait vraiment mal. On pourrait peut-être s'en tenir au chantage ?
— Comme tu voudras », murmura Gina en lui tendant un autre scotch et en l'invitant du geste à la suivre dans le salon. Elle tamisa la lumière du plafonnier, puis ondula vers la chaîne stéréo, de la démarche qu'elle adoptait toujours lorsqu'elle savait qu'un homme la regardait.

Jack ne put tout d'abord s'empêcher d'admirer les douces rondeurs de son corps. Gina essayait de le séduire, c'était évident. Après le mois effroyable qu'il venait de passer, rejeté de tous d'un point de vue personnel aussi bien que professionnel, Jack se sentait trop faible, trop seul et trop soûl pour mettre un terme à son entreprise. Surtout depuis qu'elle avait réveillé ses soupçons sur la nature « professionnelle » du voyage de Cindy.

« Laisse-toi aller », dit Gina derrière lui, en le poussant sur le canapé. Elle y tomba, elle aussi et ils s'enfoncèrent tous les deux dans les coussins profonds. Se débarrassant de ses chaussures d'un coup de pied, Gina replia ses genoux sur les coussins et se coula contre Jack. Du doigt, elle remua les glaçons dans son verre et but d'un trait.

Ses seins fermes se pressaient contre le bras de Jack,

elle avait posé une main sur ses cuisses. Il pensa tout d'un coup à Cindy et se redressa.

« Qu'est-ce qu'il y a, tu te dégonfles ? » marmonna Gina en lui donnant un petit coup d'épaule. Elle passa son bras au-dessus de lui, prit la télécommande de la stéréo posée sur une table basse et lança la musique. Gato Barbieri jouait *Europa*.

« Excuse-moi, commença Jack avec un sourire nerveux, mais... »

Gina l'interrompit. « J'adore Gato. Tu aimes le saxo ? »

Jack s'étrangla à moitié. Il avait cru entendre sexe.

« C'est l'instrument le plus sexy du monde, poursuivit Gina en s'allongeant sur le canapé pour mieux profiter de la musique. Tu as déjà vu un homme jouer du saxo, Jack ? Vraiment vu, je veux dire, dans une boîte, tard le soir ? La lumière est toujours tamisée, comme maintenant. La fumée de cigarette tournoie paresseusement dans l'atmosphère. Et le musicien fait l'amour avec son instrument, ses lèvres pressées sur l'embouchure, les yeux fermés. Sur son visage, on lit toutes les émotions qu'il éprouve. Comme un type assez sûr de lui, assez courageux, avec assez de couilles, pour pleurer, pour faire l'amour ou pour mettre son âme à nu en public. Comment peut-on se sentir aussi libre ? Je n'en sais rien, mais ça me bouleverse. » Penchée sur Jack, Gina ne le quittait pas des yeux.

Il hésita une fois encore. Jamais Gina ne s'était exprimée ainsi devant lui. *Mais je parie que tu as déjà servi ton petit discours à un certain nombre de types*, avait-il envie de lui dire.

« Tu pourrais, toi ? demanda-t-elle en se rapprochant encore de lui.

— Je pourrais quoi ?

— Te laisser aller, te montrer tel que tu es. Et y trouver du plaisir. »

Jack soupira. Une femme l'avait mis dans cet état, une femme qu'il désirait si ardemment que même nu devant le monde entier il aurait continué à se sentir l'homme le plus puissant de la planète. Mais quelque chose était arrivé. Ni de sa faute à elle, ni de la sienne. Et ça n'avait jamais plus été pareil. « Je suppose que ça dépend de la femme avec qui je suis. »

Gina souriait. Mais la sonnerie du téléphone interrompit son élan. Elle bondit hors du canapé, prit le téléphone et l'emporta à l'autre bout de la pièce, aussi loin de Jack que le fil le permettait. Elle siffla quelques mots, raccrocha violemment et revint à Jack. Dans ses yeux, la colère avait remplacé le désir.

« Mon ex-petit ami, expliqua-t-elle en se rasseyant, Antoine. Un type vous offre une BMW, et il s'imagine que vous lui appartenez pour la vie ! Il téléphone dès qu'il croit que je suis avec quelqu'un. C'est pathétique, ajouta-t-elle avec un haussement d'épaules.

– Il a une arme, cet Antoine ? » plaisanta Jack, mi-figue, mi-raisin.

Le téléphone sonna de nouveau. Gina sursauta, plus furieuse encore que la première fois. Elle saisit l'appareil et le jeta par terre. « Crétin ! » cria-t-elle comme si Antoine pouvait l'entendre. Elle poussa un long soupir et retourna s'agenouiller à côté de Jack sur le canapé. « Bon, dit-elle doucement, où en étions-nous ? »

Jack recula sur le bord du canapé. « On parlait de... d'Antoine.

– Antoine ! Je donnerais n'importe quoi pour que quelqu'un me fasse oublier que j'ai jamais connu un imbécile nommé Antoine ! »

Leurs regards se croisèrent. Jack allait dire quelque chose lorsque retentit le signal de fin de programme du sèche-linge. Il détourna les yeux. « Bon, je suis prêt. Mes vêtements, je veux dire. » Il essaya de se relever, mais la chambre dansait la sarabande. En moins de deux, il était à nouveau sur le canapé.

« Je crois que ce soir tu ne devrais aller nulle part.

– Il faut que je parte, vraiment.

– Pas question. » Gina fit tinter les clés de voiture qu'elle avait prises dans la poche de son pantalon avant de le mettre dans le sèche-linge. « Ce ne serait pas très amical de laisser l'ex-petit ami de ma meilleure amie traverser la ville dans cet état. Tu vas rester ici.
– Je...
– Ne discute pas. Si ça se trouve, tes habits ne sont même pas secs. Il est minuit passé. Je vais dormir dans le lit de Cindy, où il y aurait trop de mauvaises vibrations pour toi, et tu dormiras dans le mien. Allez, viens », dit-elle en l'aidant à se relever.

Jack n'avait jamais été aussi soûl depuis qu'il avait quitté l'université. Il était incapable de conduire, et finalement assez content de pas y être obligé. « D'accord, je reste. »

Gina le prit par le bras pour l'amener vers l'escalier. Le téléphone, toujours décroché, émettait un signal de ligne occupée. Surpris par le bruit, Gina et Jack regardèrent l'appareil, puis se regardèrent l'un l'autre. Prendraient-ils la peine de raccrocher ? Mais le signal s'arrêta de lui-même et ils laissèrent le téléphone où il était. Au diable Antoine, au diable les interruptions. C'était seulement Jack et Gina. Gina, la dévoreuse. Jack libéra son bras de celui de Gina et la suivit dans l'escalier.

« C'est l'heure d'aller au lit ! » modula Gina en entrant dans sa chambre, doucement éclairée par la lumière du couloir. Jack s'assit au bord du lit. Combien d'hommes y avait-elle invités ? se demandait-il, bien certain d'être le premier à coucher dans le lit de Gina sans coucher avec elle.

« Si tu as besoin de quelque chose, je suis en face.
– Bonne nuit, Gina. »

La jeune femme laissa la porte ouverte en sortant. Elle éteignit la lumière dans le couloir. Jack était dans le noir complet. Il allait enlever son peignoir lorsqu'il se ravisa : il n'avait pas envie d'être nu dans le lit de Gina. Après avoir déposé sur la table de chevet le revolver toujours enveloppé dans une serviette, il se glissa entre les draps. La mixture de Gina lui vaudrait sûrement une migraine carabinée le lendemain matin, mais en attendant elle allait l'aider à trouver un sommeil réparateur. Un éclair lumineux le tira de son engourdissement. Ce n'était que la lumière du couloir, mais elle lui transperçait les paupières. Jack ouvrit péniblement les yeux. Une silhouette se détachait sur le pas de la porte.

« Je ne pouvais pas dormir. » La voix de Gina traversait les ténèbres.

Il se souleva sur un coude. Gina avait pris une pose de pin up, une main sur le chambranle de la porte et l'autre sur la hanche. Ses longs cheveux bruns étaient attachés sur le côté, en une queue de cheval ébouriffée qui semblait jaillir de son oreille comme l'eau d'une cascade. Une longue boucle d'oreille en or dansait de l'autre côté de son visage. Elle ne portait qu'une écharpe de soie, nouée autour de la taille.

« J'ai besoin de mon lit. »

Jack écarta les couvertures et se mit debout, mais elle était déjà contre lui, le repoussant doucement en arrière.

« Laisse-moi faire », dit Gina à voix basse.

Ivre, à moitié endormi, déçu par l'attitude de Cindy et les insinuations de Gina, Jack était incapable de résister. La jeune femme s'était glissée au pied du lit. Ses mains agiles parcouraient adroitement son corps, sous le peignoir. Dans ses fantasmes les plus fous, Jack n'aurait jamais cru possible que s'éveillent en lui tant de sensations inconnues. Et notamment la douleur.

« Oh ! s'écria-t-il en reculant soudain. Ça fait mal !

— Allons ! » Gina releva sa tête d'entre ses jambes en souriant. « Le plaisir et la douleur, ça va bien ensemble, non ?

— Pas si bien que ça. Je vais avoir des bleus.

— Détends-toi, et c'est tout », dit Gina en lui enlevant son peignoir. Puis elle jeta une de ses jambes au-dessus de lui, le mettant dans un état d'excitation presque incontrôlable. Elle ne le touchait pas. Elle jouait avec ses sens, le torturait. Elle l'embrassa sur la poitrine, tirant doucement ses poils avec ses dents. La douleur le fit grimacer, mais il sentit subitement des lèvres se promener tout autour de sa bouche, et le plaisir le submergea. En un dernier éclair de lucidité, il se rendit compte que cela faisait bien longtemps qu'il n'avait pas fait l'amour avec une autre femme que Cindy. Mais cela n'avait rien à voir avec « faire l'amour ».

« Dis-moi ce que tu veux, lui soufflait Gina dans le cou, la respiration haletante.

— C'est toi que je veux.

— Dis-moi exactement ce que tu veux.

— Je veux être en toi. »

Gina le considéra, amusée par l'euphémisme. « Je veux que tu me baises », dit-elle, enflammée, en pressant son corps contre celui de Jack, les faisant tourner tous les deux, l'attirant au-dessus d'elle. Il la pénétra d'un seul coup, exorcisant ainsi un mois entier d'angoisse, de colère, de rejet, jouissant de ses grognements, de ses cris, de ses ongles rouges qui lui griffaient le dos.

Soudain, Jack s'arrêta. « Tu entends ? demanda-t-il, le corps comme tétanisé. Quelque chose cogne.

— C'est la tête du lit qui tape contre le mur, idiot !

— Non. Ça vient d'en bas.

— Ça suffit, Jack. Ne me fais pas ça.

— Je ne plaisante pas, Gina. Tu as bien fermé la porte ?

— Évidemment.

— Et les portes coulissantes derrière la maison ?

— Elles le sont toujours.

— Ça n'arrêterait pas Goss – si c'était Goss. » Jack sortit du lit sans un bruit, avança prudemment jusqu'à la porte de la chambre et tendit l'oreille. Il remit son peignoir et prit le revolver sur la table de nuit.

« Tu as apporté une arme chez moi ? demanda Gina, furieuse.
— Oui. Et tu n'es pas heureuse que je l'aie fait ?
— Non. Je t'en prie, Jack. Ne tire pas dans tous les sens. Appelle la police, c'est tout.
— Impossible. Le téléphone est décroché. »

Gina fit la grimace. Pour la première fois de sa vie, elle regrettait sa folle impulsivité.

« Je vais jeter un coup d'œil en bas, dit Jack après avoir vérifié que son revolver était chargé. Ne bouge pas d'ici.
— Fais-moi confiance. »

Jack entendit Gina fermer la porte à clé dès qu'il fut sorti de la pièce. La retraite était coupée. Il descendit avec lenteur les quatre premières marches de l'escalier. Maintenant, il voyait tout le rez-de-chaussée, sauf la cuisine. Le téléphone était toujours par terre, décroché. Quelques pas de plus, et il s'arrêta au bas des marches, retenant sa respiration. Il ne voyait rien, n'entendait rien. Il alla lentement raccrocher le téléphone. Soudain, le cœur au bord des lèvres, il s'aperçut que la porte d'entrée était grande ouverte.

Un bruit à l'extérieur le fit sursauter. C'était son alarme de voiture ! D'instinct, il se précipita au-dehors, en laissant la porte ouverte derrière lui. Et constata rapidement l'absolue nécessité d'une alarme même sur un cabriolet vieux de vingt ans : la capote en toile noire était fendue en deux, du pare-brise à la vitre arrière.

Je n'arrive pas à y croire, se dit Jack in petto. Mais un hurlement provenant de la maison l'empêcha de s'appesantir sur l'incident. Il remonta les marches en courant et se précipita au premier étage.

« Jack ! » criait Gina, en déshabillé de satin vert, debout dans la chambre de Cindy. Elle lui montrait le lit de cuivre. Le dessus-de-lit était repoussé. Un liquide rouge et épais maculait les draps blancs.

« C'est du ketchup », dit Gina en désignant la bouteille vide par terre.

Jack s'approcha du lit avec prudence, terrorisé à l'idée de ce qui aurait pu se passer. Il ne voulait toucher à rien, mais il était persuadé qu'il y avait quelque chose sous l'oreiller de Cindy, quelque chose que celui qui était venu ce soir voulait qu'il trouve. Du bout des doigts, le bras tendu, il souleva un coin de l'oreiller.

« Jack, bon sang ! Qu'est-ce que tu fais ? » La voix de Gina tremblait.

Il l'ignora, continua de soulever l'oreiller, doucement, jusqu'à ce qu'il voie : une fleur, un chrysanthème.

« Goss », murmura Jack en reposant l'oreiller.

Soudain, le téléphone sonna. Jack et Gina se regardèrent. L'expression terrorisée de la jeune femme montrait bien qu'il n'était pas question qu'elle réponde. Jack décrocha.

Dans une cabine téléphonique à quatre rues de là, un homme en blue-jean déchiré et maillot de corps jaunâtre serrait le récepteur contre son oreille. « Vous êtes venu trop tôt », accusa-t-il d'une voix déformée par le chiffon qu'il tenait devant sa bouche.

Jack inspira profondément. C'était la même voix, mais le ton avait changé. L'homme respirait avec bruit, comme s'il avait couru. Et il menaçait.

« Vous êtes venu trop tôt, Swyteck, et je suis très en colère. J'avais dit quatre heures. Quatre heures pile. Il vous reste une chance, la dernière. Quatre heures. Soyez-y. »

La ligne mourut avant que Jack pût répondre. La main tremblante, il raccrocha.

« Qu'est-ce que c'était ? demanda Gina.

— Une invitation, répondit Jack en la regardant. La dernière. »

CHAPITRE 16

Les plus noctambules des ivrognes étaient rentrés chez eux, les travailleurs matinaux dormaient encore. C'était l'heure où la ville désertée sombrait enfin dans le silence. Lorsqu'on frappa à sa porte, Eddy Goss se leva, indécis, se demandant s'il n'avait pas rêvé. Mais les coups reprirent. Eddy ne pouvait pas allumer la lumière, on lui avait coupé le courant parce qu'il n'avait pas payé sa dernière facture. Méfiant, il prit le revolver caché sous un coussin du canapé avant d'aller ouvrir. L'œilleton ne lui apprit pas grand-chose sur l'identité de son visiteur. Le couloir était sombre. Il distingua pourtant un uniforme de policier. Après avoir dissimulé le revolver – il n'avait pas le droit d'en posséder un –, il ouvrit la porte et se composa l'attitude arrogante qu'il adoptait toujours avec la police.

« Bon Dieu ! Qu'est... » Il n'eut pas l'occasion de prononcer un mot de plus. L'intrus se précipita dans la pièce, claqua la porte derrière lui et poussa Goss contre le mur. Il n'eut pas le temps de réfléchir à ce qui lui arrivait. En une seconde, les yeux fixés sur l'engin de mort dans les mains de son agresseur, son visage refléta l'expression de terreur qu'il avait souvent vue sur celui de ses victimes. Deux balles lui transpercèrent silencieusement le crâne, faisant éclater sa cervelle. Il glissa le long du mur, et s'effondra dans une mare de sang, aux pieds de celui qui venait de l'exécuter. Puis la porte s'ouvrit et l'ombre s'éloigna doucement dans le couloir mal éclairé, dans l'escalier sombre et jusque dans la rue. L'écho solitaire de talons en cuir usés la suivait dans la nuit, sur les trottoirs mouillés... cet écho qui, dans la nuit, accompagne toujours un flic faisant sa ronde.

III

Mardi 2 août

CHAPITRE 17

Un appel angoissé parvint à la brigade criminelle à cinq heures vingt-cinq. Un ruisseau de sang coulait sous la porte de l'appartement de Goss, tachant la moquette verdâtre de l'entrée. Une voisine, infirmière de nuit, l'avait remarqué en revenant du travail. Étant donné la publicité qui avait entouré l'affaire Goss, l'adresse qu'elle donna à la police aurait frappé n'importe quel flic de Miami, heureux de savoir que Goss en avait enfin pris pour son grade. Mais le chef de la brigade criminelle savait exactement qui expédier sur l'affaire.

« Saute dans ta bagnole, Lon, dit-il à l'inspecteur Lonzo Stafford. Le jour n'est pas encore levé, mais le soleil va briller pour toi, aujourd'hui, c'est moi qui te le dis. »

Stafford leva le nez de la page des sports du *Miami Herald* ouvert sur son bureau. Comme à son habitude, il était arrivé au poste une bonne heure et demie avant le début de son service, pour siroter un café en mangeant des beignets. Stafford était dans la police depuis presque quarante-cinq ans. Vingt ans plus tôt, il avait été nommé inspecteur. Cet ex-marine, authentiquement drogué au travail, consacrait tout son temps libre à son boulot. De méchantes langues prétendaient qu'il le fallait bien, parce qu'avec l'âge il devenait moins efficace – et qu'il lui fallait déployer de gros efforts pour obtenir un résultat –, telles ces lampes magiques qu'il faut caresser trois fois pour qu'elles exaucent votre vœu. Quoi qu'il en soit, Lonzo Stafford avait été, en son temps, le meilleur de tous les inspecteurs de la ville. En quarante-cinq ans, il n'avait jamais commis la moindre erreur. Sauf une. Mais si colossale qu'elle avait coûté une affaire à un procureur. Il avait joué avec la conscience d'un meurtrier présumé pendant un interrogatoire enregistré, et suscité des aveux en le sermonnant sur l'importance de l'« enterrement chrétien ». Il avait bousillé l'affaire Goss. Et Stafford haïssait Swyteck, qui l'avait épinglé.

« Qu'est-ce que tu me proposes ? demanda-t-il à son chef.

– Homicide. » Et le patron de la brigade criminelle ajouta en souriant : « 409 East Adams Street. Appartement 217. »

Une intense satisfaction envahit le visage de Stafford, qui reconnut instantanément l'adresse. « Dieu soit loué ! s'exclama-t-il en se levant. Je fonce.

– Lon, continua le chef en entrant dans le bureau et en refermant la porte derrière lui, je sais ce que tu as ressenti quand ce salaud s'en est sorti. J'ai réagi comme toi. Et sache bien que, si pour une fois ton enquête ne donne rien, je n'en ferai pas une maladie. »

Stafford lui rendit son regard. Les deux hommes se comprenaient. « Il y a autre chose », poursuivit le chef de police. On a eu un autre appel. Un type qui n'a pas voulu donner son nom, pour ne pas avoir à témoigner. Il a téléphoné d'une cabine pour dire qu'il a vu un type en uniforme de la police sortir de chez Goss, à peu près à l'heure où on lui a fait éclater la citrouille. »

Stafford leva un sourcil sans mot dire.

« On n'a aucune certitude, mais il est bien possible qu'un type de chez nous n'ait pas apprécié son acquittement, et qu'il ait décidé de lui régler son compte personnellement. Je peux pas dire que ça me choquerait beaucoup. Ni que ça me décevrait horriblement. Tu connais la musique, Lon. Il ne s'agit pas de coincer un tueur. Il s'agit d'étouffer un bruit qui court.

– On dirait bien que ce deuxième appel téléphonique mène droit dans une impasse, dit Stafford.

– Parfait. Bonne route, inspecteur. Mon meilleur souvenir à Eddy Goss. »

Le chef accompagna Stafford jusqu'à la porte. Les deux hommes, en accord complet, souriaient d'un air béat.

« Salut, Lon. » L'inspecteur Jamahl Bradley salua avec nonchalance son équipier. La police avait investi l'immeuble. Des agents en uniforme montaient la garde dans l'escalier et à l'autre extrémité du couloir. La porte de l'appartement 217 était grande ouverte. On avait jeté sur le cadavre une espèce de bâche jaune. La pâle lumière de l'aube pénétrait par l'unique fenêtre. Le silence régnait, rompu de temps en temps par un talkie-walkie de la police.

Stafford examina Bradley, habillé comme toujours d'une chemise blanche, d'une cravate rouge et d'une veste bleu foncé – « les couleurs », comme disait fièrement l'ex-porte-drapeau de la marine. « T'aurais pu te grouiller un peu », grommela Stafford.

Le jeune Américain d'origine africaine et le vieux pro de Floride affichaient une hostilité parfaitement réciproque. Mais, au fond, ils savaient qu'ils formaient une bonne équipe, qu'ils s'aimaient bien et que leur plus grand plaisir était d'en faire baver à l'autre jusqu'à plus soif. « Tu devrais être content que j'aie ramené mon cul tout noir, Stafford. Ta fille voulait pas le laisser sortir de son plumard. »

Une telle plaisanterie aurait normalement déchaîné la colère de Stafford. Mais il n'écoutait pas. Sur le pas de la porte, le vieux limier examinait avec attention l'appartement. Il était sur place depuis une heure. Un dernier coup d'œil, et il céderait la place aux rats de laboratoire, qui ramasseraient tout ce qu'ils pourraient trouver : sang, empreintes digitales, fibres, etc.

« On se tire, dit Stafford.

— Où on va ?

— Il faut qu'on soit chez Swyteck avant qu'il écoute les infos.

— Mais pour quoi faire ? demanda Bradley, ahuri.

— Au nom de la loi ! » Stafford jubilait. « Je meurs d'envie de voir la tête de ce salaud quand je lui annoncerai que la sale gueule de son client a éclaté sur le mur du salon. »

L'inspecteur Bradley acquiesça en souriant. Comme tout le monde, il n'avait pas oublié la façon dont Swyteck avait épinglé Stafford à la barre des témoins. « Je vais conduire », dit-il.

Ils quittèrent l'immeuble de Goss vers sept heures. C'était le début de l'heure de pointe, mais ils allaient à contre-courant et arrivèrent devant chez Jack en un quart d'heure. Stafford passa devant, et frappa trois fois à la porte. Comme personne ne répondait et que la voiture de Jack était dans l'allée, il frappa à nouveau, plus fort, et tendit l'oreille. Son équipier et lui échangèrent un sourire de satisfaction en entendant du bruit.

Jack sortit d'un pas pesant de sa chambre à coucher et se traîna péniblement jusqu'à la porte. Hirsute, les yeux gonflés, il ne portait que le short de gym dans lequel il avait dormi. Il jeta d'abord un coup d'œil par la fenêtre, en bâillant. Il reconnut la conduite intérieure beige garée devant la maison : c'était une voiture de police banalisée. Il fronça les sourcils, sa curiosité éveillée. Mais, en apercevant le visage familier de Lonzo Stafford, la curiosité fit place à l'inquiétude. Derrière le vieil inspecteur, Jack identifia son équipier, le jeune Noir à la carrure impressionnante qu'il avait vu sur la bande-vidéo. Son cou épais de lanceur de poids, ses cheveux, tondus sur les côtés et coupés en brosse courte sur le haut, lui faisaient une tête naturellement au carré. La tête au carré regardait la Mustang de Jack. Heureusement, se dit ce dernier avec un soupir de soulagement, la capote était baissée et les policiers ne verraient pas qu'elle avait été massacrée. Jack ouvrit la porte.

« Bonjour, dit Stafford, impassible.
— Il fait jour, c'est sûr, répondit Jack.
— J'ai à vous parler.
— De quoi ?
— On peut entrer ?
— De quoi s'agit-il ? demanda Jack avec plus d'assurance.
— Eddy Goss.
— Alors, on n'a rien à se dire. Je ne travaille plus à l'institut pour la Liberté, je ne représente plus Eddy Goss.
— Il est mort.
— Quoi ?
— Goss est mort, répéta Stafford, comme s'il aimait entendre le son de ces mots-là. On l'a trouvé chez lui, il y a quelques heures. Il a été tué.
— Vous êtes sûr ?
— J'ai vu un certain nombre de cadavres dans ma vie, et je sais reconnaître un meurtre. Et maintenant, on peut entrer ou ça vous dérange ?
— Oui, dit Jack, bien sûr.
— Ça vous dérange, vous voulez dire ? » Stafford s'amusait à faire semblant d'avoir mal compris.

« Mais non, voyons. » Jack bafouillait, encore mal réveillé.

« Vous n'êtes pas obligé de parler, vous savez.
— Aucune importance, affirma Jack avec un peu trop de conviction. Entrez. »

Tout en suivant Jack, Stafford réfléchissait à l'ironie de la situation. Si un policier de la brigade criminelle s'était avisé de frapper à la porte d'un quelconque de ses clients le matin d'un meurtre, Swyteck lui aurait conseillé de l'envoyer se faire voir. Pourquoi les avocats ne suivaient-ils jamais leurs propres recommandations ?

« Asseyez-vous », dit Jack en retirant les magazines qui traînaient sur le canapé.

Stafford l'examina attentivement. Il s'agitait un peu trop. Son dos nu était griffé. Peut-être une *femme*, songea-t-il. Et il avait un bleu sur les côtes. *Mais sacrément agressive, alors.* Une mauvaise coupure sur le dos de la main gauche. *En général, une femme ne vous sert pas ça au petit déjeuner.*

« Belle coupure », dit Stafford en s'asseyant sur le canapé à côté de son équipier.

Jack regarda sa main. Elle lui faisait plus mal que lorsqu'il s'était blessé avec le couteau à viande, et elle n'avait pas belle allure. D'ailleurs, ce matin, rien n'avait belle allure. Un cadavre, deux inspecteurs curieux...

« Ce n'est rien, dit Jack. Une égratignure.

– Drôlement profond, pour une égratignure ! » observa Bradley.

Jack était mal à l'aise. Maintenant que l'équipier de Stafford s'en mêlait, ça commençait à ressembler à un interrogatoire. Il regarda les deux hommes, qui avaient l'air d'attendre une explication. Il leur en fournit donc une. « Hier, j'ai bricolé dans ma voiture. Je desserrais un boulon, complètement bloqué par la rouille. À un moment, la clé a glissé, et voilà le résultat.

– Je ne savais pas que vous étiez gaucher, Jack, dit Stafford.

– Je ne le suis pas. » Jack hésitait, pesant ses paroles. « Mais je me sers de mes deux mains.

– Vous êtes ambidextre ? interrogea Bradley.

– Pas vraiment. Mais quand je bricole, et qu'une main se fatigue, j'utilise l'autre. Vous savez ce que c'est, ajouta-t-il nerveusement, avec ces gros boulons. »

Stafford hocha la tête plusieurs fois, lentement, comme s'il pensait : *Tu es un imbécile et un menteur, mais continuons.*

« Mais vous n'êtes pas venu pour parler mécanique, je suppose, dit Jack.

— Non, acquiesça Stafford. Il s'agit de Goss. La routine, vous savez. Ça ne prendra que quelques minutes. Ça ne vous ennuie pas de répondre à une question ou deux ?

— Bien sûr, répondit Jack.

— Ça vous ennuie ? » Stafford jouait à nouveau sur le même malentendu.

« Je vous dis que non », s'irrita Jack, et l'inspecteur remarqua sa nervosité.

Il poursuivit, imperturbable. « Parce que si vous préférez ne pas répondre, vous le pouvez, bien entendu.

— Je sais, répondit Jack d'un ton sec.

— Vous avez le droit de ne parler qu'en présence d'un avocat. »

Jack écarquilla les yeux.

« Si vous n'avez pas les moyens financiers de...

— Vous êtes en train de me dire mes droits ? Sérieusement ? »

Stafford n'avait pas du tout l'air de plaisanter.

« Écoutez, les gars. Je sais que vous faites votre boulot. Mais il faut être honnête. Si vous ne trouvez pas le type qui a flingué Goss, personne n'en fera une maladie.

— Comment savez-vous qu'il a été tué par balles ? »

Jack blêmit. « Je voulais dire assassiné, c'est tout. »

Stafford hocha à nouveau la tête lentement, plusieurs fois. Les yeux de l'inspecteur brillaient d'excitation lorsqu'il sortit un petit carnet de sa poche. « Je prends quelques notes. Ça ne vous dérange pas, j'espère ?

— Je crois que ça suffit, maintenant, déclara Jack après avoir réfléchi quelques instants.

— C'est votre droit. Vous n'êtes pas obligé de coopérer.

— Je ne refuse pas de coopérer. »

Bradley intervint alors, comme pour apaiser Jack. « Ça ne pose aucun problème, voyons. »

Jack avala sa salive, sans se rendre compte qu'il avait manifestement l'air de quelqu'un qui s'est laissé piéger.

Les inspecteurs se levèrent et Jack les raccompagna à la porte.

« À bientôt, Jack ! » promit Stafford.

Impassible, Jack referma la porte et alla à la fenêtre. Les deux hommes marchaient côte à côte. Ils ne se regardèrent pas, ne s'adressèrent pas la parole avant d'être assis dans leur voiture.

« Il y avait un couteau à viande par terre, chez Goss », dit Stafford à Bradley.

Celui-ci lui jeta un coup d'œil. « Et alors ?

— Vérifie les empreintes avec le labo. D'urgence.

— D'accord.

— Et appelle le barreau. Ils ont les empreintes digitales de tous les avocats. Dis-leur que tu veux celles de Swyteck.

— Allons, voyons, Lon. On s'est payé un bon moment à lui dire ses droits et tout ce cirque. Mais tu ne crois pas vraiment qu'il ait tué Goss ?

— Fais ce que je te dis. »

Bradley secoua la tête en soupirant. « Swyteck, hein ? »

Stafford réfléchissait, les yeux fixés sur le tableau de bord. Puis il ouvrit sa fenêtre et, voluptueusement, tira une longue bouffée de la cigarette qu'il venait d'allumer. « Oui, Swyteck, confirma-t-il en exhalant son mépris en même temps que la fumée de sa cigarette. Le défenseur des salauds. »

CHAPITRE 18

Le couteau à viande ramassé dans l'appartement de Goss livra un joli lot d'empreintes. Le lundi après-midi, après avoir reçu celles de Swyteck, l'inspecteur Stafford les apprécia encore plus.

« Ça colle ! » s'écria-t-il en faisant irruption dans le bureau du procureur.

Wilson McCue, ses petites lunettes à monture d'acier sur le nez, leva les yeux des dossiers éparpillés sur son bureau. Stafford referma la porte et lança avec un enthousiasme enfantin : « Il y a les empreintes de Swyteck sur le couteau à viande ! »

Le procureur se redressa. Si n'importe qui d'autre était entré dans son bureau sans être annoncé, il l'aurait viré sèchement. Mais Lonzo Stafford jouissait d'un statut particulier. Et il en jouissait depuis plus d'un demi-siècle, depuis que le petit Lonnie, un gamin de onze ans, avait conclu un pacte avec un petit Willie de huit ans : « Amis pour la vie, quoi qu'il arrive. » Quand ils étaient gosses, ils avaient chassé dans les mêmes champs, pêché dans les mêmes eaux, fréquenté les mêmes écoles. Lonzo avait de l'avance sur Willie, mais ce dernier remportait en général de meilleurs classements. Aujourd'hui, à soixante-cinq ans, Wilson avait toujours trois ans de moins que Lonzo, mais on lui donnait facilement soixante-quinze ans, même les bons jours.

« Il faut convoquer un grand jury », dit Stafford.

Le procureur alluma une Camel en toussant. « Pour quoi faire ? »

Stafford prit la cigarette des mains de son ami et arpenta la pièce tout en fumant. « J'ai un suspect, répondit-il. Pour le meurtre d'Eddy Goss.

— Et moi aussi, railla McCue. J'en ai environ douze millions. Tous ceux qui ont vu la bande-vidéo de ce salaud sont suspects. Eddy Goss méritait la mort, tout le monde voulait qu'il crève. Aucun jury au monde ne condamnerait un type qui aurait rendu un tel service à l'humanité.

— Sauf si le type en question était l'avocat de la défense qui l'a fait acquitter, lui et d'autres salauds dans son genre », répliqua Stafford.

McCue n'était pas convaincu. « Je vois d'ici les titres des journaux. Le procureur, un républicain convaincu, inculpe le fils du gouverneur démocrate. Ce sera épouvantable, Lon. Avec les élections dans quatre mois, tu as intérêt à avoir de sacrées munitions avant de déclarer la guerre.

— On a tout ce qu'il faut. Les empreintes de Swyteck sur un couteau qu'on a ramassé dans l'appartement de Goss. J'ai fait analyser la lame. Il y avait encore du sang dessus, groupe AB négatif, extrêmement rare. Celui de Swyteck. Le laboratoire a aussi trouvé des traces de filets de poisson, comme dans l'estomac de Goss. Et on sait que le sang est venu après le poisson.

— Ce qui signifie ?

— Ce qui signifie que, la nuit du meurtre de Goss, je peux prouver que Swyteck brandissait un couteau dans l'appartement de la victime, après que celle-ci avait fini de dîner.

— Ta victime, on lui a tiré dessus, non ? Il nous en faut plus, Lon.

– Il y a plus. Quelques heures après le meurtre, à sept heures du matin environ, nous sommes allés voir Swyteck. Il n'était pas encore suspect, à ce moment-là. Il a ouvert en short de gym, manifestement on le tirait du lit. Il était nerveux comme une puce. Un bleu sur la poitrine, une espèce de morsure sur le ventre, le dos griffé et une coupure à la main gauche. Bradley et moi, on trouve que ça ressemblait à une blessure par lame. Bref, il avait tout l'air de quelqu'un qui vient de se bagarrer.

– Il prétendra qu'il est tombé dans l'escalier.

– Peut-être. Mais il aura un peu plus de mal à expliquer comment il savait qu'on avait tiré sur Goss avant qu'on ait eu l'occasion de le lui dire.

– Explique-toi.

– J'ai vérifié. Aucun bulletin d'informations n'a mentionné le meurtre de Goss avant huit heures du mat. On s'est pointé chez Swyteck à sept heures, on lui a dit que Goss avait été tué, mais on lui a pas dit comment. Et Swyteck savait qu'on lui avait tiré dessus. Il l'a dit. Je pense que sa langue a fourché, mais c'est lui qui a dit "flingué" en premier.

– Ça se présente déjà un peu mieux. McCue se frotta les tempes, et reprit : « Arrête-le, Lonnie. Colle-le en garde à vue. Tu lui ficheras le trouillomètre à zéro.

– Ça ne me suffit pas. Je veux que ce petit con soit reconnu coupable et condamné !

– Parce qu'il t'a coincé dans l'affaire Goss ?

– Parce qu'il est coupable. Et que j'aie envie ou non de le baiser, lui ou n'importe lequel de ses copains de l'institut, ça n'a rien à voir. C'est lui qui a tué Goss. J'en suis sûr. Il a disjoncté, il a flingué son putain de client. Il s'y est pris comme un con, et tant mieux pour moi. Je veux qu'il paie. »

Le procureur soupira. « On n'a pas le droit à l'erreur, cette fois.

– Si tu avais vu la bobine de Swyteck ce matin, tu saurais qu'on se goure pas. Je le sens, Wilson. Je le sens avec tout mon flair de flic, pas parce que j'ai lu des foutaises dans mon horoscope. Mon instinct ne m'a jamais égaré, tu le sais bien, depuis le temps qu'on se connaît. »

McCue avait une confiance absolue en son ami. Pourtant, une fois, son instinct l'avait bel et bien égaré. Mortellement égaré. C'était une accusation de meurtre au premier degré, que Stafford avait lancée sur preuves indirectes. McCue avait suivi. Mais, avec le temps, même le procureur avait fini par se demander si Stafford avait alpagué le véritable meurtrier. La question était désormais purement académique. Le jury l'avait condamné, il avait été exécuté. Mais McCue ne l'oublierait jamais. Il s'appelait Raul Fernandez.

« Donne-moi un peu de temps pour y penser, Lon.
— Qu'est-ce que tu veux de plus ?
— Tant de gens souhaitaient la mort de Goss ! Il y a sans doute d'autres suspects. Il faut leur parler, parler aux voisins, s'assurer qu'aucun témoin ne viendra saboter toute l'affaire en déclarant qu'il a vu quelqu'un sortir de chez Goss en courant, un 38 millimètres fumant à la main. Quelqu'un qui ne pourrait pas être Swyteck : une femme, ou un Noir de deux mètres de haut, ou un ami d'une des victimes de Goss, ou...
— Ou un flic, interrompit Stafford. Tu te méfies à cause du flic qu'on aurait vu sortir de chez Goss, hein ?
— C'est vrai, ça me tracasse. Et ton patron, ça tracasse aussi. C'est bien pour ça qu'il t'a prévenu avant de t'envoyer sur l'affaire.
— Voyons, Wilson, tu sais aussi bien que moi que, si c'était vraiment un flic qui avait éclaté la cervelle de Goss, il ne se serait pas pointé chez lui en uniforme. Il l'aurait intercepté dans la rue et lui aurait tiré dessus, en invoquant la légitime défense.
— Sans doute, sans doute. Mais il s'agit du fils du gouverneur, et d'une accusation de meurtre au premier degré. Je ne convoque pas le grand jury avant que tu ne m'apportes de nouvelles preuves, et des solides. »

Les yeux de Stafford étincelèrent. Malgré les apparences, il n'était pas en colère. On lui lançait un défi, et il allait le relever. « Je vais trouver. Je trouverai tout ce qu'il te faut pour démolir Swyteck.

— S'il y a quelque chose, je sais que tu trouveras, dit son ami.

— Je trouverai parce que je sais, là-dedans... » Stafford se frappa la poitrine. « ... que Swyteck est coupable. » Il se leva pour partir. Il mit une main dans sa poche et stoppa net, comme s'il avait oublié quelque chose. « Qu'est-ce que c'est donc que ça ? » s'exclama-t-il mélodramatiquement en sortant un sac en plastique de sa poche sous l'œil amusé de son vieil ami qui se doutait bien qu'il lui mijotait un tour à sa façon.

« Eh bien, ça alors ! » dit Stafford en se frappant comiquement le front. Le sourire qu'il avait retenu jusque-là fendait son visage d'une oreille à l'autre. « J'ai presque oublié le meilleur, Wilson. Tu vois, personne n'a entendu tirer à l'heure du meurtre de Goss. Dans un immeuble comme celui-là, c'est invraisemblable : les murs sont en papier. Sauf, bien entendu, si l'assassin a vissé un silencieux sur son 38 millimètres. Et voilà pourquoi ceci est essentiel, conclut-il en promenant le sac en plastique devant les yeux du procureur.

— Tu veux bien me dire ce qu'il y a là-dedans ?

— Un silencieux. Un silencieux de 38 millimètres.

— Et tu l'as trouvé où ?

— Sous le siège avant de la voiture de Swyteck.

— J'espère que tu avais un mandat de perquisition, dit le procureur avec une soudaine inquiétude.

— Pas besoin. C'est un type de chez Kaiser, le garage de Swyteck, qui nous l'a remis. Swyteck y laisse sa voiture pour un oui pour un non ; c'est une vraie ruine, cette bagnole. Jeudi matin, donc, il dépose sa voiture pour faire réparer la capote. Quelques heures plus tard, le propriétaire prend un de ses ouvriers à piquer des trucs dans les voitures de ses clients, dont celle de Swyteck. Il nous appelle. Et qu'est-ce qu'on trouve dans le butin du voleur ? » Stafford ménagea ses effets, puis lança joyeusement sa botte secrète : « Un silencieux. »

McCue, renversé dans son fauteuil, les bras croisés sur le ventre, déclara avec un sourire satisfait : « Cette fois, on le tient, mon vieux Lonnie ! »

CHAPITRE 19

« Vous avez eu quarante-trois appels de journalistes, monsieur le Gouverneur. » La secrétaire de Harry Swyteck le suivit fébrilement dans son bureau spacieux. « En une heure seulement.

– Bon sang ! » grommela le gouverneur en jetant son manteau gris anthracite sur le canapé avant de desserrer sa cravate et de s'effondrer, épuisé, dans son fauteuil en cuir. Avant que ne commence la campagne, il trouvait reposants les chandeliers de bronze, les plafonds à caissons et les hautes fenêtres aux rideaux de velours rouge qui lui rappelaient agréablement le prestige de sa fonction. Désormais, depuis que la campagne était lancée, cette opulence ne signifiait plus qu'une seule chose : pour continuer à jouir de ces attributs du pouvoir pendant quatre ans encore, il lui fallait être réélu. « Qui ai-je bien pu injurier, cette fois ? demanda-t-il à sa secrétaire, ne plaisantant qu'à demi.

– Personne », répondit cette dernière, impassible, en lui servant une tasse de thé. Professionnelle jusque dans le moindre de ses gestes, les cheveux gris tirés en arrière et une écharpe de soie blanche étroitement nouée autour du cou, elle était à peu près aussi chaleureuse qu'une nonne qui aurait fait vœu de silence. Mais elle compensait son austérité par une loyauté et une efficacité à toute épreuve. « Ils veulent tous être les premiers à recueillir vos réactions pour le dix-huit heures, voilà tout. »

Le gouverneur fronça les sourcils. Depuis bientôt vingt ans, il aurait dû y être habitué, mais ça l'agaçait toujours autant : sa secrétaire était toujours au courant des nouvelles importantes avant lui. « Mes réactions sur quoi ?

— Sur votre fils, bien sûr », répondit-elle, plus sombre que jamais.

L'énervement du gouverneur se transforma en inquiétude. « Que lui est-il arrivé ?

— Campbell monte, il vous expliquera. »

Le premier adjoint du gouverneur entra en courant dans le bureau. Dans sa précipitation, il bouscula la secrétaire qui s'apprêtait à sortir. Campbell McSwain était un bel homme de trente-huit ans. Il avait fait ses études à Princeton, mais affichait un goût immodéré pour des vêtements plus britanniques que nature. Cependant, quand il s'agissait de convaincre les électeurs que Harry Swyteck était le meilleur des Monsieur Tout-le-monde, Campbell était imbattable. Le gouverneur lui était en grande partie redevable de son élection quatre ans plus tôt. L'agitation qui se lisait sur son visage contrastait violemment avec sa tenue impeccable.

« Je suis désolé, monsieur le Gouverneur, dit Campbell qui avait couru tout le long du chemin en essayant de reprendre son souffle. J'étais en communication avec le bureau de l'avocat général.

— L'avocat général ?

— C'est votre fils, monsieur. Nous avons appris qu'il allait faire l'objet d'une enquête menée par un grand jury. Il est le principal suspect dans le meurtre d'Eddy Goss. »

Le gouverneur ouvrit grand la bouche, comme si on venait de lui donner un coup de poing dans l'estomac. « Goss est mort ? Et ils croient que c'est Jack le coupable ? C'est ridicule, grotesque, Jack n'est pas un assassin. Il y a sûrement une erreur.

— Que ce soit vrai ou pas, gouverneur, c'est catastrophique pour nous. Personne n'imaginait, il y a un mois, qu'un ancien délégué à la Commission des assurances représenterait un danger sérieux pour un candidat aussi bien implanté que vous. Mais votre concurrent fait du très beau boulot. Sa lutte antifraude l'a rendu populaire, et il a eu l'intelligence de ménager la grosse industrie. Les patrons sont prêts à lui ouvrir leur portefeuille. Les derniers sondages vous donnent quatre points d'avance seulement. Et cette histoire pourrait renverser la tendance. La presse en bave déjà. Quarante-trois appels !

— Nous parlons de mon fils, répliqua le gouverneur en toisant son adjoint, pas de la presse, ni de sondages d'opinion. »

Campbell encaissa le coup. « Je suis désolé, monsieur le Gouverneur. Mais je croyais que... je sais que vous et votre fils n'êtes pas très proches. En tout cas, pas depuis que nous nous connaissons. J'ai manqué de délicatesse, je l'avoue.

— C'est vrai, dit Harry en se dirigeant lentement vers la fenêtre qui donnait sur le jardin, et en parlant plus pour lui-même que pour son adjoint. Jack et moi, nous sommes moins proches que je ne le souhaiterais. »

Inquiet, Campbell cherchait désespérément à redonner courage au gouverneur. « Il n'est que suspect, affirma-t-il. Les avocats affirment qu'il existe au moins une possibilité d'éviter l'inculpation. »

Harry remercia son adjoint pour sa tentative, mais il imaginait déjà les termes de l'effroyable accusation : meurtre au premier degré, avec préméditation. Parfois, il se demandait si le destin s'acharnait à les séparer, son fils et lui, si la configuration des étoiles au jour de leur naissance leur interdisait à jamais de se rejoindre. Mais Harry savait que c'était une échappatoire, pour nier sa propre responsabilité dans l'évolution de la personnalité de Jack. Avec un profond sentiment de culpabilité, il évoqua la première fois où Jack avait été accusé de meurtre – il avait alors cinq ans...

C'était l'heure du dîner. Après avoir garé sa voiture, Harry se hâtait vers la maison. Il aperçut son fils, tristement posté à la fenêtre de sa chambre comme si on l'avait puni. Avant qu'il n'ait eu le temps de refermer la porte, Agnès se précipitait sur lui en hurlant quelque chose au sujet de Jack et du crucifix qu'il avait trouvé. Harry essaya de la calmer, sans succès. Il l'entraîna alors dans la cuisine où la scène pourrait se poursuivre à l'abri des oreilles de Jack.

« Je t'ai dit que je ne voulais rien de tout ça à la maison. Ta femme, c'est moi, maintenant. Oublie le passé. Je ne tolérerai pas que tu entretiennes ce petit sanctuaire personnel.

– Ce n'est pas pour moi. Je garde tout cela pour Jack, quand il aura l'âge de comprendre.

– Je ne te crois pas, avait hurlé Agnès. Tu ne penses pas à Jack. Tu penses à toi. Tu vis dans le passé depuis le jour où tu as ramené cet enfant à la maison sans ta femme. Avoue, Harry. Tu me hais parce que je ne suis pas elle. Et tu hais ton propre fils, parce qu'il l'a tuée !

– Tais-toi ! s'écria Harry en se précipitant sur elle.

– Je ne te conseille pas de lever la main sur moi, Harry. Tu es malade ! Et moi, j'en crève ! »

Dans l'entrée, un petit garçon de cinq ans tremblait de tous ses membres. Il était sorti de sa chambre, avait descendu l'escalier sur la pointe des pieds et s'était caché derrière une plante posée sur une jardinière, tout près de la porte de la pièce où s'étaient réfugiés son père et sa belle-mère pour se disputer. Il voulait entendre la vérité – mais cette vérité-là était trop lourde à porter pour un enfant de cinq ans. Abasourdi, il recula, trébucha sur la jardinière, et tomba avec fracas, entraînant la plante dans sa chute.

Le bruit fit taire la dispute qui se déroulait dans la cuisine. Harry sortit en courant et vit Jack. Leurs regards se croisèrent, mais ils ne parlèrent ni l'un ni l'autre. Inutile pour Harry de se demander ce que son fils avait entendu : l'expression de son visage ne le disait que trop. De ce jour, ils ne s'étaient plus jamais regardés de la même façon.

« Vous m'écoutez, monsieur ? » interrogea son adjoint.

Campbell avait parlé ; mais le gouverneur, le regard vide, était plongé dans ses sombres évocations. « Pardon », dit Harry en essayant de se libérer du poids de ses souvenirs. Mais il pensait toujours à Jack. Malgré sa déception, ses regrets, il voulait aider son fils. Ce ne serait pas facile, avec leur histoire mouvementée. Jack se rebifferait sans doute devant toute proposition émanant de lui.

« Je comprends, monsieur le Gouverneur. Jack reste votre fils, quoi qu'il arrive. Et ça ne me regarde pas. Mon boulot, c'est de vous faire réélire. Et, que cela vous fasse plaisir ou pas, nous sommes bien obligés d'évaluer le tort que peut nous causer votre fils en termes politiques. C'est simple. Si Jack Swyteck perd son procès, Harry Swyteck perd son poste. En termes politiques, ajouta Campbell, nous en sommes là. »

Agacé par l'insensibilité de Campbell, Harry reconnaissait cependant la logique de son raisonnement. Campbell avait raison. Ce qui était bon pour Jack était bon pour sa campagne. Et là résidait la solution du problème. Si Jack s'imaginait que les efforts déployés par son père en sa faveur étaient, en fait, simplement nécessaires à sa réélection et que son père obéissait à des motivations personnelles, il n'aurait pas l'impression de lui devoir quoi que ce soit – pas même de la reconnaissance. Ainsi, il pouvait être sûr que Jack le laisserait l'aider.

« Vous avez parfaitement raison, dit Harry en souriant intérieurement. Je n'ai pas le choix. Il faut aider mon fils, par tous les moyens. »

CHAPITRE 20

Cindy Paige revint d'Atlanta l'après-midi même. Le reportage photographique en Italie était définitivement annulé. Apparemment, Chet s'était fait de ce voyage une idée beaucoup moins professionnelle que Cindy. La preuve, il avait réservé une seule chambre à grand lit dans chacun des hôtels des villes où ils devaient s'arrêter. Lorsque Cindy s'en était aperçue, elle avait été terriblement déçue : ce n'était visiblement pas à son talent de photographe qu'elle devait cette séduisante proposition.

Gina était allée la chercher à l'aéroport, mais elle n'ouvrit presque pas la bouche durant tout le trajet de retour. Elle ne se sentait pas bien, dit-elle à Cindy. Et c'était vrai. Gina avait honte d'avoir attiré Jack dans son lit. Durant la fameuse nuit, elle avait considéré Jack comme disponible. Après tout, elle croyait Cindy en route pour la Ville éternelle avec son ancien amant. Mais le prompt retour de son amie confirmait les pires craintes de Gina : malgré les horreurs qu'ils avaient échangées la dernière fois qu'ils s'étaient vus, Jack et Cindy tenaient toujours l'un à l'autre.

Gina se réfugia dans sa chambre sitôt arrivée. Elle se laissa tomber sur son lit et chercha l'oubli dans une énième rediffusion d'*Amour, gloire et beauté*.

Cindy posa sa valise dans l'entrée et se précipita

dans la cuisine. Le prétendu en-cas qu'on lui avait servi dans l'avion était vraiment immangeable, et elle mourait de faim. Elle passa une poignée de frites congelées au four à micro-ondes et ouvrit le réfrigérateur pour prendre du ketchup.

« Gina, appela-t-elle à haute voix, où est le ketchup ? »

Comme Gina ne répondait pas, elle haussa les épaules et, les frites dans une main et un Coca Light dans l'autre, elle alla s'installer dans le salon et alluma le téléviseur. C'était juste l'heure du bulletin d'informations. « La commission d'enquête a désigné Jack Swyteck comme suspect n° 1 dans l'affaire du meurtre d'Eddy Goss », entendit-elle.

Abasourdie, Cindy regardait le visage de Jack sur l'écran. « Oh, mon Dieu », murmura-t-elle. Elle zappa frénétiquement d'une chaîne à l'autre, comme si elle voulait les écouter toutes à la fois. Elle ne pouvait y croire, même après avoir entendu la même histoire de la bouche de tous les présentateurs de la région. Au bout d'un quart d'heure, elle en eut assez. Toutes les chaînes en étaient à interviewer chacun de ceux qui, pour le plaisir d'apparaître sur l'écran, prétendaient connaître Jack Swyteck. Écœurée, elle éteignit le poste. Ils ne connaissaient pas Jack comme elle. Et Jack n'était pas un assassin.

Les mains tremblantes, elle s'allongea sur le canapé. Que faire ? Lui dire qu'elle était de retour – au cas où il aurait besoin d'une amie ? Et d'ailleurs, pourquoi était-elle de retour ? Était-elle vraiment obligée d'annuler le voyage ? Elle aurait sans doute pu imposer quelques règles simples à Chet, et faire son boulot. Mais Jack était à Miami, et c'est là que son subconscient l'avait ramenée.

Elle jeta un coup d'œil au téléphone. En fait, lui parler ne suffirait pas. Surtout après leur terrible dernière scène. Il fallait qu'elle le voie.

Le temps que Cindy arrive chez Jack, la nuit était

tombée. Même lorsqu'elle vivait là, elle n'avait jamais aimé rentrer seule le soir. Jack prétendait adorer le jardinage mais en fait ce qu'il aimait c'était la luxuriante végétation des plantes vertes et des arbres. Son jardin était une vraie forêt : palmiers, fougères et ficus aux épais feuillages dessinaient de menaçantes ombres propres à effrayer une jolie blonde de vingt-cinq ans en short et pull blanc sans manches.

Elle sprinta jusqu'à la porte d'entrée. La lumière du perron s'alluma avant qu'elle ait frappé et la porte s'ouvrit.

« Cindy ! Qu'est-ce que tu fais là ?
— J'ai vu les infos. J'ai pensé que tu avais peut-être besoin de parler.
— Tu es formidable, dit-il en lui ouvrant les bras. La dernière fois, je voulais te rappeler, te demander pardon, mais je me sentais tellement ignoble ! » Jack la regarda dans les yeux. « Tu seras capable de me pardonner ?
— Essayons d'oublier. Moi aussi, je regrette ce que je t'ai dit ce soir-là.
— Pourtant, tu avais raison. Je délirais complètement. Mais... et l'Italie ?
— C'est loin d'être aussi important que ce qui t'arrive. »

Jack planait. Une heure avant, après avoir regardé les informations, il se disait pourtant qu'il risquait de ne plus connaître le bonheur avant un sacré bout de temps.

« Tu sais tout sur l'histoire du grand jury, n'est-ce pas ? » Cindy hocha la tête.

« Ai-je besoin de te dire que je ne suis pas coupable ?
— Non. »

Ils furent interrompus par un bruit de voiture devant la maison. C'était une voiture de police. Deux voitures, en fait. Lonzo Stafford était assis dans la première.

« Il faut que je leur parle, dit Jack à Cindy en montrant les policiers. Rentre, s'il te plaît. »

Cindy s'éloigna avec réticence et Stafford prit sa place sur le perron. Son blazer bleu marine était encore plus chiffonné que d'habitude et on aurait dit que le vieux visage au-dessus de la cravate dénouée avait pris quelques rides en plus. Manifestement, il avait travaillé dur, et longtemps. Mais, dans ses yeux gris, une expression de triomphe laissait entendre qu'il ne s'était pas donné tout ce mal pour rien, et qu'il allait sous peu être payé de ses peines.

« J'ai un mandat. On va fouiller un peu, mon vieux ! »

Jack soupira, soulagé qu'il ne s'agisse pas d'un mandat d'arrêt. « Vous n'avez aucune chance de trouver l'arme du crime ici », affirma-t-il à l'inspecteur. Jack avait pourtant envisagé un instant d'emmener l'inspecteur droit au tiroir où il gardait le vieux 38 millimètres. L'expertise balistique prouverait que l'arme n'était pas celle qui avait tiré sur Goss. Mais le revolver n'était pas enregistré en Floride, ce qui était un délit en soi. En outre, cela prouverait qu'il connaissait ce type d'arme. Inutile d'alimenter les fantasmes de l'inspecteur, se dit-il.

Stafford s'assura d'un coup d'œil que son équipier ne pouvait l'entendre. « Vous me croyez assez stupide pour demander un mandat afin de chercher l'arme du crime, hein, Swyteck ? demanda-t-il dédaigneusement. Pour qu'après on doive dire au jury qu'on a cherché et qu'on n'a rien trouvé, hein, Swyteck ? D'ailleurs, je n'ai aucun besoin de l'arme du crime. Puisque, selon le service balistique, on s'est servi d'un silencieux, et que le mécanicien de chez Kaiser a trouvé un silencieux dans votre bagnole.

– Le mécanicien a trouvé quoi ?

– Vous le saurez bien assez tôt, maître. Pour l'instant, jeta Stafford en brandissant le mandat sous les yeux de Jack, il nous faut juste une petite paire de pompes. Des Reebok, très précisément. Il pleuvait sacrément fort, la nuit où vous êtes allé chez votre client, vous vous rappelez ? Et vous avez laissé des traces dans tout l'appartement. »

Jack ne pipa mot. La situation empirait à chaque instant, et il n'avait rien à gagner à une prise de bec avec le vieil inspecteur. « Faites votre boulot, allez-y », se contenta-t-il de dire.

Stafford convoqua son équipe d'un geste du bras. Jamahl Bradley et deux autres agents entrèrent dans la maison et se dirigèrent vers la chambre à coucher. Jack les suivait de près, un nœud dans l'estomac.

« Qu'est-ce qui se passe ? » demanda Cindy d'une voix tremblante.

Ce fut Stafford qui lui répondit. « Il se passe, ma petite dame, qu'on va prouver que votre petit copain traînait chez Goss la nuit du meurtre. Voilà ce qui se passe. » L'inspecteur considéra Cindy d'un air dubitatif. Puis il ajouta : « Vous êtes vraiment sûre de vouloir passer la nuit ici, ma jolie ?

– Fermez-la, Stafford ! » s'écria Jack.

Stafford haussa les épaules et rejoignit ses hommes. Jack aurait voulu les suivre pour s'assurer qu'ils effectuaient leur perquisition dans les règles, mais le regard qu'il lança à Cindy le fit changer d'avis. Il ne pouvait pas se permettre de laisser les paroles de Stafford semer le doute dans son esprit. Il prit Cindy par la main et l'entraîna dans le jardin derrière la maison, où ils seraient à l'abri des oreilles indiscrètes.

« Tu es vraiment allé chez Goss, ce soir-là ? »

Jack hésitait. Que pouvait-il dire à Cindy ? « Écoute, commença-t-il enfin, à partir de maintenant, il y a des choses que je devrai te cacher. Non parce que je suis coupable, mais parce que tu te retrouveras peut-être à la barre des témoins lors de mon procès, et que moins tu en sais, mieux c'est. Mais je peux répondre à cette question-là. De toute façon, ils le prouveront grâce aux empreintes de chaussures... Oui, j'y suis allé cette nuit-là. Mais je ne l'ai pas tué. J'y suis allé à cause de menaces qu'on me faisait. On m'appelait, on me disait que le tueur rôdait. Je me suis presque fait écraser, et Jeudi... il a tué Jeudi. »

Horrifiée, Cindy plaqua sa main sur sa bouche. « Oh, Jack, mon Dieu, mon Dieu ! »

Jack lui caressa la joue, pour tenter de la consoler. « Je croyais que c'était Goss. Et le jour où tu es partie pour Atlanta, on m'a donné rendez-vous chez lui, par téléphone. Mon interlocuteur n'a pas dit qui il était, ça faisait partie du jeu. Il fallait que je lui parle face à face, Cindy. Mais je ne l'ai pas tué.

– Tu vas raconter tout ça à la police ?

– Pas question. Il y a une chose très importante qu'il faut que tu comprennes : nous ne pouvons pas parler des menaces à la police. À moins qu'elle ne nous y contraigne.

– Pourquoi ?

– Actuellement, ils sont en train d'essayer de me mettre le meurtre de Goss sur le dos. Je ne sais pas jusqu'où ils iront. Mais ce qui est d'une évidence éblouissante, et c'est là que réside l'immense faiblesse de toute leur argumentation, c'est la totale absence de mobile. Pourquoi aurais-je tué Goss ? S'ils n'ont pas la preuve qu'il me menaçait, tout ce qu'ils peuvent avancer, c'est que je l'ai tué parce que je me sentais coupable de l'avoir fait acquitter. L'accusation devra faire avaler au jury qu'un avocat, un avocat de la défense, a une conscience, et que sa conscience parle assez fort pour le transformer en criminel ! »

Cindy écoutait attentivement.

« Donc, si je mentionne les menaces à la police, je leur offre un mobile sur un plateau d'argent. Ils découvrent que Goss me harcelait, et crac ! ils ont leur mobile. Tu comprends ? »

Cindy soupira. Ce qui arrivait était grave, et cela ne faisait que commencer, il fallait s'attendre à traverser des épreuves atroces ; elle avait une terrible envie de pleurer. « Oui, je comprends, dit-elle cependant à Jack. Et ne t'inquiète pas, je suis avec toi. »

Après le départ de Stafford et de ses hommes, Jack et Cindy se firent livrer un repas chinois. Ils parlèrent d'abord de choses et d'autres. Jack finissait son dernier rouleau de printemps lorsqu'il se décida à aborder le sujet qui lui tenait à cœur.

« Je regrette qu'on ne se soit pas parlé avant ton départ pour l'Italie. Qu'on ne se soit même pas dit au revoir.

– Ça n'aurait pas suffi. Depuis qu'on se connaît, tu m'as toujours caché un aspect de ta personnalité, Jack. Et pas seulement à moi – à ton père aussi. Tu n'as jamais essayé de t'expliquer avec lui. Et il ne t'appelle pas non plus.

– C'est vrai, ça doit paraître bizarre.

– Tu ne crois pas qu'il serait temps de trouver une solution, Jack ?

– Je voudrais bien. Figure-toi que, juste avant que la situation ne s'emballe, ma belle-mère m'a téléphoné pour me conseiller d'appeler mon père. Je ne sais pas comment te l'expliquer, mais j'éprouve le sentiment étrange que, tant que je ne l'appelle pas, il y a de l'espoir, que rien n'est irrémédiable. Alors que, si on provoque l'explosion, on ne pourra peut-être plus jamais recoller les morceaux. Et j'hésite à prendre le risque.

– Voyons, Jack, tu sais bien qu'on ne peut pas s'asseoir sur le bord de la route en attendant que les choses s'arrangent d'elles-mêmes. Vient un moment où il faut agir. C'est ce que j'ai fait en ce qui nous concerne. Je ne dis pas que je m'y sois prise au mieux, ça non. » Ses yeux cherchèrent ceux de Jack. « Il faut que tu saches que ce voyage était strictement professionnel, Jack. Pour moi, en tout cas. Chet, apparemment, s'était fait des illusions. C'est pour ça que je suis rentrée aussitôt. Je sentais bien qu'entre toi et moi ce n'était pas fini. C'est pour cela que j'ai demandé à

Gina de te donner le numéro de téléphone de mon hôtel.

— Elle ne l'a pas fait.

— Elle avait pourtant promis, déclara Cindy, troublée. Elle aura oublié.

— Ouais », dit Jack, dubitatif et submergé par un intense sentiment de culpabilité. Décidément, Gina l'avait roulé dans la farine.

Ils bavardèrent longtemps. Jack s'aperçut avec étonnement qu'il était déjà onze heures et demie. « Ça ne te pose pas de problèmes de rentrer si tard ? demanda-t-il à Cindy.

— Je reste, Jack, répondit la jeune fille en évitant son regard. Ce soir, je reste, mais on ne s'engage à rien d'autre pour l'instant, d'accord ?

— Magnifique ! » s'exclama Jack, soulagé et reconnaissant.

Vingt minutes plus tard, Cindy se glissait au lit, vêtue d'un maillot de sport que lui avait prêté Jack. « Tu as remplacé toutes les photos déchirées, remarqua-t-elle en voyant le miroir au-dessus de la commode.

— Oui. J'ai retrouvé les négatifs, et j'ai tout fait retirer. Je n'avais pas le choix. Chaque fois que je regardais ce satané miroir, il me rappelait à quel point j'avais été nul.

— Viens au lit », dit-elle en le prenant par la main.

Jack ne pouvait s'empêcher de penser à son arrestation imminente. Il se sentait tellement coupable vis-à-vis de Cindy ! Et elle lui offrait une seconde chance, elle lui proposait son aide pour traverser la période la plus difficile de sa vie ! Comment réagirait-elle le jour où elle apprendrait que la seule personne au monde capable de fournir un alibi à Jack était sa meilleure amie ?

CHAPITRE 21

À huit heures et demie, trente minutes après que les policiers eurent quitté la maison de Jack, ses chaussures de tennis étaient au labo. Stafford décida d'attendre les résultats dans son bureau, avec Bradley. Il n'enleva pas son éternel blazer fatigué. Son col de chemise était ouvert, sa cravate en rayonne desserrée. Il fumait pour tromper son impatience. Bradley, assis sur une chaise près de la fenêtre, déchiquetait le journal de la veille. Il en faisait des boulettes qu'il envoyait dans la corbeille à papier d'une chiquenaude.

À dix heures, le téléphone sonna. « Stafford », éructa l'inspecteur tout en exhalant la fumée de sa cigarette.

Bradley fixait son équipier, qui hocha la tête à plusieurs reprises.

« Il est cuit ! » s'exclama Stafford en raccrochant. Il se renversa dans son fauteuil, les bras croisés sur la poitrine. « Les Reebok collent parfaitement. Vingt-sept superbes empreintes dans l'appartement, et une sur le rebord de la fenêtre. Ça ne m'étonne pas. Je savais que c'était Swyteck. Mais maintenant, on peut le prouver. »

Bradley acquiesça. « Félicitations », dit-il sans enthousiasme.

Stafford l'observa avec étonnement. « T'es pas plus content que ça, Jamahl ? »

Bradley hésita un instant, mais il fallait qu'il

exprime son sentiment. « Franchement, Lon, je trouve que tu t'acharnes un peu trop sur cette piste. C'est tout. »

Stafford était furieux, mais il parvint à se contrôler. « Écoute-moi bien, ça fait quarante ans que je fais ce métier, fils. Je sais quand je dois suivre mon instinct. Et mon instinct me dit que Swyteck a disjoncté après le procès, et qu'il a fait sa fête à Goss. Ces avocats de la défense, ils jouent avec le système. La vérité, ils s'en branlent. Pour gagner, ils diraient n'importe quoi. "Mon client a mangé trop de crêpes", "ou mon client a trop regardé la télévision". J'ai tout entendu. Et ce Swyteck, c'est le pire de tous. Eddy Goss a avoué son crime devant moi, il me l'a jeté à la gueule ! À la suite de quoi, j'ai vu ce petit malin de Swyteck convaincre le jury que son client n'était pas coupable ! Et ce n'est pas la première fois, le fils de pute ! À chaque procès qu'il gagne, parce qu'il a trouvé une astuce, ou pour un quelconque vice de forme, un assassin retourne dans la rue. Et Swyteck est un jeunot. Attends un peu qu'il se rode, et tu verras de quoi il sera capable, pendant vingt ou trente ans encore ! »

Bradley avala sa salive. Un flic ne devait pas accepter que la fin justifie les moyens, il en était persuadé. « Qu'est-ce que tu cherches à prouver, Lon ? Que quelqu'un doit empêcher ça ?

– Non. » Le visage de Stafford était devenu dur comme la pierre. « Je cherche simplement à prouver que ce connard d'avocat de la défense s'est fourré dans de très sales draps, et je me charge personnellement de lui en faire payer le foutu prix. Tu m'excuseras donc d'être un peu trop content de m'être chopé un assassin.

– O.K., patron. Après tout, les vingt-sept empreintes, on les a bien !

– Tu l'as dit, bouffi !

– Mais faudrait peut-être pas oublier l'autre empreinte, celle qu'on a trouvée juste devant la porte de l'appartement. On sait que ce n'est pas Goss, pas la bonne pointure. On sait que ce n'est pas Swyteck, puisqu'il portait des Reebok.

— Et alors ? » Stafford balaya l'objection. « C'est sans doute le gardien, ou quelqu'un de l'immeuble. »

Bradley secoua la tête. « Non, Lon. L'empreinte est très nette. Et les deux rames croisées sur le talon sont parfaitement lisibles. Ce sont les WW des Wiggins – des pompes à trois cents dollars la paire. Donc, ni le gardien ni un autre locataire de cette foutue baraque. C'est pas le genre d'immeuble où les mecs claquent trois cents dollars pour leurs godasses !

— Jamahl ! On a vingt-sept empreintes des pompes de Swyteck *dans* l'appartement. Tu vas pas faire chier avec une seule empreinte relevée à l'extérieur, non ? »

Bradley soupira. Il garderait ses doutes pour lui. « T'as peut-être raison. » Il se leva et se dirigea vers la porte. Mais il lui restait un argument à faire valoir.

« Juste un truc, Lon. Vingt-sept empreintes de la même paire de pompes, ça fait combien de personnes ?

— Une, évidemment.

— D'accord. Et une empreinte d'une paire de chaussures différente, ça fait combien de personnes, ça ?

— Une personne. » Stafford regardait son équipier sans aucune bienveillance.

« Exact. Une autre personne. Penses-y. »

CHAPITRE 22

Peu après deux heures du matin, Jack s'endormit enfin, en tenant Cindy dans ses bras. Il se réveilla vers dix heures et sourit en la regardant. Même endormie, elle était magnifique. Cindy était la femme de sa vie, la seule qui comptât pour lui. Son retour ressemblait à un rêve devenu réalité.

On frappait à la porte. Jack avait bien peur de savoir qui c'était. Les grands jurys se réunissaient en général à neuf heures. Il avait beau s'attendre à cette visite, il frissonna en songeant qu'il n'était plus seulement un suspect, désormais. Si sa supposition était exacte, durant l'heure qui venait de s'écouler il avait été inculpé de meurtre au premier degré.

Il bondit hors de son lit et passa un pantalon kaki et des mocassins. On frappait de plus belle.

« Qu'est-ce que c'est ? » demanda Cindy en s'étirant.

Jack enfila une chemise bleue, décida de ne pas mettre de cravate et lui répondit d'une voix qu'il s'efforça de rendre pleine d'entrain. « Je crois que ça y est... On a dû m'inculper. » Il vérifia son apparence devant le miroir et se passa un coup de brosse dans les cheveux. Il vida son portefeuille, ne gardant que son permis de conduire, sa carte d'électeur et cinquante dollars en argent liquide, puis le fourra dans sa poche.

« Je t'aime, Jack », déclara tranquillement Cindy en croisant son regard dans le miroir.

Très ému, Jack dit avec un pauvre petit sourire : « Moi aussi, je t'aime. »

On frappait de plus en plus fort.

« Ça ne sera pas terrible, tu sais. Ce n'est pas comme s'ils allaient m'enfermer dans une cellule et jeter la clé. Ils vont me garder au poste, on me fera comparaître devant le juge, qui me libérera sous caution. Je serai rentré dans l'après-midi. Pas de panique. »

Il se pencha vers elle, et l'embrassa sur le front.

Cindy hocha la tête. Une larme coula sur sa joue tandis qu'elle le regardait sortir de la chambre.

« J'arrive ! » lança Jack en se dirigeant vers la porte. La main sur le loquet, il s'arrêta un instant, pour reprendre contenance. Il connaissait la musique : combien de fois n'avait-il pas conseillé ses clients sur la meilleure manière de se préparer à une arrestation ? Mais il prenait douloureusement conscience que dans ce genre de situation la préparation ne supprimait guère l'angoisse !

« Manny ! s'écria-t-il avec surprise en ouvrant la porte.

— Ça va, Jack ? » Devant lui se tenait Manuel Cardenal, le plus célèbre de tous les avocats criminels de Floride. Jack l'avait rencontré au tribunal. Tout le monde l'avait un jour ou l'autre rencontré au tribunal. Il avait commencé sa carrière vingt ans auparavant, et s'était fait un nom en défendant les coupables. Mais sa fortune, à la tête de son propre cabinet, il l'avait faite en défendant les riches et les puissants.

« Que faites-vous ici ? demanda Jack, interloqué.

— Je suis votre avocat. Puis-je entrer ?

— Naturellement. »

Me Cardenal portait un impeccable costume croisé bleu marine, des chaussures italiennes et un nœud papillon en soie, assorti à la pochette qui dépassait légèrement de sa poche de poitrine. Il examina rapidement son reflet dans le miroir près de la porte, et, semble-t-il, satisfait de ce qu'il voyait, entra dans le salon. À quarante-trois ans, Manny était au sommet de sa carrière de séducteur. Les jeunes femmes le trouvaient irrésistible, et il attirait les plus âgées par son éternelle jeunesse, son sourire qui inspirait confiance et son regard animé d'un enthousiasme vibrant et juvénile. Ses cheveux très noirs étaient coiffés en arrière, sans raie, et lui donnaient l'air de perpétuellement défier un violent orage.

« Je ne vous ai pas engagé, dit Jack. Je ne demanderais pas mieux, mais vous êtes trop cher pour moi.

— On n'a pas eu le temps de vous prévenir, je suis désolé, répondit Manny. C'est votre père qui m'a demandé de prendre votre affaire en main, ce matin même.

— Pardon ?

— Votre père est navré de ce qui vous arrive par sa faute.

— Par sa faute ? »

Manny hocha la tête. « La journée va être sacrément dure pour vous, Jack. Si vous n'étiez pas le fils de Harry Swyteck, on ne viendrait pas vous chercher dans des voitures de police aux sirènes hurlantes, on ne vous sortirait pas de chez vous menottes aux poignets pour vous jeter en cellule comme un minable dealer de crack. On vous autoriserait à vous livrer tranquillement à la police et on vous libérerait aussitôt après, sur une simple assurance de votre part de ne pas vous soustraire à l'action de la justice. Ou, au pire, sous caution. Tout cela est politique, et votre père est désolé pour vous.

— Vous prétendez que mon inculpation est politique ?

— Non. Mais tout ce qui viendra après le sera.

— Fantastique ! Ce sont donc les ennemis de mon père qui vont me coincer.

— J'en ai bien peur, Jack. J'ai téléphoné au procureur pour lui demander de vous autoriser à vous rendre calmement. Pas question. Ils veulent du spectacle. Ils veulent de la publicité. Votre affaire est entrée dans l'arène politique, et le gouverneur le sait. Il sait aussi que son élection dépend du résultat de votre procès.

– C'est pour cela que vous êtes là, Manny ? Pour faire élire mon père ?

– Je ne sais que ce que votre père m'a dit, Jack. »

Jack scruta avec attention le visage de Manny, comme s'il espérait y lire la vérité. « Je ne suis pas un imbécile, Manny, et je connais mon père. Enfin, je le connais assez bien pour savoir qu'il ne s'agit pas uniquement de politique. Et je vous connais, vous. Vous ne vous seriez pas chargé de mon affaire si mon père ne cherchait pas tout simplement à m'aider. Alors quoi ? Pourquoi m'avez-vous monté cette petite mascarade, tous les deux ? Le gouverneur aurait peur pour sa réélection ! Est-il trop orgueilleux pour dire la vérité ? Ou est-ce qu'elle lui fait peur ? Mais, bon Dieu ! pourquoi n'agit-il pas tout simplement en père ? Pourquoi ne me dit-il pas qu'il souhaite m'aider ? »

Le regard de Manny semblait lourd de sous-entendus lorsqu'il répliqua : « Peut-être est-il justement en train de vous le dire, Jack. »

La réponse de l'avocat imposa silence à Jack, qui se perdit dans ses pensées. Sa rêverie fut interrompue par de violents coups frappés à la porte.

« Ouvrez !

– Alors, Jack, qu'en dites-vous ? On fait un tour de piste ensemble ? »

Un tout petit sourire monta aux lèvres de Jack. « O.K., mais faites gaffe à ne pas me marcher sur les pieds, Cardenal, murmura-t-il avant d'ouvrir la porte.

– Police ! » clama l'inspecteur Lonzo Stafford en brandissant son insigne. Il portait son inévitable veste bleu marine, et son visage resplendissait de satisfaction. L'inspecteur Bradley se tenait à son côté. « Je vous arrête pour le meurtre d'Eddy Goss », annonça-t-il avec emphase.

Manny avait raison, pensa Jack en voyant la voiture de patrouille arrêtée devant la maison. On n'allait pas lui faire de cadeaux. Déjà, voisins, curieux et journalistes se pressaient devant l'entrée de la maison. Jack entendit murmurer : « Le voilà » dès qu'il parut sur le pas de la porte. Caméras et téléobjectifs se déchaînèrent instantanément.

Stafford lui lut ses droits d'une voix solennelle, puis ordonna à son équipier de lui passer les menottes.

« Quoi ! s'exclama Jack, incrédule.
– Passe-lui les menottes, répéta Stafford en jubilant.
– Mais enfin, inspecteur, je n'oppose aucune résistance...
– Bon, le coupa Stafford. Alors devant, les menottes, pas derrière. »

Il était inutile de résister. Jack tendit les bras devant lui, et Bradley lui passa rapidement les bracelets de fer autour des poignets.

« On va faire une petite balade », dit Stafford.

Jack se retourna pour fermer la porte. Il tendit la main droite, et la gauche suivit, liée par la chaîne. Debout dans l'entrée, en peignoir de bain, Cindy observait la scène, terrorisée et effroyablement choquée du traitement que l'on faisait subir à Jack.

« Ne t'éloigne pas du téléphone », lui cria-t-il, plus aussi certain qu'auparavant de rentrer à la maison dans l'après-midi. Cindy acquiesça d'un rapide signe de tête, et Jack ferma la porte.

Stafford saisit le bras gauche de Jack, et Bradley le droit. Ils le conduisirent ainsi jusqu'à la voiture stationnée devant l'entrée de la maison. Jack se taisait et regardait droit devant lui, essayant de n'avoir l'air ni honteux, ni inquiet, ni, surtout, coupable. Il savait que ses voisins observaient la scène avec effarement et curiosité, et que les caméras tournaient. Pourvu que Cindy ne regarde pas par la fenêtre, se dit-il.

Manny s'installa à l'arrière avec Jack tandis que les inspecteurs montaient à l'avant. Bradley mit lentement la voiture en marche : visages et caméras se pressaient contre les vitres, désireux de voir de plus près l'avocat qu'on soupçonnait d'avoir tué son client. Jack avait droit au quart d'heure de célébrité qui, selon Andy Warhol, est dévolu à tout homme une fois dans sa vie. Et il s'en serait bien passé.

Le cortège se rapprochait du poste de police. Une foule de journalistes attendait sur les marches du palais de justice, pareille à une meute de fans impatiente d'acclamer son héros.

Jack sentit son moral baisser. « On ne peut pas les éviter ? demanda-t-il en montrant ses menottes. Tout cela est-il vraiment nécessaire ?

– Désolé, maître, répliqua Stafford, le visage buté. On ne fait pas de manières, entre flics et avocats de la défense. »

Soucieux de ne pas provoquer une nouvelle réaction négative chez Stafford, Jack s'abstint de tout commentaire. Il était furieux, et surtout il avait terriblement peur.

« On sort dès qu'on arrive dans le virage. On ne va pas courir, dit Stafford, mais pas traîner non plus. Restez juste derrière nous. Pigé, Swyteck ? »

Jack garda le silence.

« Taisez-vous et conduisez », répondit Manny.

Bradley accéléra. En un instant, ils atteignirent le poste de police où attendaient d'autres journalistes, des photographes et de simples curieux. La voiture négocia le virage et freina brutalement.

« C'est parti ! » s'écria Bradley.

Les inspecteurs jaillirent hors du car, ouvrirent à la volée la portière de Jack et le tirèrent hors du véhicule. Les journalistes les cernaient avant même que Jack ait posé les deux pieds par terre. Manny et Stafford le prirent chacun par un coude pour l'aider à se frayer un chemin dans la foule ; mais celle-ci résistait et poussait dans l'autre sens. Jack était dans la situation exacte d'un ballon de rugby au sein d'une furieuse mêlée.

« Laissez passer ! hurlait Stafford en écartant les journalistes pour essayer d'atteindre les marches.

— Monsieur Swyteck ! cria l'un des membres de la meute, allez-vous vous défendre vous-même ? »

Avance ! se disait Jack, pris dans cette forêt de microphones, de câbles, de bras. Les voix ne se distinguaient pas les unes des autres. Les questions fusaient de partout.

De sa vie, Jack n'avait ressenti comme aujourd'hui l'importance de mettre un pied devant l'autre, et de parvenir au bout du chemin.

« L'institut pour la Liberté va vous défendre ? »

« Qu'est-ce que vous allez nous concocter comme défense, Jack ? Une petite démence accidentelle, cette fois-ci ? »

Des corps se pressaient entre lui et les portes du poste, entre lui et le salut. Jack et son escorte disparurent enfin à l'intérieur du bâtiment, où les attendait le brouhaha habituel d'un commissariat. Avec sa dizaine de mètres de hauteur sous plafond, l'immense pièce ressemblait à une banque. Des parois de verre d'environ trois mètres de haut séparaient les bureaux individuels. Vue d'en haut, la salle ressemblait à un labyrinthe tentaculaire. Des hommes et des femmes en uniforme circulaient, affairés, et jetaient un coup d'œil en passant sur la dernière et la plus importante des prises de l'inspecteur Stafford.

Jack et Manny connaissaient la chanson. C'était le moment où l'avocat abandonnait son client. Entré ici comme un citoyen normal, ce dernier était désormais un accusé. On allait prendre ses empreintes digitales et le photographier. Ils ne se reverraient que devant le juge, au moment où Jack présenterait sa défense.

« On se retrouve après les rapides, dit Manny à son client.

— Allons-y », grommela Stafford.

Mécontent, Manny s'adressa vivement à Stafford. « Hé ! Stafford ! Si par hasard vous pensez que vous en avez sérieusement bavé avec Swyteck comme avocat d'Eddy Goss, attendez de voir ce qui va vous tomber dessus avec l'avocat de Swyteck ! »

Impassible, Stafford tourna le dos à Manny et emmena Jack. Pour l'instant du moins, il le tenait. Et cela lui donnait toute satisfaction.

CHAPITRE 23

Ce matin-là, le gouverneur Swyteck tenait une réunion dans la cour de l'ancienne Chambre des représentants, un vieil immeuble gris de deux étages à colonnades et hautes fenêtres, chaleureux, désuet et un peu nostalgique. C'était son lieu préféré pour les conférences de presse. Assez grande pour accueillir tous ceux qui le souhaitaient, la cour donnait cependant assez vite l'impression d'être pleine à craquer. Des grappes de ballons rouges, blancs et bleus étaient accrochées aux arbres et aux grilles. Une banderole où l'on pouvait lire « Encore quatre ans » se déployait fièrement au-dessus des têtes. Ce message-là était nettement plus sympathique que ceux qui avaient fait la une des journaux récemment : « *L'avocat devient meurtrier* » ou « *Le fils du gouverneur était l'amant de Goss* ». Une telle publicité risquait fort de faire chuter le gouverneur dans tous les sondages d'opinion.

« Merci à tous d'être venus », dit Harry Swyteck après avoir répondu à la dernière question. Il quitta l'estrade en souriant, saluant à droite et à gauche, comme s'il connaissait tout le monde.

« Juste une question encore, monsieur le Gouverneur, je vous en prie. » La voix était amicale, Harry accepta volontiers.

« Et moi, alors ? » s'écria David Malone. C'était la

bête noire de tous les hommes politiques ; il travaillait pour des feuilles de chou à scandale, à la fois méprisées et redoutées, et pour la télévision. C'était le genre de journaliste qui, si par hasard il manquait de sujets assez croustillants pour le journal télévisé du soir, était capable d'aller dans un quelconque bar miteux, de faire tomber de leurs tabourets une demi-douzaine d'ivrognes, et de présenter la scène comme une émeute suscitée par le problème racial ou le procès d'Eddy Goss. Mais aujourd'hui Malone n'avait pas à chercher bien loin. Quelques minutes en tête à tête avec le père de Jack Swyteck feraient son bonheur. « À moins que vous n'ayez peur de mes questions, gouverneur ? »

Swyteck grimaça intérieurement. Depuis le début de la conférence de presse, Malone essayait d'intervenir, et le gouverneur l'avait délibérément ignoré. Mais il ne pouvait pas se permettre de tourner purement et simplement le dos à quelqu'un qui venait de le traiter de lâche. Il remonta donc les quelques marches de l'estrade et dit : « Rapidement, alors. Quelle est votre question, monsieur Malone ? »

Le regard du journaliste s'éclaira. Il tenait sa proie. « Il y a quatre ans, vous avez fondé votre campagne sur le maintien de la loi et de l'ordre, et vous vous êtes plus d'une fois déclaré un fervent partisan de la peine de mort. Je crois que je vous cite assez exactement.

– Quelle est votre question ? répéta le gouverneur.

– Ma question, monsieur, est la suivante : Tiendrez-vous votre promesse durant votre prochain mandat ?

– J'ai tenu toutes mes promesses. Et je continuerai si je suis réélu. Merci. » Sur ces mots, il s'apprêta à quitter l'estrade pour la seconde fois.

« Plus précisément, dit Malone en haussant la voix, si le jury déclare Jack Swyteck coupable de meurtre au premier degré, signerez-vous son décret d'exécution ? »

Sur le visage du gouverneur, blême de rage, le sou-

rire de commande s'éteignit. Il fallait répondre à Malone, quoi qu'il lui en coûtât. « La réponse est "non". Catégoriquement non.
— Pourquoi ?
— Parce que Jack est innocent. Et que je ne ferais jamais exécuter un innocent.
— Comment le savez-vous ?
— Je sais que mon fils n'est pas un assassin.
— Non, je voulais dire : Comment savez-vous que vous n'avez jamais fait exécuter un innocent ? »

Le gouverneur toisa fermement son interlocuteur, mais il cligna nerveusement les yeux, ce que Malone ne manqua pas de remarquer et de considérer comme un signe de faiblesse.

« Tout d'abord, répondit le gouverneur, la plupart des accusés ont avoué leur crime.
— Pas tous.
— Non, mais...
— Et ceux qui n'ont pas avoué ? Ceux qui ont clamé leur innocence jusqu'à la fin ?
— Et Raul Fernandez ? » cria quelqu'un dans la foule.

Ce nom glaça le gouverneur. Il ne l'avait pas entendu depuis que son maître chanteur l'avait menacé, depuis la mort d'Eddy Goss. Il chercha dans la foule celui qui avait posé la question, mais sans succès.

« Et Raul Fernandez ? » reprit Malone. Des légions de journalistes baissèrent la tête pour inscrire ce nom sur leur bloc.

Le gouverneur, très agité, n'avait aucune idée de l'identité de celui qui avait lancé la question, mais la façon d'embrayer de Malone lui parut très suspecte. « Je suis désolé, mais il n'est pas question de discuter de cas particuliers aujourd'hui. Je ne parlerai pas non plus du cas particulier de mon fils. Ce ne serait pas convenable. Ce sera tout pour aujourd'hui. »

D'autres essayèrent encore de l'interpeller. Mais il

n'était plus concentré, il ne répondrait plus. « Merci encore », dit-il en saluant, et il se retira pour de bon.

Son adjoint l'attendait dans une pièce attenante, pour le féliciter et le protéger des assauts de la presse. Harry essuya les gouttes de sueur qui coulaient sur son front, soulagé d'en avoir terminé.

« Ça s'est bien passé, j'ai trouvé, déclara Campbell en tendant à son patron une boisson fraîche que ce dernier avala d'un trait sans répondre. À part l'échange au sujet de votre fils, ajouta-t-il. Il vous tue, monsieur le Gouverneur. Selon les derniers sondages, vous avez perdu encore un point et... »

Mais Harry n'écoutait plus. Il regardait par la fenêtre, sensible à l'ironie de la situation. Décidément, Jack était sans cesse accusé de tuer quelqu'un : son client, son père. Et, bien longtemps auparavant, un jour que Harry n'oublierait jamais, sa propre mère. Près d'un quart de siècle s'était écoulé depuis le soir où Agnès, à moitié ivre, avait lancé la terrible accusation et accru le désespoir du petit garçon en laissant entendre que son propre père l'en tenait pour responsable. Le rôle personnel de Harry avait cependant été le pire, puisqu'il n'avait pas encore trouvé le courage de regarder Jack droit dans les yeux et de nier.

« Jack ne tue personne », intervint soudain le gouverneur à haute voix, surprenant Campbell. Puis il parut se perdre dans ses pensées quelques instants et reprit, à voix basse : « C'est moi qui l'ai tué. Par mon silence. Il y a des années. »

Campbell s'apprêtait à répondre sur le même sujet, mais le gouverneur en changea abruptement, pour parler de quelqu'un qu'il avait peut-être *vraiment* tué. « Qui est le journaliste qui a mentionné le nom de Fernandez ? demanda-t-il avec un détachement feint.

— Je ne sais pas. J'ai expédié un type de la sécurité à ses trousses, mais il était parti bien avant que quiconque ait réalisé ce qui était en train de se passer. Vous voulez que je me renseigne ?

— Non, non, absolument pas ! » répliqua le gouverneur avec véhémence. Surtout, que personne n'aille mettre son nez dans cette histoire, se dit-il, avant de reprendre, sur un ton plus calme : « Ça n'en vaut vraiment pas la peine. » Harry se retourna vers la fenêtre en soupirant. « Vous voulez bien me laisser quelques minutes, je vous prie ? »

Campbell acquiesça. Son patron avait tout l'air d'avoir besoin de quelques instants de solitude. « Je vous attendrai dans la voiture », dit-il en sortant.

Harry se laissa tomber sur une chaise. Depuis qu'on lui avait jeté à la figure ces questions sur Fernandez, ses genoux tremblaient. Était-il revenu ? À cause des chrysanthèmes, il avait cru que son maître chanteur était Goss. Et il s'était trouvé conforté dans sa conviction du fait qu'on ne l'avait plus contacté depuis le meurtre. Mais, en l'occurrence, il ne croyait pas à une coïncidence. Ce n'était pas par hasard qu'on avait mentionné Fernandez, ni que Malone avait conçu le déroulement de ses questions pour en arriver là. Il y avait vraiment de quoi s'inquiéter : non seulement son maître chanteur était de retour, mais l'un des journalistes de télévision les plus pourris était au courant de quelque chose.

Pas trop vite, se dit-il. Le cas de Raul Fernandez avait suscité de violentes controverses. Un journaliste n'avait pas forcément besoin d'être au courant de quoi que ce soit pour comparer l'exécution du fils du gouverneur avec celle d'un homme qui avait clamé si haut son innocence. C'était peut-être une coïncidence, après tout. Goss était peut-être son homme, et dans ce cas son homme était mort. Il y avait un seul moyen de s'en assurer. Lors de leur première conversation, le maître chanteur avait affirmé à Harry qu'il était l'homme qui avait avoué le meurtre à Jack la nuit de l'exécution. Jack saurait si c'était Goss ou non.

Mais comment convaincre son fils de le lui dire ?

CHAPITRE 24

« L'État de Floride contre Swyteck », annonça enfin le greffier. Jack attendait depuis une heure et demie dans une cellule attenante que l'on appelât son affaire. La salle d'audience s'anima lorsque Manuel Cardenal la traversa pour accompagner son client jusqu'à la barre, devant le juge. Un public nombreux, journalistes ou curieux, regarda passer, tête baissée, l'assassin présumé du sinistre Eddy Goss. Jack ne pouvait s'empêcher de penser à lui, frappé par l'étrange ressemblance entre la scène qui se déroulait et le dernier acte du procès Goss, lorsque Jack, à la place de l'avocat cette fois-là, avait traversé la même salle au côté du meurtrier et entamé sa plaidoirie. Non coupable. C'est aussi ce que Jack allait alléguer. Mais, et il en était de plus en plus fermement convaincu, la non-culpabilité ne prouvait pas l'innocence. L'innocence était un jugement moral – une question de conscience entre l'homme et son Créateur. La non-culpabilité était un jeu de mots légal, puisque la défense se fondait sur le droit constitutionnel pour obliger le procureur à prouver la culpabilité de l'accusé. Manuel Cardenal ne négligea pas cette distinction subtile en commençant sa plaidoirie.

« Nous ne plaidons pas seulement non coupable,

Votre Honneur, dit-il au juge, car Jack Swyteck est innocent.

Le juge, un homme d'un certain âge, se pencha vers l'avocat, les sourcils froncés. Il n'appréciait guère que les avocats de la défense affirment l'innocence de leurs clients, mais il ne s'attarda pas sur la question. « Notez, dit-il au greffier, que la défense plaidera "non coupable"... Quant à vous, maître Cardenal, ajouta-t-il en pointant agressivement son marteau vers l'avocat, réservez les effets de manches pour vos conférences de presse. »

Manny sourit sans répondre.

« En ce qui concerne la caution, Votre Honneur... », commença d'une voix grave et profonde le procureur Wilson McCue, vêtu comme à son habitude d'un impeccable costume croisé. Son visage poupin était presque aussi rond que ses petites lunettes sans monture, et une épaisse chaîne en or barrait son ventre proéminent. Jack savait que l'avocat général, assez âgé, n'assistait plus que très rarement aux procès. Qu'il se fût déplacé pour entendre un simple acte d'accusation était aussi surprenant que de voir un général en semi-retraite sur le champ de bataille. « L'accusation, continua McCue, propose que la cour demande une caution de...

— Je connais l'affaire, maître, l'interrompit le juge, et l'accusé aussi. M. Swyteck est un habitué des tribunaux. La caution est fixée à cent mille dollars. Affaire suivante », appela-t-il en frappant un coup de son marteau.

McCue était interloqué. On le traitait rarement de façon aussi abrupte, même un juge.

« Merci, Votre Honneur », dit Manny.

Jack se dirigea rapidement vers le greffier, heureux que les politiciens n'aient pas obtenu du juge qu'il refusât la liberté sous caution. Il ne lui restait plus qu'à engager tout ce qu'il possédait pour réunir la somme.

Il retourna en cellule pendant une heure environ, tandis que l'assistant de Manny s'occupait des détails techniques. Il fut relâché en fin d'après-midi, heureux à la perspective de passer la nuit dans son propre lit. Comme il n'avait pas de voiture, l'assistant de Manny devait passer le prendre pour lui éviter d'avoir à attendre un taxi au milieu de la foule. Les journalistes ne le laisseraient pas en paix tant qu'ils n'auraient pas recueilli une petite phrase à citer ou l'image-choc qui leur donnerait la vedette ce soir-là. En fait, ce fut Manny lui-même que Jack aperçut derrière le volant de sa Jaguar. D'après son expression, il n'était pas venu uniquement pour jouer les chauffeurs.

Jack se glissa dans la voiture. « Je ne m'attendais pas à vous voir, déclara-t-il, étonné.

— Votre père m'a appelé », répliqua Manny comme si ceci expliquait cela. Il observa un instant le visage de Jack et poursuivit : « Il voulait me parler de Raul Fernandez, de votre visite de cette nuit-là, et de sa réponse. »

Jack frémit et se tut quelques instants.

« Bon, dit-il enfin, maintenant vous connaissez le secret de la famille Swyteck. Nous ne défendons pas seulement les coupables. Nous exécutons aussi les innocents. »

Manny gara sa voiture sous un arbre. Il voulait pouvoir regarder son client en même temps qu'il lui parlait. « Je ne sais pas tout, Jack. Il manque à votre père une information essentielle. Nous voulons tous les deux savoir s'il y a quelque chose de caché derrière votre affaire. Il faut que vous répondiez clairement à une question simple : Raul Fernandez est-il mort à la place d'Eddy Goss ?

— Quoi ? s'exclama Jack, complètement interloqué.

— La nuit de l'exécution de Fernandez, est-ce Eddy Goss qui est venu chez vous pour avouer le meurtre ? Fernandez était-il innocent, et Goss coupable ?

— Où êtes-vous allé chercher... » Jack s'interrompit et reprit son calme. « Écoutez, Manny, si mon père veut qu'on en parle, je suis d'accord. Fernandez, c'est une histoire qui nous regarde lui et moi. Et qui n'a rien à voir avec le meurtre de Goss.

— C'est faux, Jack. Les deux affaires peuvent très bien être liées. On pourrait en tirer votre mobile pour tuer Goss, pour l'exécuter, devrait-on dire. Je refuse de prendre le risque que McCue flaire cette piste avant moi. Il faut me répondre, Jack, et me dire la vérité. »

Jack regarda son avocat bien en face. « La vérité, Manny, c'est que je n'ai pas tué Eddy Goss. Quant au type qui est venu me voir cette nuit-là, je ne sais pas qui c'est. Il ne m'a pas dit son nom, il ne m'a pas montré son visage. Mais il y a une chose dont je suis sûr : ce n'était pas Eddy Goss. Il n'avait ni ses yeux, ni sa corpulence, ni sa voix. C'était incontestablement quelqu'un d'autre. »

Manny apprécia la réponse de Jack d'un petit signe de tête. « Merci. Je doute que ce soit un de vos sujets favoris. Et je suis heureux que vous ayez accepté de m'en parler.

— Je crois que je devrais aussi accepter d'en parler avec mon père. Il est grand temps à présent.

— Je ne vous le conseillerais pas, Jack.

— C'est une affaire purement personnelle, vous ne croyez pas ?

— D'un point de vue strictement légal, je vous déconseille fortement de parler à votre père. Ou à n'importe quelle autre personne qui risque de vous empêcher de vous défendre lorsque vous serez à la barre des témoins.

— Que voulez-vous dire ? »

Manny mesura soigneusement ses paroles. « Juste après avoir parlé avec votre père, j'ai éprouvé une sorte de malaise. Quand on fait ce métier depuis aussi longtemps que moi, on apprend à suivre ses intuitions et ses sentiments. Je suis retourné étudier le rapport de police.

— Et alors ?

— Je ne cherchais rien en particulier. Mais, dans le rapport d'enquête, j'ai découvert l'existence d'une autre empreinte de pied devant l'appartement de Goss. Ni la vôtre ni celle d'Eddy Goss. Celle de quelqu'un d'autre. Nous tenons là un argument très important, car il prouve que vous n'étiez pas seul à vous trouver cette nuit-là sur le lieu du crime. Le problème, c'est que l'empreinte est très claire, soupira-t-il. C'est une empreinte de WW, des Wiggins wing tips. »

Jack blêmit.

« Depuis combien de temps votre père porte-t-il des WW, Jack ?

— Depuis toujours, répondit Jack, incrédule. Vous n'imaginez pas sérieusement que mon père...

— Je n'imagine rien. Mais je ne veux pas que mon client lui parle. Je ne veux pas prendre le risque qu'il vous avoue quelque chose, et que vous soyez obligé de refuser de témoigner de peur d'incriminer votre père. Ou, pis encore, que vous vous montriez évasif quand vous serez à la barre, pour le protéger. Donc, tant que je n'aurai pas fait toute la lumière sur cette question, je vous demande de ne pas vous approcher de lui. Me donnez-vous votre parole ? »

Jack, bouleversé, savait que Manny avait raison. Dans une affaire aussi délicate que celle-ci, la raison pour laquelle un avocat ne devait jamais assurer sa propre défense devenait parfaitement évidente. Un étranger ne se soucie pas des problèmes personnels, et donne un avis objectif. « D'accord, dit-il, résigné. Ça fait deux ans que je n'ai pas parlé avec mon père. Je peux bien attendre encore un peu. Vous avez ma parole. »

CHAPITRE 25

Le lendemain matin, en se réveillant, Jack se remémora chacun des mots qu'avait prononcés Manny. Il envisagea de multiples hypothèses, mais aucune qui corroborât l'existence d'une quelconque relation entre son père et Goss. C'était absurde. Il fallait qu'il comprenne, et Jack, conscient du fait que les réponses ne tomberaient pas du ciel, s'habilla rapidement et se rendit au poste de police. Il voulait lire le dossier de ses propres yeux.

Dans une affaire de meurtre, seuls la police, le procureur, l'accusé ou son avocat ont accès au dossier. Jack était si souvent venu consulter ces fichiers en tant qu'avocat qu'il n'eut même pas besoin de décliner son identité. Il signa simplement le registre, et, par pure curiosité, parcourut la liste des noms de ceux qui l'avaient précédé. L'inspecteur Stafford et son adjoint, évidemment ; Manny, deux fois ; et un certain Richard Dressler, avocat.

Jack n'avait jamais entendu parler d'un avocat nommé Richard Dressler. Il se renseigna donc auprès de la préposée aux dossiers.

« Vous me faites marcher, monsieur Swyteck ? » interrogea la jeune Noire aux yeux en amande et aux cheveux soigneusement raidis, assise derrière le comptoir. Jack mis à part, elle était la seule personne du

173

commissariat à ne pas faire partie de la police. Elle était aussi la seule personne au monde que Jack eût jamais vue arborer un bijou étincelant collé sur chacun de ses ongles très longs et vernis avec minutie. « C'est un avocat, voyons », reprit-elle en regardant Jack comme si elle le croyait atteint de sénilité précoce. Il a dit qu'il était votre avocat. »

Interloqué, Jack tenta de cacher sa stupéfaction. « Mon avocat a tellement d'assistants que j'ai dû perdre le fil. Dressler..., ajouta Jack comme s'il essayait de le situer, un grand type... c'est ça ?

— Aucune idée, répondit-elle en essayant de fixer un éclat de strass qui était tombé de son ongle de pouce. J'ai cinq cents personnes par jour qui défilent ici, vous savez. »

Jack hocha la tête avec compréhension. Il fallait qu'il en sache davantage sur ce prétendu Richard Dressler, mais il n'était pas question de trahir son inquiétude au beau milieu du poste de police, en plein territoire ennemi. « J'ai changé d'avis, déclara-t-il en remettant le dossier sur le comptoir, je regarderai ça une autre fois.

— Comme vous voudrez », dit la jeune Noire en haussant les épaules.

Dès qu'il fut sorti du poste de police, Jack se précipita sur la cabine téléphonique la plus proche pour appeler le barreau de Floride et obtenir des informations sur Richard Dressler.

« Le cabinet de Me Dressler se trouve 501 Kennedy Boulevard, à Tampa », lui répondit-on immédiatement.

Drôlement loin de Miami, pensa Jack.

« En quoi est-il spécialisé ? Est-ce un avocat criminel ?

— Me Dressler est notaire, déclara la jeune femme après avoir recherché sur l'écran de son ordinateur. Désirez-vous la liste des avocats criminels dans cette région, monsieur ?

— Non, je vous remercie, c'est tout ce qu'il me fallait. » Jack raccrocha avec lenteur et s'appuya contre la paroi de la cabine, profondément intrigué. Qu'est-ce qu'un notaire de Tampa, à près de cinq cents kilomètres de là, venait donc chercher dans un rapport de police à Miami ? Et pourquoi se faisait-il passer pour son défenseur ? Jack ne pouvait imaginer aucune raison. Aucune raison valable, en tout cas. Il secoua la tête et retourna à sa voiture, tout en songeant à l'empreinte de chaussure au sujet de laquelle il s'était rendu au poste de police. Et Richard Dressler lui revint à l'esprit. S'intéressait-il, lui aussi, aux Wiggins wing tips ?

CHAPITRE 26

Harry Swyteck n'avait pas apprécié la formule utilisée par son directeur de campagne ; mais, même si Jack ne le tuait pas vraiment, il devait bien reconnaître que le retentissement donné à l'affaire était catastrophique pour lui. On était en août, et l'élection n'aurait lieu qu'en novembre. À ce stade, il fallait considérer les sondages d'opinion comme des reflets du moment présent davantage que comme les véritables sentiments des électeurs. Le gouverneur n'était cependant pas homme à attendre passivement que les choses s'arrangent d'elles-mêmes. Sa prochaine tournée était planifiée, il se préparait à parcourir tout l'État, à présider d'innombrables réunions de Rotariens ou de Shriners [1], à prendre la parole au cours d'un déjeuner ou d'un dîner organisé par un groupe ou un autre, et à tâter le pouls de tous ses interlocuteurs avant de les inciter à mettre la main à leur portefeuille.

Ces journées-là duraient une quinzaine d'heures. La première était bouclée ; il était vingt et une heures trente. Harry se retira dans sa chambre, au deuxième étage d'un de ces motels que connaissent bien tous ceux qui ont eu l'occasion de passer la nuit dans une

1. Association caritative composée d'hommes influents, présente dans tous les États-Unis.

petite ville où, si vous demandez qu'on vous indique le meilleur restaurant, on vous envoie chez *Tom*, juste en face du bowling.

Le Thunderhead Hotel, à Lakeville, ne faisait pas exception. Deux étages, deux rangées de chambres aux portes et fenêtres ouvrant sur un balcon extérieur, les unes donnant directement sur le parking, les autres sur une piscine à l'eau glauque. Les deux rangées de chambres étaient séparées par un long couloir réservé au personnel de service. Le couloir n'aurait guère d'importance si l'on ne savait que ses murs étaient épais comme une feuille de papier à cigarettes et que les employés y perçaient parfois des trous pour satisfaire leur curiosité perverse.

Harry, lui, l'ignorait. Il s'était déshabillé, et s'apprêtait à prendre une longue douche chaude. Le papier peint imprimé aux couleurs criardes recouvrant les murs empêchait de voir les éventuels trous percés entre la salle de bains et le couloir. En fait, il y en avait deux : un petit, à hauteur du porte-serviettes, qui offrait une vue parfaite sur le profil gauche du gouverneur ; et un plus grand, environ vingt centimètres plus bas, au travers duquel le canon d'un 38 millimètres était braqué sur son oreille.

« Ne bougez pas », dit une voix étouffée de l'autre côté du mur.

Surpris et troublé par la voix étrange qui couvrait le bruit de l'eau, le gouverneur se figea en apercevant le canon du revolver.

« Si vous bougez, je vous tue. Et vous savez que je le ferai. Vous reconnaissez ma voix, hein, bonhomme ? »

S'il la reconnaissait ! « Vous êtes vivant ? » s'exclama Harry, effrayé et surpris tout à la fois. Ce n'était donc pas Eddy Goss qui l'avait fait chanter. Ni qui avait avoué son crime à Jack. « Que faites-vous ici ?

— Je voulais être bien sûr que vous aviez compris

d'où venait le coup lors de votre conférence de presse, gouverneur !

— Et ce journaliste, Malone, vous l'avez mis au courant ?

— Non. Je lui ai juste dit que Fernandez était innocent. C'est tout. Mais ça suffit à vous faire comprendre que je parle sérieusement. Je ne lui ai montré aucune preuve. Pas encore. »

Harry tremblait. Il eut du mal à trouver le courage de poser la question essentielle : « Vous lui avez dit qu'on m'avait prévenu que Fernandez était innocent ?

— Non. Mais je le ferai, bonhomme. Sauf si vous payez !

— Je vous ai déjà donné dix mille dollars.

— La dernière fois, vous n'avez pas respecté vos engagements. Vous êtes allé chez Goss, comme je vous l'avais dit. Je vous ai vu. Arrivé devant la porte, vous avez eu la trouille, vous êtes reparti sans me laisser le fric. Maintenant, avec les intérêts, etc., je dirais que vous me devez... cinquante billets.

— Cinquante mille dollars ! Mais je ne...

— Ne mentez pas ! Vous et la garce de bourgeoise que vous avez épousée, vous les avez largement ! Et vous allez me les donner. N'oubliez surtout pas la petite conversation enregistrée, gouverneur ! Pas de fric, et la bande se retrouve chez Malone. Avec la preuve que Fernandez est innocent. Pigé ? »

L'eau coulait toujours tandis que Harry réfléchissait, incapable de croire qu'une chose pareille lui arrivait.

« Vous m'entendez ? »

Le gouverneur baissa lentement les yeux vers le revolver. « Mais après, ce sera fini ? C'est bien clair, ce sera la dernière fois ?

— Voilà pourquoi je veux cinquante billets, bonhomme ! Tout le paquet d'un seul coup. Alors, vous fermez votre gueule et vous m'écoutez. Vous allez acheter un gros bouquet de fleurs, des chrysanthèmes en pot, un bon gros pot, où vous mettrez le fric. À propos, juste pour le plaisir, vous y mettrez aussi vos chaussures, ces Wiggins que vous portez toujours. Vendredi soir, à sept heures, apportez le tout au cimetière du Memorial, à Miami, allée 12, tombe 232. Vous reconnaîtrez facilement, c'est une tombe toute neuve.

— Qui y est enterré ? Eddy Goss ?

— Raul Fernandez, crétin. Vous allez payer votre dette. »

Le canon du revolver disparut soudain. L'homme s'éloigna rapidement, la porte du couloir claqua. Le maître chanteur était parti.

CHAPITRE 27

Deux heures après avoir demandé à consulter son dossier au poste de police, Jack retrouvait Manny dans son bureau. L'avocat ignorait tout de Dressler. Il ignorait d'ailleurs presque tout de l'affaire, n'ayant eu jusque-là qu'une seule et brève conversation avec son client. Jack avait beaucoup de choses à lui apprendre, et il était impatient de connaître l'opinion de Manny. Cependant, après une rapide vue d'ensemble, Jack ne put s'empêcher, comme la plupart de ses clients à l'institut pour la Liberté, de clamer son innocence.

« C'est un coup monté, dit-il à Manny.
— Pas de parano, d'accord ? plaisanta Manny.
— Je ne suis pas paranoïaque, Manny. Mais les faits sont là : quelqu'un voulait que je croie que Goss me persécutait. Sinon, pourquoi m'aurait-on donné un plan pour me rendre chez lui ? Pourquoi aurait-on posé un chrysanthème sous l'oreiller de Cindy la nuit où j'ai dormi chez Gina ? Là, j'aurais dû comprendre que ce n'était pas Goss. Lui ne laissait que des graines, pas des fleurs. C'était sa signature. Il prenait ces graines pour sa propre semence. Un vrai cinglé, d'accord, mais un cinglé conséquent.
— Bon. Mettons que quelqu'un ait voulu vous faire croire que Goss s'en prenait à vous. Pourquoi ?
— Je n'en ai aucune idée. Peut-être parce qu'on vou-

lait le tuer, et me faire porter le chapeau. Ce qui explique le silencieux qu'on a trouvé dans ma voiture. Il a bien fallu que quelqu'un l'y mette. »

Manny se frotta le menton, perplexe. « Pourquoi voudrait-on vous faire accuser du meurtre d'Eddy Goss ?

— Aucune idée non plus. Peut-être pour se venger sur moi de son acquittement. Un ami de la victime, par exemple. Ou même un flic. Les avocats de l'institut ne sont pas aimés, chez les flics. Et un témoin anonyme a signalé la présence d'un flic chez Goss, cette nuit-là. »

Le procureur leur avait révélé cette information. Il y était obligé par la loi, la défense devant être au courant de tout ce qui pouvait l'aider. « Vrai, dit Manny. On a l'enregistrement de l'appel. Mais on ne sait pas qui a téléphoné, donc on n'a pas de témoin. » Il soupira en s'enfonçant dans son fauteuil en cuir, et regarda par la fenêtre.

Jack examinait le visage de Manny. L'opinion de son avocat comptait pour lui. Il allait assurer sa défense, il fallait donc qu'il le croie. De plus, Cindy exceptée, Manny était la seule personne auprès de qui Jack avait proclamé son innocence, et c'était un homme dont le jugement était unanimement respecté. Tout en agitant ces pensées, Jack admirait la façon dont l'avocat avait utilisé les revenus de ses riches clients pour meubler son immense bureau. Une collection d'œuvres d'art précolombiennes ornait les murs et les étagères. Des statues de guerriers mayas montaient la garde le long des fenêtres donnant sur la baie, comme en adoration devant l'éclatant soleil du matin. Sur le bureau en marbre, un vase en cristal contenait une poignée de la terre noire du pays natal des Cardenal. Ainsi rendait-il un sentimental hommage à une patrie quittée trente ans auparavant, lorsque à Cuba un leader révolutionnaire s'était mué en despote.

« Écoutez-moi bien, Jack, dit Manny en se retournant vers son client. Je crois à votre innocence, vraiment. Non que cela ait d'ailleurs une quelconque incidence sur le fait que je vous défende ou pas, mais je tiens à ce que vous le sachiez. Comme je tiens à ce que vous me racontiez absolument tout. Je ne suis pas convaincu, en revanche, qu'on vous ait volontairement tendu un piège. J'exerce depuis vingt ans, et tous mes clients ont prétendu la même chose. Comme vous le savez sans doute, les jurys croient rarement à ce genre de défense.

— Rarement, mais ça arrive.

— C'est vrai. D'ailleurs, nous avons deux pistes pour étayer votre théorie. L'une est Richard Dressler. Qui est-ce ? Qu'est-il venu chercher dans votre dossier ? L'autre, c'est l'appel anonyme. Nous devons découvrir l'origine et l'auteur de ce coup de fil prétendant qu'il y avait un policier sur les lieux du crime. Explorons ces deux pistes immédiatement. Ça risque de nous prendre du temps.

— Nous n'avons pas de temps, Manny.

— Mais si, voyons. Le procès n'aura lieu que dans deux mois environ.

— Il ne s'agit pas du procès.

— Mais...

— Je crois que vous négligez une donnée importante, dit Jack calmement mais fermement. Nous n'avons pas deux mois. Peut-être même pas deux minutes. Quelle que soit son identité, celui qui m'a piégé est un assassin. Et cela signifie une chose : il faut que nous trouvions l'auteur du coup de téléphone avant lui. »

À en croire les journaux que parcourut Jack après déjeuner, les lecteurs étaient plus que friands de tout détail concernant le jeune et brillant avocat, fils du gouverneur, qui avait perdu la tête et tué son client. Jack avait beau être immunisé contre la presse, cela lui fit plaisir d'entendre les voix amicales de Mike Mannon et de Neil Goderich sur son répondeur-enregistreur, qu'il interrogea depuis sa voiture. Les deux hommes le soutenaient et se déclaraient prêts à lui apporter toute l'aide dont il pourrait avoir besoin.

Un des articles inquiétait énormément Jack. Après avoir monté en épingle toutes les preuves accumulées contre lui, le journaliste faisait état du fameux coup de téléphone à la police. « Un détail, continuait le journaliste, qu'un avocat de la force de Jack Swyteck saura utiliser pour démonter toute l'affaire. »

Ainsi donc, désormais, cette information capitale n'était plus réservée à ceux qui avaient accès au dossier. Chacun des lecteurs de ce journal était au courant.

Jack retourna à la police et se fit remettre la bande enregistrée du message. Il l'écouta inlassablement jusqu'à ce qu'il fût sûr de reconnaître cette voix s'il l'entendait à nouveau. L'homme parlait un mélange d'anglais et d'espagnol aisément identifiable.

Puis il se rendit chez Goss, et nota tous les noms qui figuraient sur les boîtes aux lettres. Dans la cabine téléphonique au coin de la rue, il y avait un annuaire. Il releva les numéros de tous les locataires de l'immeuble et retourna dans sa voiture pour les appeler. Se faisant passer pour l'enquêteur d'une station de radio locale, prétendant s'être trompé de numéro ou vendre quelque chose par téléphone, il s'arrangea pour que chacun de ses interlocuteurs parle assez longtemps afin qu'il puisse comparer sa voix à celle du mystérieux appel anonyme.

Quelques abonnés étaient absents, une ligne avait été coupée. Les gens que Jack parvint à joindre en une demi-heure n'étaient manifestement pas les bons.

Assis dans sa voiture devant l'immeuble de Goss, Jack se demandait avec une appréhension croissante s'il n'était pas déjà trop tard.

CHAPITRE 28

Le lendemain matin, un jeudi, Jack et Manny avaient rendez-vous avec leur premier témoin potentiel : Gina Terisi, l'alibi de Jack.

Depuis qu'il avait téléphoné à Gina pour fixer la rencontre, Jack nourrissait de sérieux doutes. Il considérait que sa théorie du coup monté constituait la meilleure des défenses, et, au fur et à mesure que la petite aiguille de sa montre se rapprochait de onze heures, l'idée de négocier son alibi avec Gina lui déplaisait de plus en plus. Manny, cependant, était d'un autre avis.

« Écoutez-moi bien, Jack. Oublions un instant votre histoire de conspiration. Même si mon enquêteur retrouve Dressler, le coup monté sera toujours très difficile à prouver. La meilleure des défenses reste l'alibi, car aucun être humain, piégé ou non, ne peut se trouver en deux lieux différents en même temps.

— D'accord là-dessus.

— Continuons. Je comprends vos réticences concernant Gina. Il est évident qu'une séance de jambes en l'air avec la meilleure copine de votre petite amie ne fera pas très joli dans le tableau. Mais le tableau sera beaucoup plus moche encore si le jury vous déclare coupable de meurtre au premier degré. Donc, ne faisons pas attendre Mlle Terisi. D'accord, Jack ? »

Jack acquiesça en soupirant. Il aurait tant aimé, pour

de multiples raisons, laisser Gina en dehors de toute l'affaire ! Mais il était trop tard. « D'accord. Voyons jusqu'à quel point elle est prête à collaborer avec nous.

— Shelley, faites entrer Mlle Terisi, lança Manny dans son interphone.

— Oui, maître. »

La porte du bureau s'ouvrit. La secrétaire de Manny s'écarta et Gina entra dans le grand bureau. Courtoisement, Manny se leva pour la saluer, imité par Jack, nettement moins enthousiaste.

« Bonjour ! » s'exclama Manny, ébloui par Gina comme la plupart des gens qui la rencontraient pour la première fois. Sa robe bleu de cobalt ne la moulait pas, mais soulignait agréablement ses formes généreuses. Elle avait relevé ses longs cheveux bruns en un chignon caché sous un chapeau noir à large bord. À ses oreilles étincelaient des diamants, deux à l'oreille droite et un à l'oreille gauche. Un carat chacun, au moins, songea Jack. Cadeau d'un admirateur, sans aucun doute.

« Bonjour, Jack », dit la jeune femme avec un sourire contraint.

Il la salua poliment tandis que Manny se précipitait pour la conduire jusqu'au fauteuil qu'il lui offrit d'un grand geste du bras. « Je vous en prie, déclara-t-il en s'inclinant.

— Merci », répondit Gina, qui s'installa avec une grâce affectée. Jack prit place sur un canapé près de la fenêtre et Manny retourna derrière son bureau. Les deux hommes étaient face à Gina, qui croisa confortablement ses longues jambes.

« Voulez-vous un café ? » proposa Manny.

Gina ignora la question. Elle vérifiait son maquillage dans la table basse en verre devant elle. Mécontente de ce qu'elle voyait, elle sortit son tube de rouge de son sac et l'appliqua soigneusement sur sa lèvre inférieure, avec une moue suggestive.

Manny, sans s'en rendre compte, ne la quitta pas

des yeux durant toute l'opération. « Rien, merci, dit finalement la jeune fille. D'ailleurs, nous n'en avons que pour quelques instants.

– Que voulez-vous dire ?

– Au téléphone, j'ai dit à Jack que je confirmerais son alibi. Mais j'ai besoin de vous poser quelques questions avant de m'engager.

– C'est tout à fait normal, affirma Manny. Je vous répondrai de mon mieux.

– Voilà : à quelle heure exactement Eddy Goss a-t-il été tué ?

– Quel besoin as-tu de savoir cela ? » s'enquit Jack.

Gina l'ignora et s'adressa directement à Manny. « Peu importe pourquoi. Répondez à ma question. »

Manny se demandait lui aussi pourquoi la jeune femme s'intéressait à ce détail. « Nous ne le savons pas exactement. Un peu après quatre heures du matin, selon les premières estimations des médecins. Le sang n'avait pas encore séché lorsque la police est arrivée sur les lieux.

– Donc, certainement pas avant quatre heures, c'est bien ça ?

– Si vous acceptez les conclusions des médecins. Mais il ne fait pratiquement aucun doute que la mort a été instantanée. »

Gina était apparemment satisfaite. « C'est tout ce que je voulais savoir, déclara-t-elle à Jack. Je ne peux pas témoigner en ta faveur. Et je ne le ferai pas. L'heure de la mort de Goss change tout. »

Le moral de Jack plongea en dessous de la ligne de flottaison. Manny lui lança un regard interrogateur, mais il détourna les yeux. « Ça change quoi ? demanda Manny.

– Si Goss a été tué après quatre heures, l'alibi que je peux fournir ne vaut plus rien. Il pourrait tout juste expliquer les griffures, ajouta Gina avec un sourire modeste, mais c'est tout. Je ne peux pas affirmer qu'il était ailleurs au moment du meurtre.

— Mais vous avez dormi ensemble !
— On a baisé. Pas dormi. Et Jack n'a pas passé la nuit à la maison. Il est parti vers trois heures, j'en suis absolument certaine. Désolée, les enfants, mais je ne vais pas clamer à la face du monde que j'ai couché avec le petit ami de ma meilleure copine alors que ça ne servirait presque à rien. » Gina se leva.

Manny se pencha sur son bureau et parla d'une voix ferme : « Vous savez que nous pouvons vous convoquer à la barre ?
— Vous pouvez me convoquer. Mais vous ne pouvez pas me faire dire contre ma volonté que Jack était avec moi. »

Manny attaqua sous un autre angle. « Cela pourrait être votre volonté. Vous pourriez souhaiter aider Jack, par exemple.
— Il faut croire que ce n'est pas le cas. Messieurs, je vous salue », conclut-elle froidement. Et elle quitta la pièce, refermant avec soin la porte derrière elle.

Les deux hommes restèrent un moment silencieux. Jack leva enfin les yeux sur son avocat. « Je vous avais prévenu à son sujet.
— Elle ne ment pas. Et je comprends enfin pourquoi vous hésitiez tant à vous adresser à elle. C'est vous qui m'avez menti, Jack. Vous avez prétendu que vous aviez passé la nuit avec elle. Toute la nuit. Et ça, c'était un mensonge.
— Tout s'est passé presque comme je vous l'ai raconté, Manny. Pendant qu'on faisait l'amour – qu'on baisait, si vous préférez –, quelqu'un est entré dans la maison, a renversé du ketchup sur le lit de Cindy et déposé un chrysanthème sous son oreiller. Et cette même personne m'a téléphoné et a essayé de me convaincre de retourner chez Goss, ce que je n'avais à ce moment-là aucune intention de faire. Je ne suis pas resté toute la nuit, c'est vrai. Même si je n'avais pas très envie de laisser Gina seule, surtout après avoir vu le coup de couteau dans la capote de ma voiture.

Mais je n'avais aucune envie non plus de me réveiller à côté d'elle le lendemain matin. On avait beau être soi-disant séparés, Cindy et moi, je me sentais encore très lié à elle. Tout ce que je voulais, c'était me barrer de là. Et je suis parti.

— À trois heures ?
— Oui.
— Une heure avant le meurtre de Goss ?
— Je crains bien que oui.
— Incroyable, grommela Manny. À moins que ce ne soit pas si incroyable que cela. On peut comprendre qu'un type accusé de meurtre se fasse ce genre d'illusions. Franchement, Jack, qu'espériez-vous ? Que Gina allait être frappée d'amnésie au sujet de l'heure de votre départ ?
— Je ne sais pas, répondit Jack en grimaçant. J'espérais qu'elle ne serait pas aussi sûre de l'heure. On avait beaucoup bu, après tout. Elle aurait même pu se tromper complètement, croire que j'étais parti vers quatre heures et demie.
— Vous espériez qu'elle mentirait pour vous, autrement dit.
— Non, pas ça. Je ne sais pas, Manny, je ne sais pas ce que j'espérais. »

L'amère déception de Manny se mua en un regard soupçonneux. « Y a-t-il d'autres mensonges, Jack ? Y aurait-il par hasard un mensonge plus gros encore que celui que vous m'avez servi au sujet de votre alibi ?

— Vous mettez mon innocence en doute ? s'exclama Jack, indigné.

— D'après ce que j'ai entendu jusqu'à présent, non. Mais je ne peux pas me permettre d'être induit en erreur par mon propre client. Par un client qui, de plus, s'est mis lui-même dans une position où il aurait pu se trouver obligé de tuer Eddy Goss.

— Je vous en prie, Manny. Jamais je ne pourrais tuer.

— Vraiment ? Alors, pour quelle raison êtes-vous allé chez Goss cette nuit-là, avant de vous rendre chez Gina ? Et pourquoi avez-vous emporté un revolver ? »

Ce n'était pas une question à laquelle il était facile de répondre. Jack prit son temps. « Peut-être que je ne savais pas ce que je voulais en faire.

— Il me faut une réponse plus claire que cela », répliqua Manny en regardant Jack dans les yeux pour l'obliger à fouiller jusqu'aux tréfonds de son âme.

Mal à l'aise, Jack essaya de se justifier. « Écoutez-moi bien, Manny. Le fond du problème, c'est que je n'ai pas bousillé Goss.

— Alors, ne bousillez pas vos chances d'être acquitté. Et n'essayez plus de manipuler votre avocat. »

Les deux hommes échangèrent un regard de confiance et de compréhension. « De toute façon, on s'en tirera mieux sans Gina, conclut Jack en se levant. Imaginez qu'elle nous ait fait ce coup-là pendant le procès !

— Quelque chose me tracasse, déclara Manny. Quand j'ai dit à Gina qu'elle pourrait avoir envie de vous aider, elle a répondu que ce n'était pas le cas. Je ne comprends pas.

— C'est Gina. Il ne faut pas chercher à comprendre.

— Mettons. Mais ma question est la suivante. Est-elle en train de nous dire : Ce n'est pas le cas, je ne souhaite pas l'aider. Ou : C'est si peu le cas que je lui nuirai si c'est en mon pouvoir ? »

La gorge sèche, Jack réfléchit un instant. « Je ne le pense pas, mais avec elle on ne sait jamais.

— Il faut qu'on sache.

— Je pourrais essayer de lui parler. En tête à tête, elle en dirait sans doute davantage.

— D'accord, essayez. Le plus vite possible. On en reparle dès que vous aurez eu votre petite conversation avec elle. Et, Jack, précisa Manny, cette Gina est un personnage clé ; ne la bousculez pas. Si vous avez l'impression que ça se passe mal, demandez-lui d'accepter de me voir. Et ne vous inquiétez pas. Les témoins, ça me connaît. Surtout les femmes.

— Une femme comme celle-là, vous n'en avez peut-être jamais connu, Manny », répliqua Jack, impassible.

CHAPITRE 29

Wilfredo Garcia était un Cubain de soixante-trois ans qui avait émigré aux États-Unis en 1962, avec ses grands enfants. Il ne parlait pas couramment l'anglais ; mais comme c'était un homme aimable, ses interlocuteurs ne lui tenaient aucune rigueur de ses insuffisances linguistiques et toléraient les mots d'espagnol dont il émaillait ses propos.

Wilfredo était gourmand, comme le prouvaient sa corpulence et ses joues rebondies. Il dînait presque toujours chez lui, car, une fois la nuit tombée, les environs d'Adams Street n'étaient pas sûrs.

Le téléphone sonna au moment où il recouvrait son steak d'oignons hachés et de persil. Il ne répondit pas. Depuis deux jours, il évitait ; depuis, en fait, qu'il avait lu dans un journal que le coup de téléphone anonyme passé à la police était un des éléments importants de l'affaire Swyteck. Il savait très bien qu'on ne tarderait à se mettre à la recherche du type qui s'était donné la peine d'aller téléphoner d'une cabine publique pour être sûr de préserver son anonymat. Mais il n'avait pas changé d'avis, et, en attendant, il vivait comme un ermite.

La sonnerie ne s'arrêtait pas. Ce devait être important. Sa fille qui l'appelait de Brooklyn, ou son bookmaker. Il éteignit le gaz et décrocha.

« *Oïgo,* dit-il dans sa langue natale.
– Wilfredo Garcia ?
– *Si.*
– Je suis l'agent Michael Cookson, de la police de Miami. Comment allez-vous, monsieur ? »

Le cœur battant, Wilfredo regrettait d'avoir répondu. « Ça va, répondit-il en anglais, mais avec un accent si prononcé que deux mots suffisaient à trahir ses origines.

– Monsieur Garcia, j'enquête sur l'affaire Goss. Vous habitez au même étage que la victime, n'est-ce pas ?

– Oui, même étage. Mais, *por favor*, je ne sais rien. Pas être mêlé...

– Je comprends très bien, monsieur. Mais c'est très important. Nous cherchons l'homme qui a téléphoné à la police d'une cabine publique, la nuit du meurtre.

– Pas être mêlé...

– Écoutez, mon vieux, continua l'homme sur un ton amical, je comprends votre problème. Entre nous, je me moque bien qu'on trouve le type qui a tué ce Goss. Mais je suis payé pour ça. Alors, si vous pensez savoir qui c'est, dites-lui qu'il a tout intérêt à s'adresser à la police plutôt que de tomber entre les pattes des avocats. Vous voulez bien faire ça pour moi ?

– D'accord.

– Merci, monsieur Garcia. Et pour que ce soit très facile pour vous, car je sais bien que personne n'aime être mêlé à ce genre d'affaires, je vais vous donner mon numéro de bip. Comme ça, vous n'aurez pas besoin d'aller au poste, ni de leur téléphoner. Si vous apprenez quelque chose, appelez-moi directement. Et je ferai tout mon possible pour ne pas mentionner votre nom. Ça va comme ça, mon vieux ?

– *Si.*

– Écrivez, alors : 555-2900. Vous l'avez ?

– *Si.*

– Parfait. Et merci encore. »

Garcia raccrocha, tout étonné d'avoir effectivement noté le numéro. Il redoutait par-dessus tout d'être impliqué dans une affaire comme celle-là ; mais le même instinct qui l'avait incité à descendre téléphoner à la police ce soir-là le tenaillait à nouveau. Cela faisait longtemps qu'il était naturalisé, et qu'il avait prêté serment de se conduire en bon citoyen américain, mais il gardait de la cérémonie un souvenir très vivace.

Il jeta un coup d'œil au numéro qu'il avait inscrit. Ce policier s'était montré sympathique et compréhensif. Ce ne serait peut-être pas aussi terrible qu'il le craignait. Il allait soulager ses épaules de ce fardeau qui pesait lourd.

Wilfredo respira un bon coup, prit le téléphone et, malgré le tremblement de ses mains, composa le numéro.

CHAPITRE 30

En quittant Manny, Jack décapota son cabriolet et s'offrit une longue balade au bord de la plage. Deux soirs plus tôt, Cindy l'avait appelé pour bavarder. La séparation leur pesait à tous les deux, et elle avait proposé à Jack de revenir s'installer chez lui. Le sentiment d'euphorie qui l'avait alors submergé avait été malheureusement tempéré par les événements des deux jours qui venaient de s'écouler. Toujours est-il que c'était ce soir qu'elle emménageait. Il la trouverait sans aucun doute chez lui en train de défaire ses valises. Jack avait besoin de réfléchir un peu avant de l'affronter.

Depuis qu'il avait vu Gina, Jack n'entretenait plus le moindre espoir de garder le secret sur la soirée qu'ils avaient passée ensemble. Il ne voyait aucune solution qui l'aiderait dans son procès sans affecter ses relations avec Cindy.

Il était un peu plus de six heures lorsqu'il arriva enfin chez lui. Entre-temps, Manny l'avait appelé, et ce qu'il lui avait appris avait encore accru son malaise.

La porte s'ouvrit avant qu'il ait gravi les quelques marches du perron. Cindy se tenait sur le seuil en souriant, et il oublia un instant ses malheurs pour la prendre joyeusement dans ses bras. « Alors, ce déménagement ? demanda-t-il en refermant la porte.

– J'ai laissé pas mal de vieilleries chez Gina »,

répondit Cindy en lui prenant la main. Mais la mine de Jack ne pouvait tromper longtemps la jeune fille.
« Tu ne regrettes pas, au moins ?
— Cindy, il n'y a rien qui puisse me rendre plus heureux que de t'avoir avec moi. Mais, dans les circonstances actuelles, je me demande si c'est une bonne idée de t'installer ici.
— Que veux-tu dire ?
— Ça n'a rien à avoir avec mon amour pour toi. Je t'adore. Mais je ne suis pas sûr que tu sois en sécurité chez moi.
— Pourquoi ? »

Avec un soupir, Jack se lança dans un résumé sélectif des événements, et mentionna notamment le notaire de Tampa.

« Et pourquoi ce Dressler s'intéresse-t-il à toi ?
— Il ne s'intéresse pas du tout à moi. Manny vient de m'appeler pour me dire que son enquêteur a retrouvé Dressler à Tampa. On lui a volé son portefeuille il y a deux mois. Quelqu'un s'est servi de son identité pour avoir accès à mon dossier. Et ça s'est passé après la mort de Goss. Un type essaie de me piéger. Sans doute celui qui me harcèle depuis le début.
— Tu crois que... » Cindy écarquilla les yeux.
« Je ne sais pas quoi croire. Je n'ai pas vraiment fait le tour de la question. Mais je suis sûr d'une chose : le tueur est toujours en vadrouille.
— Qui est-ce, alors ? Si ce n'est pas Eddy Goss, qui est-ce ?
— Je ne sais pas. Mais je vais le découvrir. D'ici là, je pense que tu devrais prendre des vacances, ou quitter la ville pendant quelques jours.
— Non. Je reste avec toi, Jack. Je ne te quitterai pas. On affrontera ça ensemble.
— On ne peut toujours pas prévenir la police, affirma Jack en la prenant à nouveau dans ses bras. Pour la même raison : il est hors de question de leur fournir un mobile justifiant que j'aie pu tuer Goss. »

Cindy se mordit les lèvres. Comme si cela ne suffisait pas d'être ainsi harcelés ! De plus, ils ne pouvaient rien dire à personne. C'était absurde ! Cependant, le raisonnement de Jack se tenait. « D'accord. On ne dit rien à la police. On se protégera mutuellement. »

Ce même jeudi soir, le gouverneur Swyteck prit une chambre au deuxième étage de l'hôtel Intercontinental de Miami. À huit heures, il présidait une réunion destinée à réunir des fonds pour sa campagne, mais en attendant c'étaient ses propres poches qu'il allait vider. Le bouquet de chrysanthèmes qu'il avait commandé l'attendait dans sa chambre. Il sortit les cinquante mille dollars de sa mallette et les cacha dans le pot. Ses chaussures rejoignirent bientôt les billets. C'était parfaitement avilissant, comme exigence : comme de dévaliser un homme et de le dépouiller de tous ses vêtements en pleine rue. Mais si ce cinglé trouvait son plaisir à exercer ainsi son pouvoir, personne n'y pouvait rien. À ce stade, Harry aurait volontiers donné bien plus de cinquante mille dollars pour être définitivement débarrassé du maître chanteur.

Il était six heures et demie. Avec la circulation, il lui faudrait une vingtaine de minutes pour aller au cimetière du Memorial. Pour la centième fois de la journée, le gouverneur passa en revue les options qui se présentaient à lui : cette situation était si grotesque ! Mais les deux termes de l'alternative – appeler la police ou laisser le maître chanteur mettre ses menaces à exécution – étaient également inacceptables. Il fallait en passer par les exigences du voyou. Peut-être alors aurait-il une chance de conserver les avantages qu'il s'était donné tant de mal pour acquérir.

Harry saisit le pot de fleurs et les clés de sa voiture de location. En chemin, il se demanda avec frayeur si la tombe qu'il s'apprêtait à fleurir n'allait pas devenir la sienne.

CHAPITRE 31

Jack et Cindy se couchèrent à neuf heures. Jusqu'à minuit passé, ils firent inlassablement l'amour. Puis Jack décida qu'il lui fallait dire la vérité à Cindy à propos de Gina. Elle prenait trop de risques pour lui pour qu'il lui cache quoi que ce soit. Mais il voulait d'abord être sûr de la position de Gina, afin d'être en mesure de promettre à Cindy que Gina ne raconterait pas leur sordide histoire au monde entier si elle était appelée à la barre.

Jack réfléchissait à tout cela en se rendant chez Gina, le lendemain après-midi. Il conduisit si lentement que, sur la voie rapide, même les voitures de touristes le dépassaient.

Gina revenait à l'instant de son jogging lorsque Jack frappa à sa porte. Elle portait un short orange, des Nike et un haut décolleté collé à son corps par la sueur. Ses longs cheveux bruns étaient noués en queue de cheval.

« Je peux entrer ? »

Gina acquiesça froidement, tout en buvant une longue gorgée de Gatorade.

Jack la suivit dans la cuisine. « J'ai compris que tu n'as pas spécialement envie d'aborder le sujet, Gina ; mais, vu la façon dont nous nous sommes séparés hier chez Manny, j'ai pensé qu'il fallait qu'on en discute tous les deux.

197

– J'avais l'impression de m'être exprimée clairement. Non ?

– Un détail ne m'a pas semblé clair. Que voulais-tu dire en prétendant que tu n'avais aucune intention de m'aider ? Ça m'a inquiété.

– Peut-être que j'ai un peu exagéré, je l'avoue. Mais le fond du problème, tu le connais : je ne veux pas être impliquée dans cette histoire. Et ça ne devrait pas t'étonner, ni te chagriner. En fait, à voir ton visage, j'avais l'impression que tu n'avais pas la moindre envie que je te serve d'alibi.

– Comment saurais-tu ce dont j'ai envie, Gina ?

– Eh bien, voyons. » Gina, parlant à voix basse et sensuelle, releva immédiatement le défi. Elle s'approcha de Jack, si près que le souffle de sa respiration lui rafraîchit la joue et qu'il sentit son odeur, qui évoquait irrésistiblement cette fameuse nuit qu'il aurait voulu ne jamais vivre. Puis elle dénoua ses cheveux et murmura, en glissant la main le long du torse de Jack : « Voyons, Jack, tu voudrais vraiment que je dise que j'ai touché cette peau ; que j'ai senti le poids de ce corps sur moi ; que nous avons sué, crié ensemble ; que chaque fois que tu t'enfonçais en moi je te griffais, je te mordais ; et que je hurlais pour que tu continues encore et encore ? C'est ça que tu voudrais, Jack ? Et, en imaginant que je le fasse, voudrais-tu aussi que Cindy soit dans la salle d'audience, à ce moment-là ? »

Jack s'écarta. « Ce qui est arrivé entre nous est une erreur, et je crois que nous la regrettons tous les deux. Tu aurais certainement pu me fournir un alibi en évitant les détails torrides. »

Gina vida le reste de son Gatorade dans l'évier et remplit son verre de Campari et de glaçons. « Tu essaies de négocier ? demanda-t-elle à Jack.

– Négocier quoi ? »

Elle but une longue gorgée et leva son regard sur Jack. « Tu voudrais que je jure que tu es resté chez moi jusqu'à quatre heures du matin ? »

Jack s'aperçut qu'elle parlait tout à fait sérieusement. « Jamais de la vie. Tu te trompes complètement, Gina. Je ne suis pas venu pour ça.

— D'accord. Mais la dernière fois que tu es venu, la soirée ne s'est pas déroulée exactement comme tu l'avais prévu non plus. Tu n'étais pas venu pour me faire l'amour. Et pourtant !

— Je voudrais que ce ne soit jamais arrivé.

— Vraiment ? Ou voudrais-tu simplement être sûr que Cindy ne l'apprendra jamais ? »

En dépit des provocations de la jeune femme, Jack essaya de garder son calme. « Gina, je ne suis pas venu pour te demander de faire un faux témoignage en ma faveur, mais pour m'assurer que tu ne risques pas de témoigner contre moi.

— Ne sois pas stupide, Jack. Pourquoi ferais-je une chose pareille ?

— En ce qui concerne notre histoire, je n'ai encore rien dit à Cindy. Mais elle saura tout, j'attends le moment pour le lui avouer.

— Il n'y aura pas de bon moment, Jack. Je connais Cindy. Je la connais mieux que toi. Si tu la mets au courant, tu peux parier qu'elle nous rayera de sa vie pour de bon, toi et moi. Si j'avais dû témoigner en ta faveur, nous aurions été obligés de le lui dire. Mais ce n'est pas le cas. Donc, tu la boucles, et ne t'avise pas de jouer au gamin qui se donne bonne conscience en avouant ses fautes à sa petite maman.

— Ça ne te regarde pas.

— Que si ! Remontons un peu en arrière, si tu veux bien. En fait, une seule raison me ferait éventuellement témoigner contre toi : ce serait que tu racontes notre nuit à Cindy. Si tu le fais, je te jure une chose : je dis tout à la police, y compris que quand tu es arrivé chez moi tu croyais que c'était Eddy Goss qui vous poursuivait de ses menaces, Cindy et toi. Et ce n'est pas tout. Je rentrerai dans les détails, tout le monde saura la vérité vraie au sujet des marques sur ton corps. Je dirai que tu m'as fichu une trouille bleue d'Eddy Goss et que je t'ai donc suggéré d'entrer. Que je t'ai fait confiance quand tu m'as proposé de dormir sur le canapé, et que je t'ai griffé et mordu quand tu as fait irruption dans ma chambre, que tu as déchiré ma chemise de nuit et que tu as essayé de me violer. »

Gina finit son verre d'une seule gorgée. « À toi de choisir : ou tu te conduis comme un adulte et cette histoire reste entre nous, ou tu en subis les conséquences. »

Incrédule, Jack fixait Gina. « Mais pourquoi ? Pourquoi ne pas dire franchement la vérité ?

— La vérité ne fera de bien à personne. Si je dis la vérité à la police, c'est mauvais pour toi. Si tu dis la vérité à Cindy, c'est mauvais pour nous deux. Donc, je suis bien décidée : on se tait tous les deux, ou on parle tous les deux. Choisis. »

Jack aurait donné cher pour que Gina ne soit pas mêlée à sa relation avec Cindy. Mais c'était désormais impossible. Peut-être bluffait-elle – il la voyait mal inventer une tentative de viol –, mais il ne pouvait pas courir ce risque. « D'accord, dit-il avec résignation. J'accepte, Gina. Mais c'est bien parce que je n'ai pas le choix.

— En voilà un garçon intelligent ! répliqua Gina en souriant. Je t'offre un verre ? »

Jack ne prit même pas la peine de répondre avant de sortir.

Wilfredo Garcia avait fort peu dormi, cette nuit-là. Cela faisait plus de trente-six heures qu'il avait appelé l'agent Cookson, et personne ne l'avait encore contacté. Ça l'étonnait un peu, et le sommeil le fuyait. Il était cinq heures et demie lorsque des coups frappés à sa porte le tirèrent de sa somnolence.

« *Un momento* », cria-t-il en enfilant une robe de chambre.

Il retira le bouchon de mastic qui protégeait le petit

orifice percé dans sa porte d'entrée et jeta un coup d'œil dans le couloir. Malgré l'obscurité, il reconnut l'uniforme bleu marine.

« C'est l'agent Cookson », dit une voix.

Le vieux Cubain entrouvrit sa porte : il mesurait environ trente centimètres de moins que l'agent de police, qui devait être deux fois plus jeune que lui.

« Je peux entrer, monsieur ? »

Tout à la fois soulagé et inquiet, car il ne s'attendait pas qu'un policier sonne chez lui si tôt le matin, Garcia ne songea même pas à refuser. L'agent de police entra et referma la porte derrière lui. Wilfredo alluma une lampe et considéra un instant son visiteur.

Le vieil homme comprit soudain l'erreur qu'il avait commise. Il reconnut la stature, le teint, les épais sourcils. Devant lui se tenait l'homme qu'il avait vu la nuit du meurtre de Goss. Le cœur battant, les mains tremblantes, il se rendit compte qu'il regardait un assassin dans les yeux. Garcia tenta de s'enfuir, mais l'homme le saisit par le col de sa robe de chambre et le retint. Avant que Wilfredo ait pu crier, un poing s'abattit violemment à la pointe de son menton, lui brisant net les vertèbres. Disloquée, sa tête se renversa en arrière, toucha son dos. Le vieux corps fatigué devint tout mou.

L'assassin le lâcha. Il s'écroula sur le sol tel un pantin. Une main prit son poignet, cherchant un pouls désormais introuvable. Satisfait, l'agent Cookson se redressa, vérifia la tenue de son uniforme volé, remit ses lunettes noires et sortit tranquillement de l'appartement. Une fois encore, il avait accompli sa tâche au 409 East Adams Street. Une fois encore, ses pas s'éloignèrent, suivis de l'écho qui accompagne tout policier faisant sa ronde.

IV
Mardi 11 octobre

CHAPITRE 32

« La Cour ! »

À ces mots, la scène s'anima enfin. Il avait fallu neuf semaines pour préparer cette représentation. Aujourd'hui, le décor et les acteurs étaient tous en place. D'un côté de la salle d'audience se tenait un procureur avide de publicité, gonflé de l'importance de sa fonction. De l'autre, un accusé assiégé, s'accrochant à la présomption d'innocence inhérente à son rôle. Wilson McCue parlerait seul au nom du ministère public : Jack et son avocat s'exprimeraient à deux voix, unies dans un même combat.

Le juge Virginia Tate pénétra en dernier dans la salle d'audience, telle une image en noir et blanc : la peau très pâle, les cheveux poivre et sel, un double rang de perles se balançant sur sa longue robe noire. La salle entière se leva, dans l'assourdissant vacarme provoqué par des centaines de pieds raclant le sol. Ce bruit de tonnerre accrut encore la solennité de son entrée. Elle alla s'asseoir dans son fauteuil de cuir noir, regarda les avocats et les journalistes, et abandonna un instant son expression impassible pour leur adresser un bref sourire.

« Allons-y », dit-elle sans cérémonie inutile, lançant ainsi la première des neuf journées consacrées à la sélection des membres du jury. Durant cette phase, les avocats allaient faire appel à toute leur intuition pour tenter de récuser qui leur nuirait, de choisir qui leur serait favorable. Impuissant à ce stade, Jack s'en remettait totalement à l'habileté consommée de Manny. De temps à autre, il passait à son avocat un petit billet griffonné à la hâte, un geste inutile mais qui faisait tellement partie du rituel de la cour que son absence aurait été remarquée. Cela durerait pendant des semaines. Jack, condamné au silence, s'exprimerait par la voix de Manny, ne porterait que les vêtements conseillés par Manny et s'assiérait à son côté à la table en acajou réservée à la défense. Il serait en vitrine tout autant qu'en jugement.

Le juge Virginia Tate redoutait l'épreuve de la sélection de jury. Elle connaissait la réputation de McCue : il utilisait cette phase pour présenter les arguments de l'accusation au futur jury ou pour nuire à son adversaire, et il posait ses questions moins pour obtenir des informations sur les candidats que pour développer sa propre thèse. Jusqu'à ce vendredi de la deuxième semaine, McCue s'était bien tenu, et l'on était sur le point de constituer le jury.

« L'un des membres de ce jury connaît-il personnellement Me Swyteck ? » interrogea assez innocemment McCue. Les futurs jurés hochèrent la tête en signe de dénégation. « Vous avez certainement entendu parler de Me Swyteck ? » poursuivit-il. Certains acquiescèrent. « Vous en avez bien évidemment entendu parler, affirma-t-il avec une grimace. C'est l'avocat qui a défendu l'infâme Eddy Goss, l'homme qu'il est accusé d'avoir assassiné. » Avec une étincelle dans l'œil, il versa la première goutte du poison qu'il désirait distiller dans l'esprit du jury. « Mesdames et messieurs, j'ai une question toute simple à vous poser : l'un d'entre vous serait-il par hasard moins enclin à croire en la parole de Me Swyteck sous prétexte qu'il est l'avocat qui a convaincu douze jurés d'acquitter un meurtrier qui avait avoué son crime ?

– Objection, dit Manny.
– Objection retenue.
– Votre Honneur, poursuivit McCue feignant l'incrédulité, je suis surpris par l'objection. Mon seul but est de m'assurer de l'impartialité du jury. Après tout, certains pourraient être tentés de rejeter sur Me Swyteck la responsabilité des crimes atroces commis par ses clients et...
– Ça suffit, intervint le juge. Vos objectifs sont plus clairs que vous ne l'imaginez, maître McCue. Poursuivez.
– Bien volontiers, assura-t-il sans rechigner puisqu'il avait réussi à faire passer son message.
– Et je vous prie de ne pas y revenir », conclut le juge Tate avec sévérité.

Manny fut cependant obligé de réitérer ses objections à d'innombrables reprises, suivi par le juge dont les réprimandes se faisaient de plus en plus impatientes. Tel un homme contraint d'affronter un destin hostile, McCue manifesta de plus en plus ouvertement une désapprobation désolée ; il parvint, par ses manœuvres, à faire perdre presque tout l'après-midi avant que le juge puisse enfin annoncer la bonne nouvelle.

« Le jury est constitué », déclara-t-elle avec soulagement.

Un ouvrier du bâtiment, noir et costaud, qui apporterait tous les jours son déjeuner dans le même sac en papier chiffonné ; un chasseur d'alligators à la retraite arborant fièrement des bottes de cow-boy, cheveux en brosse et dents tachées de tabac ; et une veuve quasi centenaire, aux cheveux blancs avec des reflets bleutés... trois parmi les douze citoyens égaux en droits et en devoirs qui allaient décider de la vie ou de la mort de Jack Swyteck.

Il était presque quatre heures. En temps ordinaire, le juge aurait suspendu la séance en déclarant que l'accusation et la défense ne disposaient plus d'assez de temps pour présenter leur version des faits. Mais, étant donné la conduite de McCue, Virginia Tate avait choisi une méthode qui lui permettrait de gagner du temps et d'arriver chez elle pour se regarder au journal télévisé de dix-huit heures.

« Maître Cardenal, dit le juge, la parole est à la défense. »

Manny se leva en lançant au juge un regard perplexe.

« Avec tout le respect dû à la cour, intervint McCue, il est d'usage que l'accusation parle en premier.

— En effet, répliqua le juge en articulant avec soin afin que chacun des membres du jury entende exactement ce qu'elle allait dire, et nous n'ignorons certes pas les droits de l'accusation. Mais, et je vous l'ai fait remarquer à de nombreuses reprises, vous en avez largement usé pendant la phase de sélection du jury. Je considère donc que l'accusation a parlé, et que c'est maintenant à la défense de prendre la parole. »

McCue était interloqué. « C'est vraiment très dur, Votre Honneur, bredouilla-t-il. Si vous pouviez m'accorder deux petites minutes, je...

— Très bien. Vous avez deux minutes.

— Ce n'est pas ce que je voulais dire, Votre Honneur. En deux minutes, je...

— Vous venez de perdre dix secondes sur vos deux minutes. »

McCue ne tergiversa pas davantage. Il se planta devant le jury, les yeux brillants au-dessus de ses petites lunettes rondes qu'il portait bas sur son nez proéminent, son éternel petit sourire aux lèvres.

« Mesdames et messieurs du jury, commença-t-il en marchant devant eux, ceci est une affaire de meurtre, et une affaire de pouvoir, le pouvoir de vie et de mort. Grâce à la volonté du peuple, la peine capitale est en vigueur dans cet État ; le gouvernement a le pouvoir de condamner les assassins à mort. Mais il est seul à le détenir. Nous n'accordons pas ce pouvoir à de simples citoyens, qui seraient tentés de faire justice eux-mêmes, quels que soient leurs mobiles. En prenant connaissance de cette affaire, mesdames et messieurs, vous verrez qu'il s'agit ici d'un homme qui a revendiqué pour lui le pouvoir de donner la mort. Cet homme était un avocat, un avocat qui se consacrait à la défense d'hommes et de femmes accusés des crimes les plus vils que notre communauté ait jamais eu à subir. La plupart de ses clients étaient coupables. La plupart, sinon tous. Et la plupart ont été acquittés. Il n'y a rien à redire, certains avocats prétendraient même qu'il est admirable de défendre les droits des coupables. C'est dans l'intérêt général, affirmeraient-ils. »

McCue se rapprocha du jury. Il s'adressait à chacun d'entre eux comme s'il était seul et qu'ils bavardaient tranquillement en buvant un verre sur une terrasse devant un paisible coucher de soleil. « Mais la question dont nous avons à traiter ici n'est pas l'intérêt général, ni le rôle de cet avocat dans la société, poursuivit-il d'une voix basse mais ferme. Vous êtes aujourd'hui membre d'un jury parce que cet avocat – en l'occurrence l'accusé – est un homme à deux visages, et que l'un de ces visages est très sombre. Nous apporterons la preuve que le 21 juillet à quatre heures du matin il est entré dans un appartement, dans l'appartement d'un homme qu'il a accusé, condamné et exécuté, se substituant ainsi à la police, à la justice et à vous. Il a sorti son 38 millimètres, a tiré deux coups de feu et tué son propre client. Et, mesdames et messieurs du jury, l'homme qui a commis ce crime est ici même, devant vous. » D'un geste large, McCue pointa solennellement un index vengeur. « Son nom est Jack Swyteck. »

Soudain, Jack ressentit physiquement tout le poids de l'accusation – comme si, du doigt, McCue l'avait déposé sur ses épaules. Tout cela sonne vrai, pensa-t-il avec tristesse, comme si la dignité du tribunal, du simple fait de l'aura du lieu, rejaillissait jusque sur ce petit procureur obséquieux.

« Il vous reste quinze secondes, interrompit le juge.
– C'est un temps beaucoup trop court, hélas, pour

que je puisse faire état de mes preuves. Mais, dans les jours qui viennent, vous verrez, et vous entendrez. Et, lorsque le procès se terminera, je reviendrai devant vous – et je vous demanderai de déclarer Jack Swyteck coupable de meurtre avec préméditation. »

Le silence qui suivit les paroles de McCue leur donna plus de force encore. Il retourna à sa place et Manny se leva pour se diriger à son tour vers le jury. Il regarda chaque membre du jury dans les yeux, et entreprit de lire à haute voix l'acte d'accusation qu'il tenait en main. « Le ministère public contre Jack Swyteck. » La main qui tenait l'acte retomba mollement le long de son corps. « Le ministère public, répéta-t-il lentement, emphatiquement, le ministère public contre Jack Swyteck, voilà le vrai pouvoir. » Sa voix tonna jusqu'à faire frissonner son auditoire. « Et M^e McCue a raison sur un point : il s'agit bien d'une affaire de pouvoir. Ce que vous avez vu jusqu'à maintenant, c'est en effet le pouvoir d'accuser. » D'un geste négligent, il lança l'acte d'accusation sur le bureau du procureur, puis fit à nouveau face au jury. « Car un acte d'accusation, mesdames et messieurs, ce n'est que cela. Dans une affaire criminelle, le ministère public n'a pas le pouvoir. Il n'a qu'une charge : celle de prouver le crime. Durant les semaines qui viennent, les témoignages, les preuves, les faits, poursuivit-il en appuyant sur ce dernier mot, vous montreront à quel point le ministère public est incapable d'assumer cette lourde charge. Car Jack Swyteck est innocent. »

Innocent, pensait Jack. Jusqu'à quel point faudrait-il qu'il le soit ? Qu'exigerait ce jury pour trancher ? Jack savait que son avocat allait parler de tout cela, et il ne voulait pas en manquer un seul mot. Il éprouvait cependant de la difficulté à se concentrer. Rien de ce qu'avait dit McCue ne l'avait surpris, mais il en était profondément affecté, comme si après s'être convaincu que l'accusation n'avait aucune preuve, il venait subitement de découvrir qu'elle avait en fait toutes les preuves nécessaires. « Vous aurez à évaluer les dépositions des témoins de l'accusation, disait Manny aux jurés. Rappelez-vous, alors, que pas un seul d'entre eux n'a vu mon client commettre un crime. Toutes les preuves que présentera l'accusation sont des preuves indirectes. Aucun témoin ne pourra prétendre avoir vu de ses propres yeux mon client se livrer à une quelconque action illégale. »

Jack observa la salle. Tous les regards étaient tournés vers Manny. Tous, sauf... Il passa à nouveau la salle en revue, plus lentement. Voilà. Assis au dernier rang du public, un homme le fixait, comme s'il voulait entrer en communication avec lui. Son allure lui était familière. Grand, de larges épaules, une tête ronde au crâne rasé. Un diamant étincelait à son oreille gauche. L'image se superposa soudain à une autre. Jack était devant la porte de Goss, cette fameuse nuit. Il frappait à la porte. Un homme sortait dans le couloir, réclamait le calme. C'était, sans nul doute, la même personne.

Jack détourna rapidement le regard. Il n'arrivait pas à écouter Manny. Qu'est-ce que ce type fichait là ? Pourquoi un voisin de Goss se trouverait-il dans la salle ? On aurait pu le convoquer comme témoin de l'accusation, pour identifier Jack et certifier qu'il était présent sur les lieux du crime. Mais ce n'était pas le cas. Jack, en tant qu'avocat, savait parfaitement que les témoins n'étaient pas autorisés à suivre les débats avant d'avoir témoigné. Il jeta un rapide coup d'œil dans sa direction. Manifestement, cet homme le regardait comme s'il le connaissait. C'était d'autant plus troublant.

Perdu dans ses pensées, Jack entendit soudain Manny remercier le jury de son attention. Il n'en crut pas ses oreilles. Il n'avait pas entendu un mot de la plaidoirie de son avocat ! Cela ne semblait plus très important. Il était dévoré par la curiosité. Qui était ce type ?

« Mesdames et messieurs du jury, intervint le juge

Tate, cette affaire suscite beaucoup d'intérêt et une publicité inhabituelle ; j'exercerai donc mon droit, qui est de garder le jury à l'abri de toutes les influences extérieures. Vous serez isolés. Que chacun d'entre vous veuille bien voir le greffier pour connaître son lieu de résidence jusqu'à la fin de ce procès. L'audience est suspendue jusqu'à lundi matin. »

Le brouhaha habituel des curieux et des journalistes envahit la salle. Jack se leva précipitamment. « Il faut que je file, déclara-t-il à Manny. Vous pouvez occuper la presse le temps que je m'éclipse et que je trouve un taxi ?

— Bien sûr, répondit Manny qui rangeait ses dossiers dans sa mallette. Mais qu'est-ce qui vous presse ?

— Il faut que je vérifie un truc. » Jack ne quittait toujours pas des yeux l'homme qui l'intriguait tant. Il ne donna pas à Manny le temps de lui demander des explications et fendit la foule des journalistes sans répondre à aucune interpellation. Manny le suivait à quelques pas. Grâce à sa haute taille, Jack apercevait au-dessus de la foule le sommet du crâne de l'homme à la tête rasée.

« Je répondrai à toutes vos questions d'ici », entendit-il Manny annoncer tandis que la horde se déversait peu à peu dans le hall. La majorité des journalistes suivit l'avocat. Jack se précipita dans la direction de l'ascenseur où il avait vu s'engouffrer le chauve. Deux journalistes le harcelaient de leurs questions. Il n'était plus qu'à trois mètres de l'ascenseur, dont les portes allaient se refermer d'une seconde à l'autre, lorsqu'il percuta un jeune avocat qui, dans la bousculade, éparpilla le contenu de ses dossiers sur le sol.

« Crétin ! hurla-t-il en s'efforçant de rassembler ses papiers.

— Désolé », dit Jack hypocritement, alors que seul le navrait le fait que l'ascenseur fût parti sans lui. Oubliant ses bonnes manières, il négligea l'homme à terre et courut vers l'escalier, dont il dévala les marches quatre à quatre jusqu'en bas, en guère plus de temps qu'il n'aurait fallu à ses quatre-vingt-dix kilos pour tomber comme une masse à l'intérieur de la cage d'ascenseur.

Arrivé dans le hall principal, il dut cependant se rendre à l'évidence. Il n'était pas allé assez vite. L'homme à la tête rasée n'était plus en vue. Il se précipita à l'extérieur, et du haut des majestueuses marches de l'entrée, scruta désespérément les trottoirs. En vain. Jack se résolut à héler un taxi. Il était sur le point de donner son adresse lorsqu'il se ravisa. « 409 East Adams Street », indiqua-t-il au chauffeur.

La course était longue, et le trajet peu engageant. Au fur et à mesure que l'on s'éloignait du tribunal pour s'enfoncer dans des quartiers au taux de criminalité record, l'environnement devenait de plus en plus sordide. En approchant de chez Goss, on longeait des amas d'ordures, entassés au pied d'immeubles saccagés. La voiture s'arrêta dans le virage juste devant l'immeuble. Pour payer la course, Jack tendit au chauffeur un billet de vingt dollars par la fenêtre ouverte de sa portière. Le chauffeur redémarra sans lui rendre les dix dollars de monnaie qu'il lui devait.

Le soleil se couchait. L'entrée de l'immeuble était presque aussi sombre que la première fois que Jack y était venu. Même le meurtre de Wilfredo Garcia n'avait pas incité le propriétaire de ces lieux à remplacer les ampoules électriques usées ou volées.

Jack parcourut lentement le couloir aux graffitis obscènes qui lui rappelait le début de son cauchemar. Il fit une halte devant l'appartement 217, mis sous scellés par la police. Il n'avait de toute façon aucune intention d'y entrer, mais il voulait repérer, dans le corridor, la porte qui s'était ouverte ce soir-là sur un voisin récalcitrant. Un instant plus tard, et sans l'ombre d'une hésitation, il identifia la quatrième, celle qui portait le numéro 213 et alla y frapper sans obtenir de réponse. Il frappa plus fort, et la porte s'entrouvrit d'elle-même.

Jack appela, mais personne ne répondit. Il poussa la porte qui, en s'ouvrant complètement, révéla un spectacle d'intense désolation : papiers peints arrachés, fils électriques à nu, vieux papiers et caisses vides jonchant le sol, meubles cassés empilés dans un coin. L'unique fenêtre était murée de l'extérieur. Jack ressortit dans le couloir pour vérifier si c'était le bon appartement. Il n'y avait aucun doute. Il entra, de plus en plus perplexe. Un rat dérangé s'enfuit du côté de la cuisine.

« Qu'est-ce que vous foutez là ? » Sur le seuil se tenait un homme vers qui Jack se retourna immédiatement, persuadé d'avoir affaire à celui qu'il cherchait. Mais c'était un vieillard au visage déformé qui lui faisait face, vêtu d'un maillot de corps sale, et mâchonnant un cure-dent.

« La porte était ouverte. Je cherche quelqu'un, alors je suis entré. Un grand type à la tête rasée. Il vivait ici le 21 juillet.

— Tu parles, qu'il vivait ici le 21 juillet, ricana l'homme au cure-dent. C'est moi qui m'occupe de ce taudis, et je suis bien placé pour savoir qu'il n'y avait personne ici en juillet. Ça fait une bonne année que plus personne n'habite dans ce trou à rats.

— Mais... Il a dit qu'il avait un gosse de deux ans.

— Un gamin, ici ? » Le vieillard s'étouffa à moitié de rire. « Je vais remettre un cadenas sur la porte, une fois de plus. Et si on me le casse, vous pouvez être sûr que je me rappellerai votre tête. On a eu deux meurtres en un mois dans cet immeuble, et tous les deux à cet étage. Alors, vous vous tirez gentiment ou j'appelle les flics. »

C'était inutile de discuter. Jack repartit comme il était venu. Bien que la nuit fût presque tombée, l'éclairage public n'était pas encore allumé. Sur le trottoir opposé, Jack aperçut une silhouette immobile, qu'il examina attentivement. Avec un frisson, il reconnut l'homme qu'il était venu chercher.

Ce dernier bondit en avant et partit en courant d'un

pas souple. Instinctivement, Jack se lança à sa poursuite aussi vite que le lui permettaient son costume de ville et ses chaussures à semelles de cuir. Mais l'homme ne donnait pas l'impression de chercher à s'enfuir, on aurait plutôt dit qu'il attirait Jack vers lui. Lorsque ce dernier ne fut plus qu'à quelques mètres de sa proie, celle-ci accéléra soudain sa course et disparut dans le labyrinthe de la gare routière. Jack tenta de le suivre ; il l'aperçut encore une ou deux fois, entre des cars en partance pour Chicago, New York ou Atlanta, dont les moteurs au ralenti envoyaient dans l'atmosphère une épaisse fumée noire. Épuisé, Jack monta prudemment dans un car vide dont la porte était ouverte pour regarder tout autour de lui. « Je sais que vous êtes là ! » s'écria-t-il avec une assurance feinte. Il avança d'un pas dans le couloir, puis réfléchit. Si son homme était caché entre les sièges, il faudrait bien qu'il sorte. Mieux valait l'attendre à l'extérieur.

Jack s'apprêtait à rebrousser chemin lorsque la porte du car claqua et se referma. Il reçut un coup sur la tête, et un autre dans l'estomac qui le plia en deux de douleur. Un dernier coup sur la nuque l'acheva, et il se retrouva face contre terre dans le couloir de l'autocar. Son agresseur se jeta sur lui et appuya un couteau contre sa gorge.

« Ne faites pas le moindre mouvement. »

Jack s'immobilisa.

« Après tout le mal que je me suis donné, je n'aimerais pas du tout être obligé de vous couper le cou, Swyteck.

– Mais qui êtes-vous ?

– Réfléchissez. Rappelez-vous une certaine nuit, il y a deux ans. Juste avant que Raul Fernandez ne soit exécuté. »

Jack frissonnait en écoutant la voix menaçante de l'homme qu'il ne pouvait voir. « Que voulez-vous de moi ?

– La justice. Je veux que vous mouriez sur la chaise

électrique comme Raul Fernandez. Pour un crime que vous n'avez pas commis, comme lui.

— Ça n'a rien à voir avec la justice. C'est totalement dingue ! Et ça ne marchera pas.

— Ça marchera, répliqua l'homme en ricanant et en faisant couler le sang de Jack d'un très léger coup de couteau. Rappelez-vous bien ça : vous êtes vivant parce que c'est mon bon plaisir. Vous vous croyez en sécurité. Les serrures sur vos portes, l'alarme dans votre voiture, foutaises. Comme ces gens qui se sentent bien au chaud et à l'abri chez eux lorsqu'ils tirent les rideaux la nuit venue, sans imaginer un instant qu'il y a un type avec une hache juste derrière la fenêtre, le visage pressé contre la vitre. On n'est jamais protégé contre ça, Swyteck. Vous n'avez pas le choix. Vous jouerez mon jeu.

— Quel jeu ?

— Ce procès, c'est un jeu qui ne se joue qu'à deux : c'est moi contre vous, un point c'est tout. Oubliez ça ne fût-ce qu'un instant, et des innocents paieront, je vous le promets.

— Que voulez-vous dire ?

— Vous êtes un malin, non ? Devinez.

— Mais pourquoi...

— Pourquoi devez-vous mourir ? Parce que le tueur est en vadrouille. » L'homme se pencha si près de Jack que celui-ci reçut son souffle dans son cou. Et il ajouta dans un murmure : « Et ce tueur, c'est vous. »

Jack sentit avec horreur la lame appuyée un peu plus fort sur sa gorge. Puis son agresseur bondit sur ses pieds et disparut dans la nuit. Jack ne bougea pas. Étendu sur le sol rugueux de l'autocar, il avait l'impression d'avoir à nouveau cinq ans, et d'être à nouveau absolument seul.

CHAPITRE 33

Trois semaines s'étaient écoulées depuis que Harry Swyteck, suivant à la lettre les instructions du maître chanteur, avait déposé son dernier paiement au cimetière du Memorial. Dieu merci, les sombres pressentiments qui l'animaient ce jour-là n'étaient pas fondés. Sa visite au cimetière s'était déroulée sans incident – cependant, le gouverneur avait éprouvé un profond malaise en contemplant la dernière demeure de Raul Fernandez.

Harry n'était pas allé au tribunal le jour où s'était ouvert le procès de son fils. Un des jeunes avocats de son cabinet lui avait fidèlement relaté la teneur des débats. Les déclarations préliminaires avaient pour objet de permettre aux deux parties de présenter au jury l'acte d'accusation, les grandes lignes de leur argumentation, ainsi que les principales preuves qu'ils apporteraient pour étayer leur version de l'affaire. En analysant la déclaration préliminaire de Manny, Harry s'était étonné : à aucun moment, l'avocat de son fils n'avait fait allusion au fameux appel anonyme qu'avait reçu la police la nuit du meurtre, et qui mentionnait la présence d'un homme en uniforme de policier sur les lieux du crime.

Bien que ce fût lui qui payât les honoraires de l'avocat, le gouverneur avait promis à Manny de ne pas intervenir dans la stratégie de défense qu'il élaborerait avec Jack. Il se refusait donc à essayer de deviner les motifs cachés de la déclaration de Manny. Mais il nourrissait la crainte que l'avocat n'ait écarté la piste du policier parce que lui-même avait fait partie de la police. Si c'était le cas, il fallait le rassurer au plus vite. Harry était en tournée électorale. Il sauta donc dans le premier avion et, à huit heures du soir, il était assis en face du défenseur de son fils.

« Merci d'avoir accepté de me recevoir si vite, déclara le gouverneur.

– Je vous en prie. Vous m'avez dit au téléphone que vous aviez quelques inquiétudes ?

– Inquiétudes, c'est trop dire. Simplement quelques points que je voudrais clarifier.

– Par exemple ?

– Le coup de fil à la police. On m'a dit que vous n'en aviez pas parlé, aujourd'hui. Je n'ai aucune intention de vous offenser, Manny, ni de mettre en doute votre intégrité. Mais je tiens à vous réaffirmer une chose : je vous ai demandé de défendre Jack parce que je pense que vous êtes le meilleur, et que si quelqu'un peut obtenir son acquittement, c'est vous. C'est à vous et à Jack de déterminer comment vous y prendre. Et si votre ligne de défense met la police en cause, tant pis. Je suis un ex-flic, c'est vrai. Mais considérez-moi tout d'abord comme un père. »

Manny hocha lentement la tête. Il prenait le temps d'élaborer sa réponse. « Je vous comprends. Et cela ne m'offense en rien. Vous n'êtes pas le premier parent inquiet à venir s'asseoir dans ce bureau. En revanche, vous êtes le premier parent inquiet à avoir laissé une empreinte de pied juste devant la porte de l'appartement de la victime.

– De quoi parlez-vous ? » interrogea le gouverneur, interloqué.

Manny leva la main. « Ne dites rien, je vous en prie. Mais soyons clairs : je sais pourquoi vous êtes ici, et ce n'est pas parce que je n'ai pas mentionné l'appel à la police. Vous êtes ici parce que je n'ai pas mentionné l'empreinte de pied.

– Mais quelle empreinte, voyons ? » Manifestement, la perplexité et l'inquiétude de Harry étaient authentiques.

« Je pense sincèrement que nous ne devrions pas en parler davantage, monsieur le Gouverneur, dit Manny en se redressant sur son siège. Soyez tranquille. Je me servirai de l'empreinte de pied au procès, si cela peut être utile à Jack. Je n'en ai rien dit encore, mais cela ne signifie pas que je ne le ferai pas plus tard, lorsqu'on passera aux choses sérieuses.

– Sincèrement, Manny, je n'ai pas la moindre idée de ce dont vous parlez.

– C'est parfait. Comme je vous le disais, ce n'est pas un sujet que je souhaite évoquer avec vous. Je suis l'avocat de Jack, pas le vôtre. D'ailleurs, ce ne serait pas plus mal que vous en preniez un.

– Moi ? Mais pourquoi, grands dieux ? »

Manny se pencha en avant. Son attitude n'était pas menaçante, elle tendait simplement à souligner l'importance des paroles qu'il allait prononcer.

« Voyons, monsieur le Gouverneur. Vous savez bien que vous ne m'avez pas tout dit, au sujet de la nuit du meurtre.

– Expliquez-vous, je vous en prie, Manny.

– Vous avez certainement entendu parler de ce vieux type qui s'est fait briser la nuque il y a quelques semaines, dans le même immeuble. Mystère total. Il n'y a pas l'ombre d'un mobile apparent. Pour le moment. Mais peut-être avez-vous votre petite idée sur la question, non ?

– Pas l'ombre, rétorqua Harry, irrité. Sauf qu'il y a des cinglés qui s'amusent à tuer des innocents sans raison.

– Je crois que ce n'est pas une explication suffisante. J'ai consulté le dossier de cette affaire. Chez ce vieil homme, on a trouvé des empreintes de pied étrangères. On dirait bien que le cinglé en question portait des Wiggins wing tips. Comme l'inconnu qui a laissé ses empreintes devant la porte de l'appartement d'Eddy Goss la nuit du meurtre. »

Le sang de Harry ne fit qu'un tour. Il comprenait enfin pourquoi le maître chanteur lui avait demandé de déposer ses chaussures en même temps que l'argent, juste avant l'assassinat inexpliqué du vieux Cubain.

« Bon, reprit Manny. C'est vous l'ancien flic. Vous savez que vous avez le droit de ne rien dire. Et de prendre un avocat. »

Le gouverneur se taisait, atterré. Puis il se leva, remercia Manny et s'en alla.

CHAPITRE 34

Jack rentra chez lui en taxi juste avant neuf heures. L'agression dont il venait d'être l'objet à la gare routière l'avait terriblement secoué, mais il avait eu le temps de récupérer.

Il gravit avec lenteur les marches du porche, et il cherchait ses clés lorsque Cindy ouvrit la porte en souriant, ravissante dans son short noir et son chemisier imprimé.

« J'espère que Monsieur a réservé, dit-elle.
— Quoi ?
— Bon, nous allons nous arranger pour cette fois, mais je n'accepterai aucun reproche sur le menu. »

Dans la maison, il régnait une agréable odeur où se mêlaient le parfum de Cindy et de délicieux fumets de cuisine. Des bougies ornaient la table de la salle à manger.

J'ai compris, pensa Jack. Pour me réconforter après cette première journée, Cindy a mis son tablier de cordon-bleu et nous a préparé un dîner aux chandelles.

« Que t'est-il arrivé ? demanda Cindy en remarquant les marques sur le visage de Jack.
— Je l'ai rencontré, ce soir. Le type qui me poursuit. »

Les yeux agrandis par la frayeur, Cindy le prit par le bras pour le faire entrer dans le salon et alluma les lumières pour mieux voir ses blessures. « Ça n'a pas l'air grave, dit-elle en reculant un peu, mais que s'est-il passé ? »

Jack s'allongea sur le canapé et entreprit de tout raconter à Cindy, en commençant par la nuit du meurtre de Goss : comment il avait frappé à sa porte, comment un type était sorti de chez lui pour se plaindre du bruit, que ce même homme se trouvait dans la salle d'audience, qu'il l'avait suivi jusqu'à East Adams Street, etc.

Puis, avec la plus grande difficulté, il lui parla de l'exécution de Raul Fernandez, et de l'échec qu'il avait essuyé auprès de son père lorsqu'il avait essayé de le convaincre de lui accorder un délai.

Cette confession terminée, Cindy eut enfin l'impression de connaître Jack. « Je suis heureuse que tu m'aies parlé de tes difficultés avec ton père. Mais cette agression, que signifie-t-elle ?

— Elle confirme qu'Eddy Goss ne s'intéressait pas le moins du monde à moi. Et que je suis la victime d'un coup monté. Ce type a tué Goss en accumulant les indices contre moi. Il veut que je meure comme Fernandez, sur la chaise, pour un crime que je n'ai pas commis.

— Mais pourquoi toi ? Tu as fait ce que tu as pu. Si ce type veut venger Fernandez, pourquoi ne s'en prend-il pas à ton père ?

— Aucune idée. Comment comprendre un esprit aussi tordu ?

— Et quel peut être son mobile ? Pourquoi est-il si attaché à Fernandez ?

— Je ne sais pas.

— Oh, Jack, comment peut-on te haïr à ce point ? Ce qui est effrayant, c'est qu'on dirait que ça l'amuse, il joue avec toi comme un chat avec une souris. »

Jack acquiesça d'un signe de tête malheureux. Puis, regardant Cindy dans les yeux, il réitéra la proposition qu'il lui avait faite des semaines auparavant. « Vraiment, tu devrais quitter Miami. Il m'a mis un couteau sur la gorge, Cindy. Et je ne peux toujours pas en parler à la police. Il faut que j'appelle Manny, mais je suis sûr qu'il sera de mon avis. Rien n'a changé : je ne peux toujours pas donner au procureur la preuve que j'avais un mobile pour tuer Goss. »

Un coup frappé à la porte l'interrompit.

« Tu as invité quelqu'un à dîner ?

— Bien sûr que non, dit Cindy.

— Je vais ouvrir.

— Et si c'est lui ?

— Maintenant, je sais de quoi il a l'air. Je le reconnaîtrai. » Jack traversa le salon d'un pas rapide. Les coups redoublaient. Avant d'ouvrir, il regarda par l'œilleton et aperçut un homme au visage dénué d'expression. Il portait une chemise beige à manches courtes, un pantalon marron et des chaussures noires étincelantes. Une arme à la crosse de nacre était suspendue à son lourd holster noir. Son permis de port d'armes, un insigne doré, brillait sur sa poitrine. Jack ouvrit la porte.

« Bonsoir, déclara l'agent poliment, je suis envoyé par le bureau du shérif et je cherche Mlle Cindy Paige.

— C'est moi, répondit Cindy debout derrière Jack.

— Alors, ceci est pour vous », dit l'agent en lui tendant un document officiel.

Jack intercepta le pli.

« Qu'est-ce que c'est ? demanda Cindy.

— Une citation à comparaître. Soyez au tribunal lundi à neuf heures, dit l'agent du shérif. Vous êtes le premier témoin de l'accusation dans l'affaire Swyteck.

— Témoin de l'accusation ?

— Tais-toi, intervint Jack, qui referma rapidement la porte sur l'émissaire du shérif.

— Je n'arrive pas à y croire ? Pourquoi moi ? Et pourquoi en premier ?

— Peut-être parce que tu es quelqu'un d'honnête, et

que le procureur pense qu'il peut te soutirer des informations qu'il utilisera contre moi.

— Jamais ! s'exclama Cindy, qui recula et regarda Jack dans les yeux.

— Je le sais », affirma-t-il en la prenant dans ses bras. Et, en lui-même, il compléta sa phrase : *En tout cas, jamais consciemment.*

Une légère odeur de brûlé s'échappait maintenant de la cuisine. Leur dîner était décidément compromis.

CHAPITRE 35

L'atmosphère était chargée d'électricité dans la salle d'audience où s'installaient les uns après les autres les principaux protagonistes de la tragédie intitulée « Ministère public contre Swyteck ». Selon l'immuable scénario, l'accusation occuperait la scène en premier. Elle allait s'employer à présenter Jack sous ses aspects les plus noirs, à donner au moindre de ses gestes l'interprétation la plus sordide qui soit. Puis la défense interviendrait, et tenterait d'inverser la tendance. Cela semblait stupéfiant qu'en de telles circonstances le jury se montrât si souvent capable de démêler le vrai du faux. Mais, et c'était une piètre consolation pour l'innocent injustement condamné, ce système si imparfait était cependant le meilleur du monde.

« Appelez votre premier témoin, maître McCue, dit le juge.

– L'accusation appelle Cindy Paige. »

Ce n'était donc pas du bluff, pensa Jack, bouleversé.

Un océan de visages se tourna vers le fond de la salle. Cindy entra, l'air nerveux. Jack savait qu'elle l'était encore plus qu'on ne le voyait. Il connaissait les petits signes qui marquaient chez elle une extrême tension : lèvre inférieure pincée, démarche raide, pouce crispé sur l'index.

Elle portait un ensemble beige sur une blouse bleu

pâle. « Il faut avoir l'air doux et sympathique », avait conseillé Manny la veille au soir.

« Jurez de dire la vérité, toute la vérité, levez la main droite et dites je le jure », prononça l'huissier, selon le rituel.

Cindy leva une main légèrement tremblante. Jack s'étonnait de la voir si anxieuse. S'il y avait une personne au monde sur qui l'on pouvait compter pour dire la vérité, c'était bien elle.

Wilson McCue attendit que son témoin se fût installé sur une chaise et commença l'interrogatoire de façon innocente.

« Déclinez vos nom et prénom, s'il vous plaît.
— Cindy Paige.
— Depuis combien de temps connaissez-vous l'accusé, mademoiselle Paige ?
— Un an et demi.
— Vous le connaissez bien ?
— Mieux que quiconque, je crois.
— Peut-on dire que vous entretenez tous les deux une relation amoureuse ?
— Oui. Nous vivons ensemble.
— Mais vous n'êtes pas mariés, n'est-ce pas ? » demanda McCue sur un ton réprobateur.

Cindy regarda les jurés. Elle lut un blâme dans les yeux de la grand-mère aux cheveux bleus, professeur à la retraite, assise au deuxième rang.

« Non, nous ne sommes pas mariés.
— Vivez-vous ensemble depuis longtemps ?
— Depuis un an, avec une interruption de deux semaines il y a quelque temps.
— Parlons un peu de cette interruption. Quand s'est-elle produite ? »

Cindy soupira. Non que sa mémoire lui fît défaut, mais parce que c'était une période qu'elle aurait préféré oublier. « Il y a trois mois, environ.
— Juste après le procès d'Eddy Goss, donc ? » McCue avait changé d'attitude. Il était passé du ton de

l'entretien amical à celui de l'interrogatoire. « Juste après que Mᵉ Swyteck l'eut défendu, et eut obtenu son acquittement, si je comprends bien.
— Objection.
— Objection retenue. Pas de coups bas, maître McCue, je vous prie. Le jury se rappellera que Mᵉ Swyteck est jugé pour le meurtre d'Eddy Goss, et non parce qu'il l'a défendu au cours d'un autre procès. »

Quelques jurés échangèrent un regard qui semblait signifier qu'ils ne savaient laquelle des deux accusations constituait le véritable crime.

« Le témoin peut répondre à la question, dit le juge.
— Jack et moi nous sommes séparés deux jours après le procès de Goss. Mais cette affaire n'y était pour rien.
— C'est vous qui avez pris l'initiative de la séparation ?
— Oui.
— Et Mᵉ Swyteck en était très malheureux ? »

Cindy hésita, étonnée qu'on lui posât des questions d'ordre aussi personnel, dont elle ne comprenait pas la raison. Elle lança un coup d'œil à Jack, puis regarda le procureur.

« Nous étions tous les deux très malheureux.
— Bien. Permettez-moi d'être un peu plus précis. Avant que vous ne le quittiez, vous vous êtes violemment disputés, tous les deux, n'est-ce pas ?
— Objection, dit Manny. Madame le Juge, je...
— Rejetée. »

Cindy remua avec nervosité sur sa chaise. « Nous étions en désaccord, en effet.
— Je suppose que vous considéreriez aussi la bataille du Pacifique comme un désaccord, c'est bien ça ? répliqua McCue en ricanant.
— Objection ! »

Le juge observa sévèrement McCue. « Pas de coups bas, maître McCue, c'est mon dernier avertissement. »

McCue ne se laissa pas démonter. « Serait-il faux

d'affirmer, mademoiselle Paige, que l'accusé vous a littéralement jetée hors de chez lui ?

— Il n'a jamais levé la main sur moi. Nous nous étions disputés. Cela arrive à tous les couples.

— Mais ce n'était pas une dispute comme les autres, n'est-ce pas, mademoiselle Paige ? » Le procureur se rapprocha de la barre des témoins. « Le matin où vous l'avez quitté, Me Swyteck ne se maîtrisait pas, ajouta-t-il d'une voix basse et sérieuse. Ce n'était plus le même homme, n'est-ce pas ?

— Objection, Votre Honneur ! Ces questions sont ridicules. »

Le juge contempla le procureur. « Je ne suis pas loin d'être de votre avis, maître Cardenal.

— Si nous pouvions avoir quelques minutes d'entretien privé, madame le Juge, je justifierais de la pertinence de ces questions, affirma McCue.

— Rapidement, alors », répondit le juge en se penchant en avant. Les deux avocats s'approchèrent d'elle et parlèrent de façon à n'être pas entendus par les membres du jury.

« J'ai été patient, dit Manny, j'ai attendu de voir où voulait en venir mon distingué confrère. Mais les disputes d'amoureux entre mon client et le témoin n'ont strictement rien à voir avec l'affaire. Ces questions sont humiliantes, et inconvenantes.

— Elles ont tout à voir avec l'affaire, le contra McCue très sérieusement. L'accusé est un bon Américain, il a l'air tout à fait incapable de tuer quelqu'un. Mais Me Swyteck est mentalement fragile, Votre Honneur. Après le procès de Goss, il a disjoncté. Ayant disjoncté, il a tué son client. J'ai besoin de ce témoignage pour prouver qu'il a dérapé, pour prouver que l'angoisse l'a rendu différent, que ce n'était plus le même homme et que cet homme-là était capable de tuer.

— Mlle Paige n'est pas psychiatre, intervint Manny, sarcastique.

– Je ne cherche pas à obtenir une expertise médicale. Je voudrais simplement l'avis de cette femme, qui a vécu avec lui pendant un an et demi, et qui clame qu'elle le connaît mieux que personne. »

Le juge n'était pas convaincu, mais elle se rendit aux arguments de l'avocat général. « D'accord, mais soyez bref.

– Madame le Juge, s'insurgea Manny, je...

– Ma décision est prise, le coupa-t-elle sèchement.

– Merci », dit McCue. Manny secoua la tête et retourna s'asseoir auprès de Jack. Le procureur reprit sa place devant Cindy, et se rapprocha cette fois de son témoin presque à le toucher.

La jeune femme, ignorant ce qu'avait résolu le juge, se préparait au pire. Elle espérait évidemment que le procureur changerait de sujet, mais son air triomphal la détrompa immédiatement.

« Voyons, mademoiselle Paige, le matin où vous avez quitté votre compagnon, juste après l'acquittement d'Eddy Goss, et juste avant son assassinat, diriez-vous que vous avez découvert un nouvel aspect de la personnalité de Jack Swyteck ? »

Cindy regarda Jack, puis McCue. « Je ne dirais pas exactement cela.

– Vous avez eu peur, pourtant ? »

Elle rougit. « Je ne sais pas. Peut-être.

– Peut-être, dites-vous ? Soyons un peu plus précis. Le matin de votre départ, l'avez-vous embrassé pour lui dire au revoir ?

– Non.

– Lui avez-vous au moins serré la main ?

– Non.

– En fait, vous n'êtes pas partie, vous vous êtes plutôt enfuie en courant.

– J'ai couru, c'est vrai.

– Vous vous êtes enfuie en courant, et si précipitamment que vous n'avez même pas pris le temps de vous habiller. Exact ?

— Oui.
— Vous vous êtes enfuie en courant, vêtue d'un simple T-shirt, toujours exact ? »

L'air traqué, Cindy répondit : « J'avais dormi avec.
— Vous vous êtes enfuie en courant parce que vous craigniez pour votre sécurité. »

La bouche sèche, Cindy garda le silence.

« Est-il exact que vous avez dit à Me Swyteck que le procès Goss l'avait transformé ?
— Je ne me rappelle pas avoir dit cela, murmura Cindy.
— Mademoiselle Paige, tonna McCue, et sa voix résonna comme un orgue dans la salle d'audience, vous le trouviez tellement changé que vous lui avez dit qu'il ne valait guère mieux que les salauds qu'il défendait, exact ?
— Non, je...
— Ce n'est pas exact, mademoiselle Paige ?
— J'ai dit... j'ai dit : c'est toi qui es un salaud, mais...
— C'est toi qui es un salaud ! s'exclama McCue, en appuyant sur les mots pour qu'il n'y ait aucun risque d'équivoque. Merci, mademoiselle Paige. Merci infiniment d'avoir bien voulu nous éclairer sur ce point. Je n'ai plus de questions. » Le procureur tourna le dos à la jeune fille décomposée, et retourna s'asseoir à la table de l'accusation.

Prostrée, la tête baissée, Cindy ne bougeait pas. Manny s'approcha d'elle lentement, pour lui donner le temps de reprendre contenance avant le contre-interrogatoire. « Bonjour, mademoiselle Paige », dit-il sur un ton amical, pour la mettre à l'aise.

Interrogée par Manny, Cindy expliqua qu'elle était très en colère ce matin-là, que ses mots avaient dépassé sa pensée, la preuve en étant qu'elle et Jack étaient à nouveau ensemble. Mais Jack savait qu'elle avait dit la vérité à McCue, et que l'impact de cette vérité avait touché les jurés. Maintenant, il fallait minimiser l'importance de son témoignage. Et plus Manny la garderait à la barre, plus son témoignage semblerait important. Manny, heureusement, était parvenu aux mêmes conclusions.

« Ce sera tout. Je vous remercie, mademoiselle Paige. »

Cindy se leva. En retournant dans la salle, elle s'arrêta un instant près de Jack, le suppliant du regard de lui pardonner.

« Sale coup ! murmura ce dernier à Manny.
— Ce n'est que le premier round, répliqua Manny en haussant les épaules.
— Vous ne m'avez pas compris, Manny. Nous étions seuls, Cindy et moi, ce matin-là. Seuls.
— Et alors ?
— Puisque nous étions seuls, comment McCue a-t-il su quelles questions poser ? »

Ils se regardèrent un instant. Puis Jack se tourna vers Wilson McCue, assis à la table de l'accusation, de l'autre côté de la salle. L'avocat général leva le nez de son carnet de notes et le fixa, comme s'il avait senti peser sur lui l'intensité du regard de Jack. Il souriait, remarqua ce dernier avec un sursaut de colère. Jack dut lutter violemment pour ne pas se lever, prendre le procureur au collet et lui arracher la vérité : *Comment l'as-tu su, salaud, comment as-tu su ce qu'il fallait lui demander ?*

« L'accusation est-elle prête à appeler son témoin suivant ? » demanda le juge.

Jack était si absorbé dans ses pensées qu'il n'entendit pas. Et l'évidence s'imposa à lui. McCue avait un informateur, et ce ne pouvait être qu'une seule personne au monde.

« Votre Honneur, annonça le procureur, l'accusation appelle Mlle Gina Terisi. »

CHAPITRE 36

Les grandes portes en acajou au fond de la salle s'ouvrirent, et Gina Terisi parcourut le couloir qui menait à la barre comme un mannequin défilant sur un podium. Bien que sa beauté attirât les regards, elle n'arborait pas son habituelle allure provocatrice. Peu maquillée, en tailleur bleu marine et blouse couleur abricot, Gina était élégante, mais discrète.

« Jurez-vous de dire la vérité, toute la vérité, rien que... »

Je vous en prie, mon Dieu, priait Jack pendant que la jeune femme prêtait serment. La vérité fera assez de mal comme ça... mais toute la vérité ? Il n'était pas sûr que lui ou sa relation avec Cindy puissent y survivre.

« Déclinez vos nom et prénom, je vous prie. » Le procureur lançait l'assaut.

Dès qu'elle commença à témoigner, Jack surveilla avec attention Gina, anxieux de détecter le moindre signe de gêne ou de réticence devant les questions du procureur. Mais, à sa grande consternation, la jeune femme semblait très en forme, et très coopérative.

« Connaissez-vous l'accusé ? demanda McCue.

— Oui, je le connais. » Impassible, Jack essaya de ne pas céder à la panique en entendant Gina raconter au jury comment et quand elle avait rencontré Jack.

Débarrassé de ces inévitables préliminaires, McCue passa rapidement à la vitesse supérieure.

« Mademoiselle Terisi, je voudrais que nous parlions de la nuit où Eddy Goss a été assassiné. Avez-vous vu Me Swyteck, ce soir-là ?

– Oui », répondit Gina. Dès cet instant, son témoignage se concentra sur des faits de plus en plus précis. Un long zoom sur l'image de la soirée, qu'on avait jusque-là vue de loin, aboutit à un gros plan extraordinairement douloureux. McCue ne recherchait plus d'informations d'ordre général : il tirait de Gina chaque détail de la soirée du 20 juillet. Il lui demanda de décrire l'attitude de Jack, ses vêtements, lui fit préciser chaque mot que Jack avait prononcé et le ton qu'il avait employé. McCue s'attarda complaisamment sur ses craintes d'être l'objet de la vindicte de Goss, et sur sa rage en découvrant que quelqu'un s'était introduit dans la maison. Les journalistes ne perdaient pas une seule des paroles de Gina, et griffonnaient avec fébrilité sur leurs blocs pour ne rien oublier. Curieusement – très curieusement, pensa Jack –, Gina ne fit aucune allusion à l'arme qu'il portait ce soir-là.

En fin d'après-midi, les dégâts étaient plus qu'apparents. Le point faible de l'accusation – l'absence de mobile – avait fait place à la terrible certitude que Jack avait de bonnes raisons de vouloir se débarrasser de Goss. Jack, essayant de ne manifester aucune inquiétude, se demandait pourtant si les choses n'allaient pas prendre une tournure plus sérieuse. Cela faisait quatre heures que Gina était à la barre, et elle n'avait encore soufflé mot de leurs torrides ébats. La présence de Cindy ne faisait qu'ajouter aux craintes de Jack.

« Mademoiselle Terisi, avez-vous appelé la police ce soir-là ?

– Non, répondit Gina.

– Je vois, dit le procureur en se frottant le menton. Voilà qui risque d'étonner certains membres du jury, mademoiselle. On entre chez vous par effraction, et vous n'appelez pas la police. Pouvez-vous nous expliquer pourquoi ? »

Gina regarda rapidement Cindy avant de répondre au procureur. « Je n'ai aucune raison précise. »

McCue revint à la charge, car ce n'était pas la réponse que lui avait donnée Gina lorsqu'il lui avait fait répéter son témoignage.

« Voulez-vous dire que vous ne vous souvenez pas de cette raison ? demanda-t-il courtoisement. Peut-être puis-je vous rafraîchir la mémoire, et...

– Je vous répète que je ne vois aucune raison précise. »

Le visage fermé, McCue s'approcha de Gina. Il s'apprêtait à mettre en doute les paroles d'un témoin qu'il avait lui-même cité. Il fallait que celui-ci sentît bien le poids de sa présence. « Mademoiselle Terisi, commença-t-il d'un ton nettement moins amical, lorsque je vous ai posé cette question, dans mon bureau, vous m'avez affirmé que Me Swyteck avait insisté pour que vous n'appeliez pas la police. Exact ? »

Gina s'agita nerveusement sur sa chaise, mais resta sur ses positions. « Oui, mais ce n'était pas vrai. C'est moi qui ne voulais pas appeler la police, pas lui. »

McCue ne répondit pas immédiatement. Il avait raté son objectif, qui était de convaincre le jury que Jack n'avait pas voulu prévenir la police car il avait l'intention de s'occuper personnellement de Goss. Le procureur ne comprenait pas la volte-face de Gina. Il se livra cependant à une dernière tentative.

« Je vous comprends, mademoiselle Terisi. Après tout, Me Swyteck est le compagnon de votre meilleure amie. Vous ne pouvez qu'être réticente à l'idée de leur nuire, à l'un ou à l'autre. Reconnaissez pourtant qu'il nous est difficile de croire que vous ayez refusé d'appeler la police alors qu'on venait de faire irruption dans votre propre maison.

– Cela est-il une question, Votre Honneur ? intervint Manny d'un ton sarcastique.

— Objection retenue.
— Voici ma question : Désiriez-vous ou non appeler la police ?
— Évidemment que je le désirais. »

McCue soupira de satisfaction. Il lui avait fallu manœuvrer un peu, mais son témoin était à nouveau sur les bons rails. Du moins le pensait-il. La réponse à sa question suivante allait toutefois le surprendre.

« Alors, dites-nous pourquoi vous ne l'avez pas fait.
— Je me suis retenue.
— Pardon ?
— J'ai refusé d'appeler la police parce que... » Gina marqua un temps, détourna le regard et se tordit les mains. « Je n'ai pas appelé, reprit-elle en baissant la voix comme si les mots qu'elle allait prononcer l'emplissaient de honte, parce que je ne voulais pas avouer à la police que Jack et moi avions couché ensemble. »

Le procureur, bouche bée, écouta le murmure d'incrédulité qui parcourut la salle d'audience. Les journalistes soulignèrent fiévreusement cette nouvelle information sur leurs blocs. Jack eut l'impression d'être crucifié, mais il ne s'autorisa pas la moindre réaction, et s'abstint de regarder derrière lui, sachant qu'il risquait alors de perdre tout contrôle sur lui-même.

« Du calme ! » ordonna le juge en frappant un coup de marteau.

Jack ne résista pas plus longtemps. Il jeta un coup d'œil à Cindy par-dessus son épaule. Leurs regards se croisèrent une seconde, mais cette seconde suffit à Jack pour lire dans les yeux de Cindy un ensemble de sentiments qu'il n'y avait jamais vu exprimés ainsi : tout à la fois de la colère, de la gêne, du chagrin et de l'incrédulité.

McCue respira profondément. Par rapport au scénario préétabli, Gina avait fait le grand écart, et comme elle avait reconnu qu'elle avait menti une fois, la défense risquait de s'engouffrer dans cette faille au cours du contre-interrogatoire. Il fallait l'en empêcher et tirer les marrons du feu pendant qu'ils étaient encore chauds. « Voilà un aveu bien pénible, mademoiselle Terisi, je le comprends. Je vous remercie cependant de l'avoir fait. Il prouve que vous êtes une personne honnête, qui dit la vérité même lorsqu'elle blesse.

— Objection ! dit Manny.

— Objection retenue. Vous n'êtes pas censé chanter les louanges de votre témoin, maître McCue.

— Pardon, Votre Honneur. Je souhaite simplement clarifier un dernier point. Mademoiselle Terisi, lorsque vous m'avez parlé dans mon bureau, vous n'étiez pas sous serment, n'est-ce pas ?

— En effet.

— Aujourd'hui, en revanche, vous parlez sous serment. Vous en êtes bien consciente ?

— Oui.

— Très bien. Parlons maintenant de tout ce que vous nous avez dit aujourd'hui. Tout cela est-il vrai ?

— Oui, dit Gina avec résignation. Tout est vrai.

— Une chose encore, je vous prie. Me Swyteck a-t-il émis une quelconque objection lorsque vous avez refusé d'appeler la police ?

— Non.

— Qu'a-t-il fait, alors ?

— Il est parti.

— À quelle heure est-il parti ?

— Je ne sais pas exactement. Un peu avant trois heures.

— Avant trois heures », répéta McCue, comme pour rappeler aux jurés que Goss n'avait été tué qu'aux alentours de quatre heures. La plupart d'entre eux montrèrent que l'importance de ce détail ne leur échappait pas. « Était-il ivre, ou à jeun ? »

La bouche sèche, Gina but une gorgée d'eau avant de répondre. « Il avait l'air encore un peu ivre.

— A-t-il emporté quelque chose avec lui ?

– Ses clés de voiture.
– Rien d'autre ?
– Si, affirma-t-elle en hochant la tête. Il a pris la fleur, le chrysanthème qu'il avait trouvé sous l'oreiller de Cindy.
– A-t-il dit quelque chose avant de partir ?
– Oui, déclara Gina à voix très basse, en regardant ses genoux. Il a dit... "Il faut en finir." »

McCue se tourna vers le jury comme s'il allait saluer. « Merci, mademoiselle Terisi. Pas d'autre question. »

Boutonnant sa veste sur son ventre proéminent, le procureur retourna à sa place. La salle d'audience résonna du brouhaha des conversations entre les spectateurs, chacun semblant conforter l'autre dans sa conviction que l'accusé était coupable.

« Du calme ! » réclama le juge Tate en consultant l'horloge murale. Il était presque cinq heures. « Je ne vois aucune raison de garder le jury plus longtemps aujourd'hui. Nous reprendrons demain matin, par le contre-interrogatoire de ce témoin.
– Votre Honneur, intervint courtoisement Manny, qui désirait ardemment que la journée ne se terminât pas sur cette note catastrophique, je pourrais commencer dès maintenant. En une vingtaine de minutes, je...
– La défense disposera de tout son temps demain. L'audience est suspendue, annonça le juge Tate en donnant un dernier coup de marteau sur son bureau.
– Que tout le monde se lève », dit bien inutilement l'huissier au milieu de l'agitation générale. Les journalistes de la télévision se précipitaient pour avoir le temps de préparer le reportage qui passerait dans le journal de dix-huit heures. Ceux de la presse écrite couraient dans tous les sens pour obtenir un entretien avec le procureur, le défenseur, ou même le témoin vedette de la journée.

Jack bondit lui aussi. Il fallait qu'il dise un mot à

Cindy. Mais cette dernière était partie comme une flèche dès que le juge avait mis fin à la séance.

Il scrutait la salle bruissante en essayant de la localiser lorsque la main de Manny se posa sur son épaule. « On a à parler, tous les deux, lui déclara son avocat.
— Cindy et moi aussi », répliqua doucement Jack.

CHAPITRE 37

Jack rentra chez lui aussi vite que le permettait l'intense circulation des heures de pointe. En apercevant la voiture de Cindy, il ressentit un immense soulagement : elle ne l'avait pas quitté. Pas encore, du moins. Il se précipita dans la maison et frémit en entendant claquer les tiroirs de la commode, dans la chambre à coucher.

« Que fais-tu ? » demanda Jack, debout sur le pas de la porte.

Cindy répondit tout en jetant une pile de lingerie dans la valise à moitié pleine posée sur le lit. « Qu'est-ce que j'ai l'air de faire, à ton avis ?

— On dirait que tu fais exactement ce que je ferais à ta place, soupira-t-il. On dirait bien aussi que je le mérite. Mais je te supplie de réfléchir. »

Elle ne le regardait même pas. « Pour quelle raison, s'il te plaît ? interrogea-t-elle en continuant à faire sa valise.

— Parce que je regrette. Je regrette tellement ! Et que je t'aime à la folie !

— Arrête, arrête immédiatement !

— Je t'en supplie, Cindy. Ce n'est pas ce que tu crois. Ça s'est passé juste après l'affaire Goss, rappelle-toi. Tout allait si mal : ce type me haïssait, il avait essayé de m'écraser, il avait tué Jeudi. Je revenais de chez Goss, où je m'étais blessé à la main. Et Gina s'est débrouillée pour me convaincre que j'étais bien naïf de penser que tu me reviendrais un jour. Elle m'a dit que Chet et toi, vous étiez bien plus que des amis et que pendant le voyage...

— Ça suffit. Tu entends ce que tu es en train de dire ? Moins de douze heures après mon départ, tu t'es jeté dans le lit de ma meilleure amie uniquement parce que tu croyais ne pas pouvoir me faire confiance ? Je te félicite, Jack. Bien raisonné, ajouta-t-elle.

— Tu ne comprends pas. J'étais soûl...

— Je m'en fiche. Et depuis deux mois, tu n'as pas dessoûlé ? C'est pour ça que tu ne m'as rien dit ? À moins que tu n'aies pensé que ce serait plus agréable pour moi de l'apprendre en plein tribunal, de subir cette intolérable humiliation publique ?

— J'allais te le dire, tu sais.

— Vraiment ? N'allais-tu pas plutôt glisser la question sous le tapis et l'oublier là, comme tes problèmes avec ton père ? Et te féliciter du résultat, comme dans ta relation avec ton père ? Eh bien, ça ne marchera pas mieux avec moi. Ce que vous avez fait, Gina et toi, c'est déjà très moche. Mais me l'avoir caché, ça, c'est impardonnable. » Cindy boucla sa valise et sortit en courant de la chambre.

Jack s'écarta pour la laisser passer et la suivit dans l'entrée. « Tu ne peux pas partir, Cindy.

— Et pourtant ! rétorqua-t-elle en ouvrant la porte d'entrée.

— Je veux dire que tu ne peux pas quitter la ville. On peut te convoquer au tribunal une seconde fois. Et si tu n'es pas là, tu seras poursuivie pour refus de comparaître, et outrage à magistrat.

— Alors, je vais m'installer dans un motel.

— Cindy...

— Au revoir, Jack.

— Je suis tellement désolé ! » lança-t-il alors qu'elle descendait les marches.

Cindy se retourna vers lui un instant. « Moi aussi, Jack. Parce que tu as tout gâché. Tu gâches tout, Jack. »

En la regardant jeter sa valise dans sa voiture, démarrer et s'éloigner, Jack eut l'impression qu'on le vidait de sa substance, qu'il n'était plus capable de ressentir la moindre émotion, pas même de la colère contre Gina. Mais une voix tout d'un coup retentit dans sa tête et dans son cœur, celle de son père, lui répétant une fois de plus la sempiternelle leçon à laquelle Jack était si récalcitrant, et qu'il avait renvoyée à la tête de son père la veille de l'exécution de Fernandez : « Nous sommes tous responsables de nos actions. » Ce souvenir ne supprima pas l'intense sentiment de perte qu'il éprouvait, mais il lui redonna un peu de force intérieure.

« Je t'aimerai toujours, Cindy, murmura-t-il dans un sanglot. Toujours. »

CHAPITRE 38

C'est en recevant un rapport détaillé sur les événements de la journée que Harry Swyteck apprit, grâce au témoignage de Gina, que Jack faisait l'objet de menaces. Aux yeux du monde, cette histoire donnait à Jack un mobile ; mais lui, pour avoir subi les mêmes pressions, savait que l'on ne devient pas un assassin aussi facilement.

Il réfléchit tout d'abord à l'éventualité de faire une déclaration publique. Mais il y avait un risque non négligeable d'aggraver encore la situation de Jack en révélant que les deux Swyteck étaient dans le même cas. Quant à prévenir Jack, c'était également très dangereux : il serait obligé de divulguer cette nouvelle information lorsqu'il serait à la barre.

Sa secrétaire frappa et entra en lui tendant une grande enveloppe cachetée. « Je ne vous aurais pas dérangé, déclara-t-elle, mais on vient de déposer cette lettre pour vous, et le messager m'a dit que cela concernait le procès de votre fils.

– Merci, Paula », répondit Harry en considérant d'un air soupçonneux l'enveloppe marron sans adresse d'expéditeur. Après avoir attendu que la jeune femme fût sortie, il prit son coupe-papier et ouvrit soigneusement l'enveloppe. Encore des photos, pensait-il, horrifié à l'idée d'être à nouveau confronté aux terribles images que lui avait montrées le maître chanteur lors de sa promenade en fiacre dans le parc. Cette fois-ci, il n'y en avait qu'une. Il retira lentement de l'enveloppe le cliché noir et blanc, grand format, et frémit. C'était une photo qu'il n'avait jamais vue, mais dont le sujet lui était extrêmement familier. Prise la nuit du meurtre, elle représentait le gouverneur alors qu'il s'éloignait de l'appartement où il n'avait osé entrer, serrant contre lui la boîte à chaussures pleine d'argent liquide qu'on lui avait demandé de déposer dans l'appartement 217 à quatre heures du matin.

Les mains tremblantes, il posa la photo sur son bureau, face cachée. C'est alors qu'il vit le message inscrit au dos : « Un seul mot à votre fils, un seul mot aux flics, et on rira deux fois plus, mais cette fois de l'autre pied. »

Écœuré par la façon dont on se jouait de lui, le gouverneur, immobile, ne comprit que trop bien de quel pied il était question. La menace était claire : s'il venait en aide à son fils, on fournirait à la police la paire de chaussures qui la mettrait sur la piste de Harry, tant pour le meurtre d'Eddy Goss que pour celui de Wilfredo Garcia. Pis encore : la bande enregistrée, l'argent versé au maître chanteur, tout cela entrerait dans le domaine public, prouvant ainsi que toute cette tragédie reposait sur l'exécution d'un innocent.

La tête dans les mains, accablé, le gouverneur ressentait un urgent besoin d'agir. Mais la crainte de jouer le jeu de son ennemi le paralysait. Comment trouver le moyen d'aider son fils sans s'autodétruire ?

CHAPITRE 39

Après le départ de Cindy, Jack ne se sentit pas le courage de rester dans la maison vide ; l'idée même de dîner lui faisait horreur. Il se rendit donc chez Manny pour préparer la journée du lendemain.

Il informa tout d'abord son avocat du fait que Gina n'avait pas mentionné le revolver dont il était muni ce soir-là. Peut-être s'était-elle rendu compte que faire la moindre allusion au revolver revenait à enfoncer le dernier clou dans le cercueil de Jack ? Peut-être que Gina elle-même ne pouvait pas aller aussi loin.

Manny partageait la perplexité de Jack. Cependant, conscients de l'extrême gravité des déclarations de la jeune fille, les deux hommes préparèrent ensemble son contre-interrogatoire. À dix heures, leur plan de bataille était prêt. Mais Jack craignait que le genre d'argumentation qu'il avait prévu, très formel, n'impressionnât que les hommes de loi. Et Manny ne lui donnait pas tort. Le fond du problème, et ils le savaient tous les deux, c'était que Gina avait dit la vérité. Un avocat ne devait pas trop malmener un témoin sincère lors du contre-interrogatoire, car les jurés s'en apercevaient et en tenaient rigueur tant à l'avocat qu'à son client.

Le moins qu'on pût dire était que Jack ne baignait

pas dans l'optimisme lorsqu'il rentra chez lui. Puis il écouta son répondeur téléphonique.

« Jack, disait la voix familière, c'est Gina. » Après un silence, la jeune fille reprit la parole : « Il faut qu'on parle. En tête à tête. Passe me voir ce soir, à n'importe quelle heure. Je sais que je ne serai pas couchée. »

Jack inspira profondément. Il ne décelait dans le ton de Gina ni exultation, ni animosité, ni tentative de séduction. Simplement de la franchise.

Il saisit le téléphone pour l'appeler, se ravisa. Et si elle avait changé d'avis ? Mieux valait y aller, comme elle l'y invitait. Sans plus hésiter, Jack prit ses clés de voiture. En vingt minutes, il était à sa porte.

Gina lui ouvrit en peignoir de bain blanc et pantoufles. Ses cheveux étaient humides et un peu emmêlés, comme si, après les avoir lavés, elle avait commencé à se coiffer et n'avait pas trouvé l'énergie pour terminer. Elle n'était ni maquillée ni apprêtée, et y gagnait incontestablement en beauté, comme Jack l'avait remarqué au tribunal. Mais elle avait l'air triste.

« Entre, dit-elle d'une voix douce.

— Merci. » Jack referma la porte derrière lui.

« Tu veux boire quelque chose ?

— Non, merci.

— Un Jagermeister, peut-être ? » Un bref sourire fleurit sur son visage, puis s'évanouit. Gina traversa la pièce pour aller s'asseoir dans une sorte de hamac, et replia ses genoux jusqu'à son menton. Elle tournait le dos à Jack, se laissant caresser par la brise fraîche qui pénétrait dans le salon par les fenêtres grandes ouvertes.

Jack s'installa sur le canapé, en face d'elle. Ils ne prononcèrent pas une parole jusqu'à ce que Gina tourne la tête et lui dise sur un ton compatissant : « Tu n'es pas obligé de m'en parler si tu n'en as pas envie. Mais que s'est-il passé avec Cindy ? »

Jack hésita. Pendant un instant, il eut l'impression

qu'elle se mêlait de ce qui ne la regardait pas. Mais ce n'était pas de la curiosité, Gina semblait vraiment concernée.

« Elle a fait ses bagages et elle est partie.

— Je suis désolée. » La jeune femme renversa la tête en arrière et ferma les yeux en soupirant. « Je ne sais pas pourquoi je me conduis comme une idiote. » Avec un sanglot dans la voix, elle ajouta : « Vraiment, je ne sais pas. »

Jack s'agita sur son siège. Il s'était attendu à tout, mais pas à devoir consoler Gina. Et pourtant, il était en train de le faire ! « Tout le monde peut commettre des erreurs », dit-il d'un ton apaisant.

Elle secoua la tête et sembla tout d'un coup retrouver ses esprits.

« Des erreurs ? As-tu la moindre idée du nombre d'erreurs que j'ai commises, Jack ? Tu ne me connais pas. Personne ne me connaît. Même pas Cindy. Tout le monde pense qu'il m'a suffi d'être belle pour faire mon chemin. C'est en partie vrai. À seize ans, j'ai gagné cent mille dollars en posant pour une agence de mannequins. Mais, l'année d'après, j'ai pris dix kilos, et ouste, on a fermé le robinet à dollars. Plus de boulot. Ça m'a servi de leçon. Je me suis dit : "Sers-toi de ce que tu as pendant que tu l'as." Puis j'ai appris autre chose : plus tu t'en sers, plus on se sert de toi. Et crois-moi, le monde est plein de gens prêts à se servir ! »

Jack hocha la tête sans répondre.

« C'est pour ça que je t'ai appelé. J'en ai assez qu'on se serve de moi. J'en ai assez d'avoir toujours honte de moi, même quand j'essaie de me conduire correctement. Comme aujourd'hui. Après tout, qu'est-ce que j'ai fait, aujourd'hui ? J'ai dit la vérité à la barre. Pourtant, j'ai l'impression d'avoir commis une mauvaise action.

— Tu n'as pas parlé du revolver. Ça m'a étonné.

— Ils étaient déjà bien trop contents, ils se rengorgeaient à chaque mot que je disais. Je n'avais aucune raison d'en rajouter de mon plein gré.

— Mais tu en as dit tellement, de ton plein gré ! Je ne comprends pas.

— Eh bien, nous sommes deux à ne pas comprendre alors, rétorqua Gina en soulevant ses cheveux d'une main. On te fait jouer à des jeux, mais on ne t'explique pas les règles.

— Quel jeu ? demanda Jack, intrigué.

— Tout ce scénario mis au point avant d'aller au tribunal, c'est ça le jeu. Tout ce que je t'ai dit, à toi et à ton avocat, pour vous faire croire que je ne voulais pas être impliquée dans ton histoire ; que si j'étais obligée de témoigner, je ne ferais rien pour te nuire. Tout ça faisait partie du plan. Pour que tu sois complètement déstabilisé en m'entendant témoigner contre toi. Ça faisait partie du pacte.

— Un pacte avec qui ? interrogea Jack d'un air suspicieux.

— Avec ce flic, Stafford, répondit Gina, honteuse, en détournant le regard. La vérité, la voilà : peu de temps après ton inculpation, il a trouvé assez d'amphétamines dans mon armoire à pharmacie pour m'envoyer au trou pendant des années. J'en prends pour maigrir. Ce n'est pas malin, je sais, mais je le fais quand même. Bref, il a dit qu'il oublierait ça si je lui donnais un coup de main. Et je lui ai dit la vérité. Ce qui me dégoûte, c'est la façon malhonnête dont il s'y est pris. Comment crois-tu que le procureur connaissait tous les détails sur le matin où Cindy t'a quitté ? Elle m'avait tout raconté, et j'ai tout raconté à Stafford. Et Cindy s'est retrouvée piégée à la barre. »

Bien que la colère grondât en lui, Jack garda son calme : il ne fallait pas gâcher l'extraordinaire occasion qui se présentait. « Écoute-moi bien, Gina, répondit-il d'une voix tranquille, c'est très important. L'attitude de Stafford vis-à-vis de toi n'est pas seulement malhonnête. Elle est illégale. L'accusation a violé la loi : elle aurait dû nous prévenir, Manny et moi, qu'elle avait conclu un pacte avec un témoin. Cette transgression suffirait à faire classer l'affaire, ou à obtenir une ordonnance de non-lieu. Le procès pourrait être terminé demain. Et je serais libre.

– Que veux-tu que je fasse ?

– Tout ce que je te demande, c'est de répéter ce que tu viens de me dire demain matin, quand tu seras interrogée par mon avocat. C'est tout. Tu dis la vérité.

– Et qu'est-ce qui m'arrive ? Je vais en prison pour usage de stupéfiants ?

– La justice sera obligée d'honorer le pacte qu'elle a passé avec toi. Stafford t'a promis quelque chose. Tu as respecté tes engagements, tu as parlé. Si ça lui saute à la figure, c'est sa faute à lui, pas la tienne.

– Je ne sais pas...

– Gina, jusqu'ici, tu as dit la vérité, et je te respecte pour ça. Mais puisque tu as dit la vérité au bénéfice de Stafford, le moins que tu puisses faire est de la dire aussi à mon bénéfice.

– C'est fou, ce besoin de vérité qui me prend depuis quelques jours ! Comme s'il fallait compenser pour toutes ces années où je n'ai cessé de mentir.

– Il vaut toujours mieux dire la vérité. Même si ça fait mal.

– D'accord, déclara Gina. Je ferai ce que tu me demandes.

– Je devrais peut-être appeler Manny, pour mettre au point...

– Ah non ! s'exclama Gina. Pas de scénario, cette fois-ci !

– Tu as raison », céda Jack, qui sentait qu'il ne fallait pas pousser trop loin son avantage.

Gina se leva. « Je te verrai au tribunal à huit heures et demie, déclara-t-elle en le reconduisant. Pour l'instant, il faut que je dorme.

— À demain, alors », dit Jack.

Gina posa une main sur son épaule pour le retenir un instant. « Je suis désolée pour Cindy et toi, Jack. Vraiment.

— Merci. »

En rentrant chez lui, Jack se sentait flotter sur un nuage. Sa conversation avec Gina l'avait ramené à la vie. Il redécouvrait le sens du mot espoir.

CHAPITRE 40

À trois heures et demie du matin, au moment où Jack et Manny finissaient de préparer le contre-interrogatoire de Gina, des femmes aux seins nus se contorsionnaient pour la dernière fois de la soirée au Jiggles, un cabaret enfumé du quartier chaud dans lequel filles et boissons étaient pareillement bon marché. Une Noire aux seins plantureux, vêtue seulement de chaussures à talons aiguilles et d'un holster, dansait sur le bar et tendait lascivement les lèvres, pour le plus grand plaisir des ivrognes, chaque fois que le chanteur de rap du juke-box hurlait son refrain : « J'aime les grosses femmes. » D'autres filles à peu près nues se trémoussaient sur les petites tables rondes disséminées dans la salle. Les unes portaient des bottes, les autres un nœud papillon ou un chapeau ; mais toutes avaient en haut de la cuisse une jarretière dans laquelle les hommes, excités, enfournaient des billets.

Juste avant la fermeture, un homme de haute taille, aux larges épaules, la tête rasée et un diamant à l'oreille, se présenta à l'entrée. Un videur barbu, à l'allure de catcheur, se dressa devant lui. « On ferme dans un quart d'heure, dit-il.

— Ça me suffit largement », répliqua l'homme en entrant. Le videur le retint par l'épaule.

« C'est dix dollars l'entrée, chef.

— Vous vous emmerdez pas, » grommela le client. Mais il était pressé : il paya et entra. Scrutant la salle, il chercha des yeux une fille qu'il connaissait sous le nom de Rebecca. Elle l'avait surnommé « Vautour », à cause de son allure générale, de son nez crochu, de sa peau ridée, de son cou décharné et de ses yeux injectés de sang. D'habitude, Rebecca travaillait jusqu'à la fermeture, mais Vautour ne la voyait pas. Son regard s'éclaira lorsqu'il l'aperçut : elle fumait une cigarette, debout à côté du distributeur de tabac.

Rebecca avait des cheveux courts et ondulés – cette semaine, ils étaient noirs –, et un corps superbe. Ce soir, elle était habillée, aussi habillée qu'une femme pouvait l'être dans un endroit de ce genre. Un débardeur décolleté en V jusqu'à son nombril découvrait ses seins et une longue chaîne aussi épaisse qu'un collier de chien. Un short en cuir noir moulait ses fesses rondes ; et des cuissardes, noires également, montaient jusqu'au papillon tatoué à l'intérieur de sa cuisse gauche. L'homme traversa la salle. La fille le vit arriver. « J'ai fini pour ce soir », déclara-t-elle en lui soufflant au visage la fumée de sa cigarette.

Il secoua la tête, en connaissance de cause. « Combien ?

— Trois cents dollars.

— Va te faire foutre.

— C'est un extra. »

Il fouilla ses poches de pantalon. « J'en ai cent soixante. À prendre ou à laisser.

— Je prends. » Elle saisit les billets et les fourra dans sa cuissarde. « Mais pour ce prix-là, on fera notre petite affaire ici.

— Ici ?

— Là, dit-elle en désignant un coin sombre et isolé. Je te rejoins. »

Elle passa par le bar, pour lui commander sa margarita habituelle, en recommandant au barman de ne pas lésiner sur le sel tout autour du verre. Dès que le cocktail fut prêt, Rebecca l'emporta dans le recoin où l'attendait son client.

« Tu m'as manqué, avoua-t-il quand elle fut à côté de lui.

— Dis pas de conneries ! s'exclama Rebecca, les mains sur les hanches, aboyant comme un adjudant.

— Tu as raison, murmura l'homme d'une voix rauque. J'ai été méchant.

— C'est bien ce que je pensais, cracha-t-elle sur un ton menaçant. Et tu sais ce qui t'arrive quand tu es méchant ? »

Il acquiesça, avidement.

Rebecca mit son index dans sa bouche et le suça sensuellement, de haut en bas. Puis elle plongea son doigt dans la margarita, remua le mélange, le retira et le passa longuement sur le sel, dont les grains se collèrent à sa peau humide. « Tu as été très méchant ? demanda-t-elle.

— Très », dit-il en s'agenouillant devant elle.

Alors, lentement, elle baissa vers son visage son doigt recouvert de sel et le lui frotta sur l'œil. Il gémit de douleur et renversa la tête en arrière, envahi d'un plaisir pervers. Ses petits cris de souffrance étaient couverts par la musique. Rebecca savait qu'il aimait par-dessus tout qu'elle reste dure et impassible, mais elle éprouvait de la difficulté à cacher la peur qu'elle ressentait. Elle avait vu beaucoup d'hommes jouir dans ce bar, en général après s'être masturbés dans leur coin ; mais celui-ci était bien au-delà de la jouissance : il était en pleine extase.

Toujours à genoux, il reprit peu à peu contenance et la fixa de son œil valide. L'autre était enflé, et fermé. Il en coulait des larmes de citron et de sel. Rebecca savait qu'il n'en avait pas encore pour ses cent soixante dollars : la séance n'était pas finie. « Laisse le sel, dit-il. J'ai été très, très méchant, plus méchant que ça. »

Rebecca soupira. Elle connaissait le sens de ses

paroles. « Qu'est-ce que tu as fait ? » interrogea-t-elle en allumant une cigarette.

Il respira profondément, fouilla sa poche de sa main gauche et saisit discrètement un mouchoir qui contenait deux tétons sanglants. « Rien de nouveau », murmura-t-il avec un sourire. Puis son corps se cambra violemment tandis que Rebecca écrasait sa cigarette dans la paume de sa main droite, constellée de cicatrices de brûlures.

CHAPITRE 41

Jack et Manny arrivèrent au tribunal peu avant neuf heures. Un peu inquiet de ne pas avoir vu Gina dans le hall, Jack supposa qu'elle avait simplement un peu de retard. Elle viendrait, il en était certain. Son regard de la veille ne pouvait pas l'avoir trompé : Gina avait l'intention de jouer franc jeu.

Pourtant, quelque chose clochait : McCue, toujours parfaitement exact, n'était pas dans la salle. Le greffier avait lui aussi disparu.

Dix minutes passèrent. Dans la salle, le murmure des spectateurs enflait. Le procureur ne se montrait toujours pas. Enfin, le greffier entra, et s'approcha de la table de la défense. « Maître Cardenal, déclara-t-il très poliment, le juge Tate voudrait vous voir, vous et M° Swyteck. Elle vous attend dans son bureau. »

Le sang de Jack ne fit qu'un tour. Cette procédure était totalement inhabituelle. Il devait y avoir un problème. « Très bien », répondit Manny en se levant.

Les deux avocats suivirent le greffier jusqu'à la pièce réservée au juge, qui ressemblait au parloir d'une entreprise de pompes funèbres. Le juge Tate était assis sur une chaise de cuir noir, derrière un imposant bureau flanqué du drapeau américain d'un côté et du drapeau de l'État de Floride de l'autre. À son côté, dans un fauteuil, Wilson McCue, devant un véritable mur de livres de droit. Tous deux semblaient sombres et graves.

« Bonjour, dit Manny en entrant dans la pièce.

— Asseyez-vous, je vous prie », demanda le juge Tate d'un ton solennel.

Les deux avocats prirent place en face de McCue. Jack craignait le pire, par exemple qu'on l'accusât d'avoir menacé Gina. Le juge croisa les mains et s'apprêta à parler.

« M^e McCue vient de m'annoncer que Gina Terisi était morte.

— Quoi ? murmura Manny, incrédule.

— Elle a été assassinée, ajouta le procureur.

— C'est impossible, murmura Jack, abasourdi.

— Maître Swyteck, il serait sans doute plus sage de garder le silence », dit le juge.

Jack se tut, car elle avait raison.

Le juge poursuivit : « Il ne s'agit pas de se montrer indifférent à ce nouveau drame, messieurs, mais vous n'êtes pas ici pour discuter du comment ou du pourquoi du meurtre de Mlle Terisi. Je vous ai réunis pour étudier les conséquences de sa mort sur le procès de Me Swyteck, un point c'est tout. Heureusement que le jury est isolé, il ne peut donc avoir été informé de ce fait nouveau.

— Mais, Votre Honneur, intervint Manny, le jury a entendu le témoignage de Gina Terisi, et il m'est désormais impossible de l'interroger à mon tour. En de telles circonstances, le procès est totalement faussé. La cour n'a pas le choix : elle doit annuler cette procédure. Il faut recommencer un nouveau procès, sans Gina Terisi. »

Incapable de se contenir plus longtemps, McCue protesta. « Je savais qu'ils allaient en venir là. Vous ne pouvez pas faire ça, Votre Honneur. Ce serait jouer leur jeu. Nous avons les preuves, nous avons le mobile, grâce à Gina Terisi. Et quelques heures après qu'elle a témoigné, on l'a tuée ! Inutile d'être doté d'un quotient intellectuel bien élevé pour en tirer les conclusions qui s'imposent, et...

— Cette supposition est scandaleuse ! s'exclama Manny.

— Parlons-en, d'un scandale ! On a vu la voiture de Swyteck devant chez Gina Terisi, hier soir.

— Attendez un peu, intervint Jack en bondissant sur ses pieds, vous ne...

— Ça suffit, messieurs ! » gronda le juge Tate.

Les avocats se turent. Ils échangèrent des regards glacés. Jack scruta le visage du juge, et ce qu'il y lut ne lui fit aucun plaisir.

« Il n'y aura pas d'annulation, déclara-t-elle en secouant la tête. Le procès de Me Swyteck ira normalement jusqu'à son terme. Cependant, le témoignage de Mlle Terisi sera retiré. J'ordonnerai aux membres du jury de n'en tenir aucun compte, et de ne tenir aucun compte non plus du fait qu'elle n'est pas revenue à la barre.

— Madame le Juge, protesta Manny, une telle restriction ne sert à rien. Le jury a entendu ce témoignage. Vous ne pouvez pas lui demander de l'ignorer. C'est aussi inutile que d'ordonner à un requin d'ignorer l'odeur du sang.

— Ma décision est prise, maître Cardenal. »

McCue jubilait. « Cela va peut-être sans dire, madame le Juge, mais j'ai cru comprendre que Me Swyteck allait témoigner pour sa propre défense ; je présume que la disparition de Mlle Terisi est un fait que je suis autorisé à prendre en compte lors de mon contre-interrogatoire. La cour remettra-t-elle cette latitude en cause ? »

Le juge réfléchit un instant. « Je n'y avais pas pensé. Mais je suis d'accord avec vous, maître McCue. Si Me Swyteck va à la barre, la porte est ouverte, et toutes les questions autorisées. »

Incrédule, Manny secoua la tête. Le juge avait apparemment condamné Jack. « Votre Honneur, vous venez de dénier à mon client la possibilité de se défendre. Je ne peux l'appeler à la barre si vous autorisez l'accusation à suggérer que Jack Swyteck a assassiné son témoin vedette. Votre décision est une condamnation à mort. Je vous conjure de reconsidérer votre...

– Ce sera tout, interrompit le juge. Je crois que ma position est clairement définie. Accordez-vous tous les deux le temps de réfléchir à ces nouvelles données. Nous reprendrons à une heure. Maître McCue, vous appellerez alors votre prochain témoin. Merci, messieurs.

– C'est moi qui vous remercie », dit McCue.

Les avocats se levèrent. Ralenti dans ses mouvements et abasourdi, Jack suivit Manny dans le hall d'entrée, sans un mot. McCue les rattrapa à la sortie.

« Vous avez intérêt à vous blinder, Swyteck », affirma le vieux procureur ironiquement. Toute trace de la courtoisie qu'il déployait avec le juge Tate avait disparu. « Parce que si vous n'êtes pas condamné à la chaise pour le meurtre d'Eddy Goss, je vous jure bien que je vous coincerai pour celui de Gina Terisi. » Il fit un salut moqueur, parodiant un homme du monde soulevant son chapeau, et sortit.

« Ce n'est pas possible », murmura Jack, troublé jusqu'au fond de l'âme. Et pourtant, ça l'était : des innocents mouraient sans cesse : Fernandez, Garcia, et maintenant Gina. Jack semblait être le prochain sur la liste. L'unique chose inimaginable, c'était la raison de tout cela. Pourquoi sa vie, comme celle de Gina, s'achèverait-elle avant sa trentième année ? Pourquoi ne serait-il jamais un mari, un père ? Pourquoi n'accomplirait-il aucun de ses rêves ? Pour la première fois depuis le début du procès, Jack était saisi par l'énormité de ce qui lui arrivait, et le poids de cette prise de conscience le terrassait.

Être condamné. La peine de mort. La chaise électrique. Tout cela était si abstrait, auparavant ! Désormais, c'était réel, tangible. Un souvenir lui revint à l'esprit. Il était enfant ; couché dans son lit, il essayait, pour se faire peur, d'imaginer qu'il était mort, qu'il tombait indéfiniment tout au fond d'un trou noir où la terre le recouvrait. Il n'en finissait jamais de descendre...

Jack écarta cette terrible évocation. Il fallait qu'il réfléchisse. Qu'avait dit son agresseur, dans le car ? Il avait parlé de personnes innocentes qui souffriraient à sa place s'il essayait de se faire aider. Subitement terrorisé, Jack se précipita vers la cabine la plus proche et composa fébrilement le numéro de téléphone professionnel de Cindy.

Avec un vif soulagement, il entendit sa voix. « Dieu merci, tu vas bien !

— Je sais pour Gina, déclara Cindy. Son frère vient de me téléphoner.

— Ils disent que c'est moi !

— Ce sont des menteurs, affirma-t-elle. Ce que ce monstre lui a infligé ! Aucun être humain normal ne ferait ça... »

Jack ignorait les détails, mais il n'avait pas besoin de poser de questions. « Je t'en supplie, fais attention. Je suis très inquiet pour toi. Si je peux faire quoi que ce soit, appelle-moi.

— Ça va aller. Vraiment. »

Jack aurait voulu ajouter n'importe quoi d'autre, pour qu'elle reste en ligne. Mais les mots lui manquaient.

« Bonne chance, reprit Cindy, manifestement sincère.

— Merci. Cindy, je...

— Je sais. Tu n'as pas besoin de le dire.

— Je t'aime ! » cria-t-il enfin.

Un sanglot étouffé lui répondit. Puis Cindy lui dit au revoir et raccrocha.

CHAPITRE 42

« Appelez votre prochain témoin, maître McCue », demanda le juge Tate au procureur.

L'audience avait repris à une heure. Comme convenu, le juge avait expliqué aux membres du jury qu'ils ne devaient tenir aucun compte du témoignage de Gina Terisi, et qu'il leur était interdit de déduire quoi que ce soit de son absence pour le contre-interrogatoire. Après avoir reçu ces instructions, les jurés avaient tourné vers la défense des regards lourds de soupçons. Cela fait, l'accusation appelait à la barre une autre de ses pièces maîtresses, un vieux lutteur impatient d'envoyer au tapis l'avocat qui s'était battu pour Eddy Goss.

« Le ministère public appelle Lonzo Stafford. »

Le silence se fit dans la salle d'audience bondée tandis que, d'un pas martial accentué par l'écho de ses talons sur le sol dallé, l'inspecteur Stafford rejoignait la barre. Après avoir prêté serment et décliné ses nom, prénom et profession, Stafford se laissa complaisamment guider par McCue dans un exposé des preuves accumulées contre Jack Swyteck.

Tel un scénario bien établi, le témoignage de Stafford se déroulait sans accroc : les empreintes digitales de l'accusé étaient identiques à celles relevées sur le couteau de cuisine de Goss ; vingt-sept empreintes de semelles de chaussures correspondaient à celles de ses Reebok ; son groupe sanguin était le même que celui du sang analysé sur la lame du couteau ; Me Swyteck était très nerveux lorsque l'inspecteur Stafford l'avait interrogé le lendemain ; son dos était griffé, sa poitrine tuméfiée, comme s'il s'était battu ; et il savait, avant même que la police ne l'ait mentionné, que Goss avait été tué par balles. Comme le lui avait recommandé McCue, Stafford garda le meilleur pour la fin.

« Vous dites "tué par balles". De quelle sorte d'arme parlez-vous exactement ? interrogea le procureur.

– Une arme de poing. Calibre 38. Munie d'un silencieux.

– A-t-on retrouvé l'arme du crime ?

– Pas l'arme, non. Mais on a localisé le silencieux.

– Où avez-vous trouvé le silencieux dont on s'est servi pour tuer Eddy Goss ? »

Les yeux brillants, Stafford répondit en regardant Jack. « Sur le siège arrière de la voiture de Me Swyteck. »

Le public murmura, les jurés se regardèrent comme si l'affaire était réglée.

« Pas d'autres questions. » McCue se tourna alors vers la défense et déclara : « Le témoin est à vous. »

Me Cardenal était dans l'œil du cyclone. Son client, le jury, le public et le témoin retenaient leur souffle : comment un avocat, pour habile qu'il fût, parviendrait-il à sauver un client en si mauvaise posture ?

Manny s'approcha à trois mètres du dernier témoin de l'accusation et le fixa d'un regard glacé. « Inspecteur Stafford, parlons tout d'abord de la victime, voulez-vous ?

– À votre disposition, maître.

– Chacun des habitants de cette ville a entendu parler d'Eddy Goss. Nul n'ignore les atrocités qu'il est supposé avoir commises. Nous savons également que Me Swyteck était son avocat. Mais il subsiste un point que je désire éclaircir pour le jury : vous étiez personnellement impliqué dans l'enquête qui a mené à son arrestation, n'est-ce pas ?

— En effet. C'est moi qui ai dirigé cette enquête.

— Vous l'avez interrogé personnellement, n'est-ce pas ?

— Oui.

— En fait, vous avez obtenu de lui des aveux complets. Enregistrés sur bande-vidéo.

— Exact.

— Mais ces aveux n'ont pas figuré au procès ?

— Non, admit lentement Stafford. Ils ont été jugés irrecevables.

— Ils ont été jugés irrecevables parce que vous aviez violé la loi pour les obtenir », dit Manny d'un ton sévère.

Stafford soupira, contrôla sa colère. « Le juge a déclaré que j'avais violé les droits constitutionnels de Goss, expliqua-t-il en crachant ses derniers mots d'une voix sarcastique.

— Ce n'est donc pas Me Swyteck qui a fait remarquer cette entorse à la cour ?

— Il l'a exploitée », rétorqua Stafford, le regard dur.

Manny fit un pas vers les jurés, comme s'il était de leur côté. « Voilà qui a dû vous mettre très en colère, inspecteur.

— Il s'agissait d'une parodie de justice », affirma Stafford, répétant les mots que le procureur lui avait appris la veille.

Désireux de pousser son avantage en mettant Stafford hors de lui, Manny tendit au témoin une pièce à conviction. « Voici un exemplaire d'un article paru dans la presse en juin dernier. Il porte l'inscription "pièce à conviction n° 1". Cet article se réfère à certains événements du procès d'Eddy Goss. Pourriez-vous lire le gros titre, je vous prie ? À haute voix, ajouta-t-il en se tournant vers le jury, afin que chacun entende. »

Stafford fronça les sourcils, se racla la gorge et lut

avec réticence : « LE JUGE REJETTE LES AVEUX DE GOSS. »

« Lisez le sous-titre aussi, s'il vous plaît. »

Stafford rougit de colère. « *Un flic aguerri torpille un interrogatoire* », lut-il avant de poser rageusement le journal et de jeter un regard meurtrier à Manny.

« C'est bien votre photo, là, sous le gros titre, n'est-ce pas ?

— C'est ma photo.

— Vous êtes dans la police depuis quarante ans, inspecteur Stafford. Votre photo a-t-elle déjà paru dans la presse, à d'autres occasions ?

— Non. C'était la première fois.

— Durant ces quarante années, inspecteur, vous est-il arrivé de commettre une erreur aussi grave ?

— Objection !

— Je n'ai commis aucune erreur, déclara Stafford, trop impatient de se défendre pour attendre la décision du juge.

— Rejetée, dit le juge.

— Je suis désolé, reprit Manny, feignant de s'excuser. Durant ces quarante années, a-t-on jamais pu vous reprocher une erreur aussi grave ?

— Jamais.

— Et voilà votre photo en page une, certainement la moins flatteuse des photos qu'ait pu dénicher la rédaction, et vous voilà épinglé comme "le flic aguerri qui torpille un interrogatoire". » Manny se rapprocha encore, se pencha en avant, comme s'il fallait creuser pour faire sortir la vérité du puits.

« À qui la faute, inspecteur ? Avez-vous pensé que c'était la vôtre ?

— Au début, oui.

— Mais vous ne le pensez plus, n'est-ce pas ? »

Stafford ne répondit pas. Il avait parfaitement compris où Manny voulait en venir.

« Allons, inspecteur, nous savons tous sur qui vous rejetez réellement la responsabilité de cet échec. Vous la rejetez sur l'homme qui est là ! tonna Manny en montrant son client. N'est-ce pas la vérité ?

– Et alors ? » gronda Stafford après avoir regardé alternativement Jack et Manny.

L'avocat ne lâchait pas le policier d'un pouce. Ses yeux rivés dans ceux de Stafford, il poursuivit : « Répondez par oui ou par non, inspecteur. Considérez-vous oui ou non Me Jack Swyteck comme responsable de votre humiliation publique ? »

Stafford ne baissa pas la tête. Il haïssait cet avocat presque autant que Jack. « Oui, répondit-il d'un ton amer. Il en est responsable. Avec Goss. À mes yeux, ils se valent. »

Manny garda le silence quelques instants, afin de laisser les paroles of Stafford faire leur chemin dans les esprits.

« C'était pas une raison pour que Swyteck le tue, ajouta maladroitement Stafford, conscient de perdre pied.

– Parlons-en, justement. Parlons de celui qui a tué Eddy Goss. La mort d'Eddy Goss a eu lieu vers quatre heures du matin, c'est bien ça ?

– Oui.

– À quelle heure êtes-vous arrivé au poste de police ce matin-là ?

– À cinq heures et quart, comme toujours.

– Y a-t-il quelqu'un qui puisse dire où vous étiez avant cela ?

– Non. Je vis seul. »

Manny hocha la tête, pour donner de l'importance à la réponse de Stafford, avant de continuer son travail de sape. « Après que vous avez pris vos fonctions, ce matin-là, le poste a reçu un appel téléphonique anonyme, n'est-ce pas ?

– Je ne vois pas de quoi vous voulez parler, déclara Stafford en jouant l'idiot. On reçoit une masse d'appels et...

– Je ne parle pas d'une masse d'appels. Je parle de

celui qui vous a signalé avoir vu un homme en uniforme de policier sortir de l'appartement de Goss approximativement à l'heure du meurtre.

– C'est vrai. On a eu un appel qui disait ça.

– Vous avez été longtemps agent de police, n'est-ce pas, inspecteur ?

– Oui. Pendant vingt-huit ans.

– Et je parie que vous avez conservé votre vieil uniforme.

– Oui, répondit Stafford après un silence.

– Je me disais bien. Voyons. Eddy Goss a été tué de deux balles dans la tête, tirées à bout portant... ?

– C'est exact.

– Des balles de calibre 38 ?

– Oui.

– Vous possédez un revolver de calibre 38 millimètres, n'est-ce pas, inspecteur ?

– Comme quatre-vingts pour cent des officiers de police.

– Vous y compris.

– Oui », concéda l'inspecteur.

Manny marqua un temps. Un soupçon nouveau devait maintenant se faire jour dans l'esprit des jurés.

« Après le meurtre de Goss, reprit-il enfin, tué non pas d'une balle mais de deux, vous avez bien interrogé tous ses voisins ?

– Oui.

– Et aucun d'entre eux n'avait entendu de coups de feu. »

À nouveau, Stafford se tut un instant. « Non, répondit-il enfin, personne n'a entendu quoi que ce soit.

– Voilà donc la raison pour laquelle vous en avez déduit que le meurtrier avait utilisé un silencieux ?

– C'est exact, dit Stafford, qui s'autorisa cette fois à poursuivre : Et nous avons trouvé un silencieux dans la voiture de votre client.

– Comme c'est pratique ! ironisa Manny, les sourcils relevés. Examinons de plus près cet incroyable coup de chance, voulez-vous, inspecteur ? Parlons, je vous prie, de l'extraordinaire hasard qui vous a permis de découvrir le seul homme au monde assez intelligent pour être diplômé de l'université de Yale avec les félicitations du jury, et en même temps assez stupide pour conserver un silencieux sur le siège arrière de sa voiture.

– Objection !
– Objection retenue. »

Absolument pas démonté, Manny continua sur sa lancée. « Vous n'avez pas trouvé vous-même ce silencieux dans la voiture de Me Swyteck, inspecteur ?
– Non.
– Une femme agent de police vous l'a remis, exact ?
– Exact.
– Et c'était le propriétaire du garage où Me Swyteck fait réparer sa voiture qui le lui avait donné. Toujours exact ?
– Oui, grommela le policier.
– Lequel propriétaire le tenait d'un de ses ouvriers ?
– Oui.
– Oublierai-je quelqu'un au passage, inspecteur ?
– Non.
– Comment en êtes-vous aussi sûr ? Auriez-vous monté la garde auprès de la voiture de Me Swyteck pendant qu'elle était au garage ?
– Non.
– Bon, déclara Manny en faisant les cent pas devant les jurés. Pour ce que vous en savez, une foule de gens a donc pu approcher de la voiture de mon client durant les deux jours où elle est restée au garage.
– Je n'en sais rien.
– Justement ! s'exclama Manny, comme s'il obtenait enfin la réponse espérée. Vous n'en savez rien. Disons, si vous voulez, que vous entretenez un doute raisonnable sur la question.
– Objection !
– Rejetée.

— Je ne sais pas qui est entré dans la voiture, c'est tout.

— Est-il envisageable, inspecteur, que n'importe lequel de ceux qui se sont approchés de la voiture, ou qui l'ont réparée, ait pu glisser le silencieux à l'intérieur ?

— Objection. C'est de la pure spéculation.

— Je vais reformuler ma question », poursuivit Manny. Il se rapprocha de Stafford, comme un toréador se préparant pour la mise à mort. « Possédez-vous un silencieux pour votre revolver de calibre 38, inspecteur ?

— Objection, Votre Honneur. Cette supposition est insultante !

— Rejetée. » Ce n'était pas la première fois que le juge Tate voyait un avocat de la défense s'en prendre à un flic. « Répondez à la question, inspecteur Stafford. »

Un silence de mort s'abattit sur la salle d'audience, qui attendait, souffle coupé, la réponse du policier.

« Oui, concéda-t-il. J'en possède un. »

Manny hocha la tête d'un air pensif, tout en vérifiant que les jurés avaient bien enregistré la réponse. Il fit mine de rejoindre sa place, puis s'arrêta, un doigt en l'air. « Une dernière question, inspecteur, reprit-il en se retournant vers le témoin. Lorsque je vous ai demandé qui vous rendiez responsable de votre humiliation publique, vous avez bien dit Jack Swyteck et Eddy Goss, n'est-ce pas ?

— Objection. Cette question a déjà été posée, et la réponse fournie.

— Je retire ma question, déclara Manny en souriant aux jurés. Nous avons évidemment tous entendu la réponse. Plus de questions, merci, inspecteur.

— Le témoin peut se retirer », dit le juge.

Mais Stafford ne bougea pas. Il était anéanti. Cela faisait si longtemps qu'il attendait cet instant, cette occasion de se venger de Swyteck, l'avocat qui l'avait humilié. C'était lui qui était censé rire le dernier. Et voilà qu'un avocat l'humiliait à nouveau – pis encore, suggérait qu'il était le flic pourri qui avait monté toute l'affaire. C'en était trop. Pas question d'en rester là sans se défendre.

« Ça n'a rien à voir, vous le savez bien, affirma-t-il à Manny comme s'ils étaient seuls dans la salle.

– Le témoin peut quitter la barre, répéta le juge d'une voix sévère.

– Ce n'est pas mon silencieux qui a servi à tuer Goss, continua cependant Stafford, emporté par la colère.

– Inspecteur ! » intervint le juge. Mais Stafford était bien décidé à aller jusqu'au bout de ce qu'il avait à dire.

« C'est le silencieux qu'on a trouvé dans la voiture de Swyteck.

– Inspecteur ! s'opposa fermement le juge en brandissant son marteau.

– Le silencieux de Swyteck ! Et il s'en est servi aussi pour tuer Gina Terisi ! hurla le policier, hors de lui.

– Votre Honneur, dit Manny en se levant, puis-je m'approcher de la cour ? J'ai une requête à formuler. »

Le juge leva la main pour arrêter l'élan de Manny. Elle savait qu'il allait lui demander l'annulation du procès. Si les charges pesant sur Jack Swyteck n'avaient pas été aussi accablantes, elle l'aurait fait. Mais elle n'avait pas l'intention de gâcher une affaire parfaitement instruite par l'accusation sous prétexte qu'un témoin avait perdu son calme et laissé échapper quelques paroles malheureuses.

« Inutile, maître Cardenal, répondit-elle avant de se retourner vers le jury. Mesdames et messieurs les jurés, je vous ordonne d'ignorer absolument cette dernière remarque, sans aucun rapport avec l'affaire. Comme je vous l'ai dit tout à l'heure, vous ne devez tirer aucune conclusion du fait que Mlle Terisi ne soit pas revenue au tribunal pour achever de témoigner contre l'accusé. »

Jack, atterré, écoutait le juge délivrer ses instructions. Pour un avocat de la défense, c'était un véritable cauchemar. Cette obligation d'ignorer était censée protéger le déroulement du procès contre toute erreur de témoignage ou de procédure. En fait, comme le disaient les avocats, un tel système revenait à prétendre qu'une cloche qui avait sonné n'avait pas retenti. Le magnifique contre-interrogatoire de Manny était irrémédiablement gâché. Les jurés ne se souviendraient que d'une chose : celle que le juge leur avait recommandé d'oublier.

« Quant à vous, maître McCue, poursuivit le juge, l'inspecteur Stafford étant votre témoin, je vous considère comme partiellement responsable. Cinq cents dollars d'amende ! lança-t-elle avant de s'adresser au policier. Inspecteur Stafford, votre expérience vous rend d'autant plus coupable. Vous passerez la nuit en prison, pour réfléchir tranquillement à ce que vous avez fait. Et je ne serai pas aussi indulgente la prochaine fois, ajouta-t-elle en le menaçant de son marteau. Greffier, emmenez le témoin. »

Le greffier fit quelques pas vers Stafford, toujours assis à la barre. Le policier aurait dû avoir honte, mais en fait, il regardait Jack et souriait. Se levant enfin, il posa une main sur la table de la défense et le nargua une dernière fois en le fixant droit dans les yeux. « Je te garde une place, Swyteck », murmura-t-il assez fort pour que le greffier et Jack l'entendent.

« Je vous prie de sortir, inspecteur ! » ordonna durement le juge Tate.

Jack rendit son regard à Stafford sans prononcer un seul mot. L'inspecteur ricanait. Le greffier le prit par le bras et l'entraîna.

« Maître McCue, vous avez d'autres témoins ?

— Non, Votre Honneur », répondit le procureur en se levant. Pouces passés dans son gilet, mains croisées sur la poitrine, il ne pouvait cacher son intense jubilation.

« Très bien. Nous reprendrons demain matin à neuf heures précises. Maître Cardenal, soyez prêt. C'est au tour de la défense de présenter sa version de l'affaire. Si du moins vous avez l'intention de vous défendre. Dans le cas contraire, nous passerons aux conclusions. L'audience est levée », déclara le juge en ponctuant ses paroles d'un bref coup de marteau.

La salle se vida en silence. Jack et Manny échangèrent un long regard tandis que Virginia Tate descendait de son banc. L'ironie de son commentaire n'avait échappé ni à l'un ni à l'autre. En effet, comme ils en étaient douloureusement conscients, il n'était pas du tout évident que la défense eût des arguments à faire valoir !

CHAPITRE 43

À six heures et demie le lendemain matin, le gouverneur Harry Swyteck, en pantoufles et robe de chambre, se rasait devant le miroir embué de sa salle de bains lorsqu'il entendit sonner le téléphone portable qui se trouvait dans sa mallette. Cet appareil était celui qu'on lui avait remis au parc de Bayfront : l'appel ne pouvait provenir que d'une seule personne. À cette pensée, le gouverneur tressaillit et se coupa.

Agacé, il essuya avec une serviette de toilette le sang qui coulait de sa blessure, puis se précipita hors de la salle de bains, sortit le téléphone de sa mallette et, avant de répondre, s'enferma dans sa penderie pour ne pas réveiller son épouse. « Allô, dit-il enfin, presque à bout de souffle.

– C'est encore moi, gouverneur », répondit la voix rauque qu'il avait appris à reconnaître.

Harry frémit de colère, mais il n'était pas entièrement surpris de l'appel. Ce cinglé avait beau être malin, il ne pouvait s'empêcher de montrer à ses victimes la joie qu'il éprouvait à les voir souffrir, tel un jardinier qui a planté une fleur rare, et qui finit par arracher la graine à force de vouloir s'assurer qu'elle pousse convenablement.

« Que voulez-vous encore ? Une paire de chaussettes de ma marque favorite, pour aller avec les chaussures ?

— Voyons, voyons, nous sommes bien heureux, ce matin, dit la voix avec condescendance. Tout cela parce que vous allez devoir signer l'arrêt de mort de votre fils ?

— Mon fils ne sera pas condamné.

— Vraiment ? J'ai pourtant bien l'impression que sa dernière chance d'y échapper est, à l'heure qu'il est, couchée dans un tiroir de la morgue. Je ne doute pas que vous ayez entendu parler de la fille qui a témoigné contre lui, et qui l'a ensuite invité à venir bavarder avec elle ? Quelle fin atroce on lui a réservée ! En sang, par terre, dans sa chambre à coucher. Quel dommage pour Jack ! Surtout si on est du genre à écouter aux portes, et que l'on sait qu'elle s'apprêtait à retourner à la barre et à le sortir d'affaire.

— Je savais que c'était vous ! s'exclama Harry, d'une voix où la colère se mêlait à l'indignation. Vous avez sacrifié cette pauvre fille.

— C'est Jack Swyteck qui l'a sacrifiée. Il était prévenu. C'est une histoire entre lui et moi. Il savait que quiconque essaierait de l'aider finirait en chair à pâté. Ça ne l'a pas empêché de convaincre cette pute de venir à son secours. Votre fils a recommencé, gouverneur. Il a encore tué un innocent.

— Écoutez-moi bien, espèce d'enfant de salaud ! Si vous voulez venger la mort de Raul Fernandez, allez-y. Mais vous n'avez aucune raison de vous en prendre à mon fils. Le responsable, c'est moi.

— Comme on est noble, ce matin ! Le père aimant, prêt à se sacrifier à la place de son fils ! Ne me prenez pas pour un idiot. Je sais que Jack n'a pas fait le moindre effort, ajouta-t-il d'une voix pleine d'amertume. Autrement, son propre père l'aurait écouté et l'aurait cru. »

C'est ce que tu penses, songea Harry. *Mais le père en question s'est conduit comme un crétin égoïste et sans cœur.*

« Vous ne vous en tirerez pas, affirma le gouverneur d'un ton ferme.

— Qui donc m'en empêchera, mon cher gouverneur ?

— Moi.

— Vous ne le pouvez pas. À moins que vous ne vouliez prendre la place de votre fils au banc des accusés. À moins que vous ne vouliez que tout le monde sache que vous avez payé un maître chanteur pour camoufler l'exécution d'un innocent. Vous n'avez donc pas compris le sens de mon dernier message ? Vous n'avez pas plus le pouvoir de sauver votre fils que je n'ai eu celui de sauver Raul. »

Harry tremblait de rage. « Salaud ! Immonde salaud !

— Pas d'insultes, voyons ! Il me semble que vous avez bien pigé la situation, maintenant. Il faut que j'y aille. J'ai une grosse journée qui m'attend. On a toutes les chances d'obtenir aujourd'hui le verdict de culpabilité dans l'affaire Swyteck.

— Écoutez-moi ! Je ne laisserai pas mon fils... » Harry s'arrêta au milieu de sa phrase : son interlocuteur avait raccroché.

Il reposa le téléphone en jurant. Il était fou de rage, certes, mais ce n'était pas le sentiment qui prévalait chez lui pour le moment. Il avait peur. Pas pour lui, mais pour Jack.

En se retournant, il vit sa femme, debout devant la porte de la penderie.

« C'était de nouveau lui, n'est-ce pas ? » demanda-t-elle.

Il la prit dans ses bras pour tenter de la rassurer, la serra de toutes ses forces. « Agnès, m'aimerais-tu encore si je n'étais plus gouverneur de l'État de Floride ?

— Évidemment, Harry. Pourquoi me poses-tu une question aussi stupide ? »

Il s'écarta alors, recula de quelques pas. « Parce que je crois bien que j'ai pris une décision. »

CHAPITRE 44

Il était neuf heures vingt. La salle d'audience du juge Tate était bondée. Trente rangées de spectateurs retenaient leur souffle, dans un tel silence que l'on aurait entendu le crissement du stylo d'un journaliste sur son bloc. Le procès aurait dû reprendre à neuf heures, mais le jury n'était pas encore entré dans sa tribune. Le juge Tate, assise sur le banc des magistrats, les mains croisées, ne cachait pas son exaspération devant ce retard. Le procureur, assuré, l'air content de lui, attendait à la table du ministère public, la plus proche de la tribune réservée aux jurés. La mauvaise humeur du juge, se disait-il, retomberait fatalement sur son adversaire. Jack, nerveux et donnant des signes d'incompréhension, était seul à la table de la défense.

« Maître Swyteck, demanda le juge d'un ton plus menaçant qu'interrogateur, pourrions-nous savoir où se trouve votre avocat ? »

Jack se leva lentement pour lui répondre. Manny lui avait téléphoné quelques minutes avant neuf heures et lui avait dit de se débrouiller en attendant qu'il arrive. Son rôle était celui de l'agneau sacrificiel, car il n'ignorait pas combien le juge Tate haïssait d'avoir à attendre un avocat. « Votre Honneur, répondit-il avec appréhension, je suis certain que Me Cardenal a une excellente raison pour expliquer son retard. »

273

Avant qu'elle ait pu rétorquer à Jack que l'explication de son avocat aurait intérêt à être vraiment excellente, le juge Tate vit s'ouvrir les doubles portes en acajou, et Manny entrer dans la salle d'audience. Le bruit de ses pas couvrit un instant les murmures de la foule.

« Vous êtes en retard, maître, le réprimanda le juge.
— Je vous prie de m'excuser, Votre Honneur, déclara Manny en franchissant la barrière qui séparait la cour de la foule des spectateurs. J'ai été retenu par un fait nouveau.
— Deux cents dollars d'amende, maître Cardenal. Greffier, faites entrer le jury.
— Votre Honneur, pourrais-je dire un mot à mon client ? Il ne faudra que deux minutes.
— Tout le monde debout », annonça le greffier, et la requête de Manny fut noyée sous le bruit que firent les six cents personnes présentes dans la salle en se levant. Les jurés entrèrent et prirent place. Le greffier déclara l'audience ouverte, et le juge adressa un sourire de bienvenue au jury.

« Maître Cardenal, demanda le juge à Manny d'un ton rogue, avez-vous des témoins à citer pour la défense ? »

Manny était très contrarié. Il avait passé tout le début de la matinée avec un témoin, mais Jack l'ignorait. Il était de son devoir d'informer son client de ce qui se passait. « S'il m'était possible, Votre Honneur, d'avoir quelques instants...
— On dirait vraiment que vous ne m'avez pas entendu ! l'interrompit-elle. Je vous ai posé une question, maître Cardenal. Avez-vous des témoins à citer pour la défense ?
— Oui, un, Votre Honneur, mais pourrais-je... ?
— Alors, appelez-le ou concluez. Je ne plaisante pas. Nous avons perdu assez de temps comme ça à cause de vous. »

Manny soupira. Il aurait voulu l'approbation de Jack, mais on lui refusait la possibilité de l'obtenir.

« Nous attendons, maître Cardenal. »

Manny planta son regard dans celui de Jack pendant quelques instants. Ce dernier lui fit un petit signe affirmatif de la tête, comme s'il donnait carte blanche à Manny. Rasséréné, l'avocat sourit à son client et se tourna vers la cour. « La défense appelle le gouverneur Harry Swyteck », annonça-t-il enfin.

Une vague de surprise déferla dans la salle, tel un raz de marée sur une plage. Les lourdes portes de la salle s'ouvrirent et livrèrent passage à un homme de haute taille et belle prestance, vêtu d'un costume sombre et d'une chemise blanche. Ses boutons de manchettes en or et ses tempes grisonnantes ajoutaient une note de couleur et de distinction à sa tenue austère. Harry Swyteck n'avait jamais été quelqu'un qui *entrait* dans une pièce : c'était un homme qui *faisait son entrée*. Ses fonctions de gouverneur n'avaient fait qu'amplifier cette façon d'être. Aujourd'hui, outre son rôle officiel, il était le témoin de la dernière heure au procès de son propre fils, accusé de meurtre. C'était l'*entrée* de sa vie.

Tendue mais silencieuse, la salle regarda le gouverneur se diriger vers la barre des témoins. Les têtes se retournaient sur son passage, rangée après rangée, pareilles à des épis de blé se courbant dans la brise. Tout le monde savait qui il était, mais personne ne savait ce qu'il allait dire. Jack non plus. Un étrange sentiment se répandit parmi tous les spectateurs pendant que le gouverneur prêtait serment. Comme si le greffier s'était dressé pour annoncer officiellement que le jeune homme que l'on jugeait était vraiment le fils du gouverneur. Le procureur se renfrogna. Les jurés, dans l'expectative, retinrent leur souffle. Jack renoua avec l'espoir, tout en éprouvant une autre sensation, agréable mais inhabituelle : la fierté. Une authentique fierté.

« Bonjour, monsieur, dit Manny en saluant son célèbre témoin. Auriez-vous la bonté de vous présenter aux jurés ? »

Le gouverneur se cala dans sa chaise, face à la tribune du jury. « Je suis Harold Swyteck, déclara-t-il cordialement. En général, on m'appelle Harry. »

Quelques jurés eurent un petit geste de reconnaissance. Était-il possible qu'un homme regarde simultanément douze personnes et donne à chacune d'entre elles l'impression d'être la seule au monde qui eût de l'importance à ses yeux ? Il faut croire que oui, car Harry réussissait cette incroyable gageure. Pour répondre aux premières questions de Manny, il s'adressa directement au jury, comme si c'étaient les jurés et non pas l'avocat qui avaient sollicité son témoignage.

« Maintenant, monsieur le Gouverneur, dit Manny pour marquer la transition entre les questions d'ordre général qu'il avait posées jusque-là et celles plus précises auxquelles il en venait, nous allons nous concentrer sur les événements qui se sont déroulés immédiatement après le procès d'Eddy Goss. Vous est-il arrivé quelque chose d'extraordinaire ?

– Oui, répondit Harry en regardant tour à tour Jack et les jurés. J'ai été menacé et agressé.

– Pardon ? » interrogea le juge Tate, sidérée comme toute la salle par ce qu'elle entendait.

Très inquiet, Jack écouta son père raconter toutes les péripéties qu'il avait vécues. Harry avoua également que son agresseur l'avait fait chanter, et qu'il lui avait remis des dizaines de milliers de dollars.

Puis il expliqua pourquoi.

« Il me menaçait de révéler que j'avais signé l'arrêt de mort d'un innocent, dit-il à voix basse, le regard empli de remords. Un certain Raul Fernandez. »

La salle bourdonnait. Les journalistes écrivirent ce nom nouveau. Certains se souvinrent du scandale qui avait éclaté lors de la conférence de presse du gouverneur. Chaque mot prononcé était un clou de plus qui refermait définitivement le cercueil politique du gouverneur.

« Du calme ! » ordonna le juge en frappant un coup de marteau.

Jack frémit. Il pensait depuis longtemps que son père et lui n'évoqueraient plus jamais l'affaire Fernandez, même en privé. Ces aveux publics étaient surprenants – et incompréhensibles – jusqu'à ce que Manny en éclairât les raisons.

« Avez-vous, à ce moment-là, nourri quelques soupçons quant à l'identité de votre agresseur, monsieur le Gouverneur ?

– Oui, répondit fermement Harry Swyteck. J'étais persuadé qu'il s'agissait d'Eddy Goss. »

Dans la salle, le bourdonnement enfla. Les jurés échangèrent des regards. Chacun semblait hésiter entre la sympathie et la suspicion.

« Du calme ! » ordonna à nouveau le juge Tate, plus fort encore et en donnant plusieurs coups de marteau sur le banc des magistrats.

Manny attendit que le silence régnât avant de poursuivre son interrogatoire. « Monsieur le Gouverneur, pour quelles raisons avez-vous cru que c'était Eddy Goss qui vous faisait chanter ?

– Tout d'abord, parce que l'un des premiers messages que j'ai reçus était accompagné d'un bouquet de chrysanthèmes. Vous vous rappelez certainement que Goss avait été surnommé "le Tueur aux chrysanthèmes". Mais ce qui a emporté ma conviction fut l'adresse où l'on me demandait de déposer les dix mille dollars : 409 East Adams Street, là où habitait Goss.

– Et vous êtes-vous rendu à cette adresse ?

– Oui. À quatre heures du matin, le 21 juillet. »

Un véritable torrent de mots et d'exclamations parcourut la salle d'audience, contraignant le juge à frapper plusieurs coups de son marteau.

« Objection, Votre Honneur, coassa McCue, je vous conjure de mettre fin à ce témoignage. Il est... il est... »

Le procureur, bredouillant de rage, cherchait les mots pour empêcher qu'on ne lui saccage l'affaire en or qu'il avait instruite. « Il est préjudiciable ! » s'exclama-t-il enfin.

Le juge fronça les sourcils. « Je ne doute pas qu'il vous soit préjudiciable, maître McCue. Je n'imagine pas un instant que Me Cardenal aurait cité pour la défense un témoin qui irait dans votre sens. Objection rejetée. »

McCue se tassa sur sa chaise en grimaçant.

Manny eut un rapide sourire et continua. « Quelques questions, encore, monsieur le Gouverneur. Existe-t-il une quelconque preuve de votre présence chez Eddy Goss la nuit du meurtre ?

— Oui. Cette nuit-là, je portais le même genre de chaussures que celles que je porte en ce moment. Que je porte en fait depuis vingt-cinq ans. Je portais des...

— Un instant ! tonna McCue en bondissant sur ses pieds. Un instant, madame le Juge, je vous en prie !

— Soulevez-vous une objection ? ironisa le juge Tate.

— Euh... oui, bafouilla McCue. Je ne vois pas le rapport. Ce n'est pas le gouverneur Swyteck que l'on juge ici. C'est son fils.

— Votre Honneur, déclara Manny d'une voix calme, je vais vous prouver que ce témoignage est hautement recevable. Il y a une raison fort simple à ça. Désormais, nous ne pouvons plus dire qu'une seule personne avait un mobile pour tuer Eddy Goss. Ni une personne ni deux, mais trois : nous avons l'inspecteur Stafford, nous avons le gouverneur Harold Swyteck, et nous avons le prévenu. Il est paradoxal que ce soit l'homme dont le motif est le plus faible qui soit le seul accusé de ce crime. À notre sens, Votre Honneur, et vu le faisceau de preuves réunies dans cette affaire, il est impossible pour un juré de décider, sans l'ombre d'un doute, lequel de ces trois hommes a tué Eddy Goss. Si l'on part du principe que chacun de ces trois hommes a eu la possibilité d'assassiner Eddy Goss, ce n'est peut-être pas mon client qui l'a tué. Et si ce n'est peut-être pas mon client, cela signifie que l'on entretient un doute. Et si l'on entretient un doute, conclut Manny en se tournant vers le jury, mon client doit être déclaré non coupable. »

Le juge se renversa en arrière dans sa chaise. « Belle argumentation, maître Cardenal ! remarqua-t-elle ironiquement, bien qu'elle fût, au fond d'elle-même, impressionnée par la démonstration de Manny. Objection rejetée. »

Le visage poupin du procureur rougit de colère. Il avait l'impression d'être manipulé par un avocat qui lui volait son affaire. « Mais, madame le Juge !

— Objection rejetée ! Maître Cardenal, voulez-vous répéter votre question ? »

Manny acquiesça en silence, puis se retourna vers le gouverneur. « Ma question était la suivante : Existe-t-il une preuve que vous étiez chez Eddy Goss la nuit du meurtre ?

— Oui. Parce que je portais mes Wiggins wing tips. »

Manny se leva, et se dirigea vers le banc des magistrats en brandissant un document. « Nous aimerions maintenant verser au dossier la pièce à conviction numéro 2 de la défense, Votre Honneur. Il s'agit de la copie de l'empreinte de pied relevée devant l'appartement de Goss la nuit du meurtre, telle que l'a enregistrée la police. C'est une empreinte de Wiggins, modèle wing tips. »

Le juge examina la pièce à conviction et interrogea le procureur : « Une objection, maître McCue ?

— Ma foi, non. Je veux dire... Oui. J'émets la plus formelle objection à toute cette démonstration et je...

— Ça suffit, coupa le juge. Objection rejetée. D'autres questions, maître Cardenal ? »

Manny réfléchissait. Il était certain que le témoignage du gouverneur avait planté la graine du doute, mais la vie de Jack était sur le plateau de la balance :

il devait à son client d'aller jusqu'au bout de son investigation, même si cela risquait de renforcer les soupçons qui pesaient sur Harry.

« Une autre, Votre Honneur, répondit-il avant de retourner à son témoin.

– Dites-moi, monsieur le Gouverneur, vous n'avez pas fait toute votre carrière dans la politique, n'est-ce pas ? »

McCue, les yeux écarquillés, se demandait où Cardenal voulait en venir.

« Ma mère dirait que je suis un politicien de naissance », rétorqua Harry en souriant. Quelques spectateurs eurent un petit rire complice. « Mais en fait, non. J'ai commencé ma carrière dans le service public en tant qu'officier de police. Je le suis resté dix ans, ajouta-t-il fièrement.

– Avez-vous conservé votre vieil uniforme ?

– Oui », concéda le gouverneur.

La gorge serrée, Jack écoutait son père s'accabler pour essayer de lui venir en aide. Le gouverneur était devenu l'arme fatale aux mains de la défense. Il s'appliquait à pulvériser toutes les charges que l'accusation portait contre Jack, et pulvérisait du même coup toutes ses chances d'être réélu.

« Je n'ai pas d'autres questions, conclut Manny.

– Le ministère public désire-t-il procéder à un contre-interrogatoire ? s'enquit le juge.

– Certainement », déclara le procureur en sautant sur ses pieds. Il s'approcha du témoin, manifestement prêt à en découdre.

« Monsieur le Gouverneur, Jack Swyteck est votre fils, n'est-ce pas ? Votre fils unique ?

– En effet.

– Et vous aimez votre fils, bien sûr. »

Harry ne répondit pas immédiatement. Non qu'il entretînt un quelconque doute sur la réponse, mais parce qu'il y avait si longtemps qu'il n'avait pas prononcé ces paroles qu'il hésitait à le faire devant une si nombreuse assistance. « Oui, j'aime mon fils, déclara-t-il en regardant Jack.

— Vous l'aimez, donc, et vous l'aimez tellement que vous diriez volontiers un mensonge pour lui éviter la chaise électrique, n'est-ce pas la vérité ? »

Un silence lourd régnait sur la salle. Le gouverneur se pencha en avant, plongea un regard qui ne trompait pas dans les yeux de son interlocuteur en lui répondant d'une voix forte et solennelle qui ébranla le procureur lui-même. « Je n'ai peut-être appris qu'une seule chose à mon fils, c'est que nous sommes tous responsables de nos actes. Jack me l'a d'ailleurs rappelé une fois, ajouta-t-il en jetant un coup d'œil vers la table de la défense. Mon fils n'a pas tué Eddy Goss, ajouta-t-il en regardant cette fois les jurés. Jack Swyteck est innocent. Telle est la vérité. Et telle est la raison de ma présence ici.

— Bon ! s'exclama McCue avec colère. Puisque vous parlez de vérité, dites-la donc : êtes-vous en train de nous dire que c'est vous qui avez tué Eddy Goss ? »

Le gouverneur regarda les jurés. « Je ne suis pas ici pour parler de moi. Je suis ici pour affirmer que Jack n'a pas tué. Et ce que je dis, c'est que je sais qu'il ne l'a pas fait.

— Vous n'avez sans doute pas entendu ma question, tonna le procureur. Ce que je vous demande, monsieur le Gouverneur, c'est si vous avez tué Eddy Goss.

— Comme je le disais il y a un instant, maître. Cela n'est pas mon procès, mais celui de mon fils.

— Votre Honneur, s'insurgea le procureur en agitant les bras, j'exige que le témoin réponde à ma question. »

Le juge se pencha en avant et parla d'une voix grave. « Monsieur le Gouverneur, cette question requiert une réponse par oui ou par non. Je suis cependant tenue de vous rappeler le cinquième amendement, qui vous permet de ne rien dire qui puisse être retenu contre vous.

Si vous invoquez cet amendement, vous n'êtes pas obligé de répondre. C'est la seule alternative, monsieur : invoquez ce privilège, ou répondez à la question. Avez-vous oui ou non tué Eddy Goss ? »

Le temps sembla s'arrêter. Apparemment, chacun dans la salle avait compris que tout se résumait à cette simple question.

Harry Swyteck se tenait droit ; il était calme et déterminé, plus calme et plus déterminé qu'on n'aurait pu l'attendre de la part d'un homme qui avait à prendre une décision de vie ou de mort. S'il répondait oui, il mentirait, et on le traînerait en justice. S'il répondait non, il dirait la vérité, mais ne serait plus considéré comme suspect. Invoquer le cinquième amendement était lourd de conséquences : cela signifiait la fin de sa carrière politique et une éventuelle inculpation pour le meurtre de Goss. Mais, et c'était le plus important, Jack bénéficierait sans doute d'un non-lieu. Ces quelques instants de réflexion suffirent au gouverneur pour faire son choix.

« Je refuse de répondre à cette question, afin de ne rien dire qui puisse éventuellement être retenu contre moi. »

Ces paroles firent l'effet d'un coup de tonnerre. Le juge fut obligé de crier pour rétablir le calme.

Le procureur observait son témoin sans passion : c'était fini. Il savait que désormais l'ombre d'un doute flottait dans l'esprit des jurés, grâce à Harry.

« Étant donné les circonstances, dit-il, je n'ai plus de questions.

– Le témoin peut se retirer », déclara le juge Tate.

Le gouverneur se leva en regardant les membres du jury et son fils. Il n'était pas certain de ce qu'il lisait dans les yeux des jurés. Mais il savait ce que reflétaient ceux de Jack. C'était quelque chose qu'il avait souhaité y voir toute sa vie. Quelque chose qui lui donna la force de garder la tête haute en traversant la salle et en affrontant le regard de la foule des curieux et des journalistes.

« La défense a-t-elle d'autres témoins à citer ? » demanda le juge.

Manny se leva lentement, en proie au sentiment que connaissent bien tous les avocats d'assises lorsqu'ils ont le choix entre appeler leur client à la barre ou conclure. Le spectre de Gina Terisi, cependant, supprimait cette possibilité, et le gouverneur avait apporté à la cause de son fils tous les arguments nécessaires. « Votre Honneur, nous conclurons.

– Pas de réfutation, maître McCue ? »

Le procureur soupira et regarda la pendule murale. « Il est presque midi, Votre Honneur. J'aimerais y réfléchir pendant la pause du déjeuner, si vous le permettez.

– Entendu. Que les deux parties soient prêtes à plaider cet après-midi. L'audience est suspendue jusqu'à une heure et demie.

– Tout le monde se lève », lança le greffier. Ces paroles eurent le même effet qu'un appel au feu. Les spectateurs jaillirent de leurs sièges et se mirent à échanger fébrilement leurs impressions sur ce qu'ils avaient vu et entendu. Les journalistes couraient en tous sens ; certains se précipitaient vers les téléphones pour dicter leur article, d'autres essayaient d'intercepter les avocats ou le gouverneur. Quelques amis, parmi lesquels Mike Mannon et Neil Goderich, vinrent serrer la main de Jack comme si l'affaire était réglée.

Mais Jack ne se faisait pas d'illusions, et Manny non plus. Dans la salle du tribunal, un troisième homme avait, lui, toutes les données nécessaires pour savoir que rien n'était fini. Il se fraya un chemin vers la sortie, son crâne chauve et sa boucle d'oreille en diamant cachés sous un chapeau à larges bords.

Il posa sur Jack un œil irrité.

« Ça aurait dû être Raul, murmura-t-il entre ses

dents. Pas toi, Swyteck ! » Il lui lança un dernier regard, l'imaginant en train de raconter les dernières péripéties à sa jolie petite amie. Puis il se précipita à l'extérieur, bien décidé à donner nouvelle matière à réflexion à la famille Swyteck.

CHAPITRE 45

Le parking du Jiggles était plein : le vendredi, à l'heure du déjeuner, il y avait toujours foule. Rebecca chercha une place dans la rue pour garer sa voiture. Comme toujours pour aller et venir, elle portait un jean déformé et un vieux chandail. Le cabaret disposait d'une seule loge pour toutes les danseuses, un trou à rats exigu, mais il valait mieux s'y changer plutôt que de traverser le parking dans sa provocante tenue de travail, qui lui aurait à coup sûr valu, pour le moins, des réflexions salaces. Rebecca consulta sa montre. Il était une heure dix, constata-t-elle en jurant. Elle était en retard pour son premier numéro. Après avoir verrouillé ses portières, elle s'apprêtait à traverser le parking, un sac dans chaque main. L'un contenait maquillage et costume ; l'autre une petite matraque, au cas où.

Une voix rauque et basse l'interpella au passage. « Hé, Rebecca ! »

La jeune femme se figea. Rebecca n'était pas son vrai nom. C'était donc un client qui l'appelait. Elle pressa le pas et saisit la poignée de sa matraque. En voyant un homme jaillir d'entre les voitures, elle s'arrêta brutalement.

« Allez-vous-en ! cria-t-elle en brandissant son arme.
– C'est le Vautour. »

Elle le reconnut alors, malgré le chapeau à larges bords et les lunettes noires qu'il portait pour dissimuler son œil enflé et irrité. « Laisse-moi passer, ordonna-t-elle.

— Attends, répliqua-t-il sur un ton amical. J'ai une proposition à te faire.

— Pas maintenant, dit Rebecca en mastiquant nerveusement son chewing-gum. Je suis censée me pointer à une heure. Je risque de perdre mon boulot. Tu n'as qu'à entrer.

— Il ne s'agit pas de ce genre de proposition, répliqua le Vautour. C'est autre chose. Je voudrais que tu m'aides.

— Pourquoi est-ce que je t'aiderais ?

— Sans raison. Mais je ne te le demande pas pour moi. Je te le demande au nom de Raul. »

Rebecca détourna le regard. Manifestement, ce nom signifiait quelque chose pour elle. « Qu'est-ce que tu racontes ?

— Je veux le venger. Je veux coincer les enfants de putes qui ont fait griller Raul sur la chaise. »

Un profond soupir souleva les épaules de Rebecca, qui secoua négativement la tête. « C'est de l'histoire ancienne, mec. Raul était un salaud. Il me traitait comme une merde, même à l'époque où je ne le faisais pas payer. Les salauds s'attirent souvent des ennuis. »

Le Vautour était ivre de rage. Il aurait aimé lui assener la vérité : pour Raul, elle n'était qu'une salope de suceuse qui ne lui coûtait pas un rond. Mais ce n'était pas la bonne méthode pour parvenir à ses fins. « D'accord, dit-il en haussant les épaules. Personne ne t'oblige à avouer que tu en étais dingue. Ne le fais pas pour lui. Fais-le pour le fric. »

Le regard de Rebecca s'éclaira. « Combien ?

— Dix pour cent de ce que je toucherai.

— C'est un air que je connais, rétorqua Rebecca. Dix pour cent de rien, c'est toujours rien.

— Ouais. Mais dix pour cent d'un quart de million

de dollars, c'est plus de fric que tu te feras jamais en suçant des bites. »

Rebecca lui jeta un regard furieux. Mais elle choisit d'écouter sa proposition plutôt que de réagir à l'insulte. « N'essaie pas de me rouler. Où est-ce que tu prétends te faire ce paquet de fric ?

— Je n'essaie pas de te rouler. Je suis très sérieux. Tout ce que tu auras à faire, c'est donner un coup de téléphone. Un point, c'est tout.

— Je ne te crois pas.

— Tu peux me croire. Je lui ai déjà soutiré soixante mille dollars. Je peux te les montrer, tu peux même les compter, ils sont dans mon fourgon. Et ce n'est que le début. Alors, qu'est-ce que tu en dis ? Tu marches ? »

Rebecca pressa sa langue contre sa joue : elle pesait le pour et le contre. « O.K., déclara-t-elle enfin. Mais à condition que tu me files dix pour cent des soixante mille dollars que tu as déjà. Pour être bien sûre que tu bluffes pas.

— C'est d'accord, dit le Vautour avec un mince sourire. Je ne suis pas un bluffeur. Si tu veux tes six mille dollars tout de suite, viens avec moi, et je te les donnerai. »

Rebecca se maudit de n'avoir pas demandé plus : peut-être aurait-elle obtenu le tout, si elle l'avait exigé. « Je ne peux pas. Faut que j'aille bosser.

— Six mille dollars, c'est pas rien, répondit-il d'une voix tentatrice. T'en auras plus rien à branler, de ce boulot minable ! »

Rebecca mastiquait toujours son chewing-gum. Enfin, avec un soupir, elle céda. « Bon, je viens. Mais je veux le fric. »

Il sourit en désignant son fourgon. « T'as qu'à monter.

— Et je veux en savoir plus sur cette histoire où tu m'embarques, ajouta-t-elle en balançant son sac de gym sur l'épaule et en se mettant en marche. Je veux que tu me dises tout. »

Le Vautour la regarda se diriger vers le fourgon en se concentrant sur le dandinement de son arrière-train. Son visage se tordit en un semblant de grimace. *Ça m'étonnerait vraiment que tu veuilles que je te dise tout,* songea-t-il.

CHAPITRE 46

Vendredi matin, en arrivant à son travail, Cindy reçut un bouquet de fleurs. Jack les lui avait envoyées avec un petit mot.

« Viens aujourd'hui, s'il te plaît. J'ai besoin de toi. »

Ce message, auquel elle aurait souhaité rester indifférente, la toucha profondément. Elle avait quitté Jack, certes, mais elle l'aimait toujours. Le quitter n'avait pas été le plus difficile. Le véritable défi était de tenir, de résister à son envie d'être avec lui. La veille, alors qu'elle se forçait à une froideur distante, elle avait senti fondre ses réserves. La mort de Gina lui avait rappelé la brièveté du temps dont on dispose pour faire des choses dans la vie, et la vanité des rancunes et du ressentiment. Gina était sans doute morte persuadée que Cindy la haïssait. Et la jeune femme ne voulait pas que, Dieu l'en garde ! la même chose arrivât à Jack.

Au moment où le téléphone sonna, à trois heures de l'après-midi, elle avait pris sa décision : elle irait au tribunal.

« Mademoiselle Paige, dit une voix de femme, je suis l'assistante de Me Cardenal. Excusez-moi de vous déranger, mais il m'a demandé de vous appeler immédiatement.

— Je vous écoute, répondit Cindy, le cœur battant à

l'idée que le procès pouvait déjà être terminé, et le verdict rendu.

– Me Cardenal et Me Swyteck sont tous les deux au tribunal, ils ne peuvent pas vous téléphoner eux-mêmes. Mais ils ont besoin de vous. Il faut que vous témoigniez une seconde fois. C'est extrêmement important. »

Cindy était très étonnée. Comment ce qu'elle pourrait dire avait-il la moindre chance d'aider Jack ?

« Je me préparais justement à y aller. » Elle consulta sa montre. « Je pourrais être là à trois heures vingt. Ça ira ?

– Oui, je crois, répondit la femme. Mais dépêchez-vous, je vous en prie. »

Dès que Cindy eut entendu le déclic à l'autre bout de la ligne, elle saisit son sac et sortit en courant de son bureau pour aller au parking. Les pneus de sa Pontiac grincèrent violemment tandis qu'elle accélérait et prenait place dans la file de voitures qui se dirigeait vers Frontage Road, le plus court chemin pour se rendre au tribunal.

En général, Cindy ne conduisait pas vite, mais cette fois-ci elle était bien décidée à tester la rapidité de sa Pontiac. Le pied à fond sur l'accélérateur, les mains crispées sur le volant, elle jetait de temps à autre un coup d'œil sur l'indicateur de vitesse. L'aiguille atteignait des sommets, parcourant sans coup férir un champ strictement interdit par la loi. L'avenue était presque vide, et elle s'apprêtait à battre tous les records lorsque au sortir d'un virage le moteur se mit à avoir des ratés. Elle perdit rapidement de la vitesse.

« Allez », supplia-t-elle en pompant sur la pédale d'accélérateur. La voiture hoqueta, et le moteur s'arrêta tout à fait. Cindy se rapprocha du trottoir, le franchit et freina sur le bas-côté. Elle essaya à plusieurs reprises de remettre son moteur en marche, mais sans succès.

« Pas maintenant », marmonna-t-elle, comme si elle pouvait convaincre l'automobile de repartir. Il n'y avait aucun autre véhicule aux alentours, et Cindy regretta amèrement de ne pas avoir le téléphone dans sa voiture. Elle jeta un coup d'œil dans son rétroviseur latéral et sursauta : un étranger la regardait.

« Besoin d'un coup de main, mademoiselle ? » demanda l'homme assez fort pour qu'elle l'entende malgré sa vitre fermée.

Cindy hésita. L'homme avait l'air sympathique, mais la façon dont il avait soudain surgi l'intriguait. Dans son rétroviseur central, elle aperçut un vieux fourgon gris, garé à quelque distance. Cindy examina l'homme attentivement, mais avec sa casquette de base-ball et ses lunettes de soleil il était difficile de déchiffrer son expression. Tant pis, pensa Cindy, Jack a besoin de moi. Elle entrouvrit sa fenêtre. « Ma voiture...

— ... a du sucre dans le carburateur », termina l'homme à sa place.

Cindy tressaillit. « Il faut...

— ... que vous alliez au tribunal », l'interrompit-il à nouveau.

Les yeux écarquillés par la peur, Cindy ne réagit pas immédiatement. Puis sa fenêtre explosa soudain, la recouvrant d'éclats de verre. Elle hurla, actionna l'avertisseur, mais ses cris furent bientôt étouffés et remplacés par des efforts désespérés pour respirer : l'énorme main de son agresseur lui serrait le cou d'une poigne irrésistible.

« Ja-ack ! tenta-t-elle de crier.

— Ce n'est pas Jack, ma poupée », dit l'homme en sortant de sa gaine le couteau à lame tranchante qui avait eu le temps de refroidir depuis le meurtre de Gina Terisi.

CHAPITRE 47

Jack aurait aimé voir son père avant que l'audience ne reprît en début d'après-midi. Manny s'y opposa formellement : le père et le fils ne devaient en aucun cas communiquer avant la fin du procès. McCue s'étant réservé le droit de citer de nouveaux témoins en réfutation, il pouvait encore appeler le gouverneur et, quoi qu'aient pu se dire Jack et Harry, ce serait du gâteau pour le contre-interrogatoire.

En fait, McCue ne cita aucun autre témoin. À quatre heures, les conclusions étaient terminées. Manny plaida brillamment, développa les arguments qu'il avait une première fois exposés durant le témoignage du gouverneur. Il rappela aux jurés que la loi ne faisait pas obligation à Jack de prouver son innocence, alors que le ministère public était censé prouver sa culpabilité, au-delà de tout doute raisonnable.

McCue fit de son mieux, puis se retira dans son bureau. Jack et Manny attendirent dans le local des avocats, non loin de la salle d'audience. Moins de deux heures plus tard, on vint les prévenir que le jury avait fini de délibérer.

Ils se levèrent d'un bond et parcoururent le couloir au pas de course, l'un à côté de l'autre. La nouvelle s'était répandue, et le temps qu'ils arrivent devant la porte de la salle une foule de spectateurs les suivait de près. Wilson McCue était assis à sa place. Manny et Jack s'installèrent à la table de la défense. Jack jeta un coup d'œil dans la partie réservée au public. Dix rangs derrière lui, Neil Goderich lui sourit d'un air rassurant. De l'autre côté du couloir central, Mike Mannon, l'air soucieux, leva cependant son pouce en signe d'encouragement. Jack s'aperçut, le cœur serré, que Cindy n'était pas là. Les fleurs n'avaient pas suffi à la convaincre.

« Tout le monde se lève ! » annonça l'huissier.

Le juge Tate se dirigeait vers son estrade. Jack ne lui accorda qu'un coup d'œil distrait. Toute son attention était concentrée sur les douze jurés qui s'asseyaient à leur tribune pour la dernière fois. Jack se remémorait tout ce qu'il avait lu sur la psychologie des jurys, et sur les différentes façons de prévoir leur verdict. Il existait une abondante littérature sur le sujet. Regardaient-ils l'accusé ou le procureur ? Cependant, Jack était pour l'instant trop ému pour se fier à ses souvenirs des différents tests. La sensation d'être jugé le brûlait littéralement : son sort était entre les mains de douze inconnus.

Le juge Tate interrogea le jury dans un silence religieux.

« Le jury est-il parvenu à un verdict ?
— Oui, répondit le porte-parole des jurés.
— Voulez-vous le remettre au greffier, je vous prie ? »

Le document circula du porte-parole au greffier, puis du greffier au juge. Le juge l'examina et le rendit au greffier pour lecture à haute voix. Ce long rituel mit tout le monde au bord de la crise de nerfs. Assis sur le bord de son siège, chacun retenait son souffle ; le silence était si profond qu'on entendait bourdonner les tubes de néon qui éclairaient la salle.

Et voilà, pensait Jack. Ma vie ou ma mort. Il fallait qu'il garde son calme. Un instant plus tôt, Manny et lui évaluaient leur pourcentage de chances. Mais les chiffres étaient trompeurs. Un an auparavant, lorsque la mère de Cindy avait été atteinte d'un cancer du sein, son médecin les avait rassurés, en affirmant que cette maladie se guérissait désormais dans quatre-vingts pour cent des cas. Elle avait donc toutes ses chances, et Jack s'en était réjoui comme le reste de la famille. Puis il avait songé aux cent dernières personnes qu'il avait rencontrées, et imaginé que vingt d'entre elles étaient condamnées à mourir. Son moral en avait pris un sacré coup.

« Accusé, levez-vous », dit le juge.

Jack, les poings serrés, regarda Manny, et les deux hommes se levèrent à l'unisson.

« En ce qui concerne l'accusation de meurtre au premier degré dans l'affaire "Ministère public contre Swyteck", le jury déclare l'accusé non coupable. »

La salle rugit d'une clameur incontrôlée. Jack serra Manny contre son cœur. Jamais il n'avait serré un homme aussi fort, pas même son père. Mais si le gouverneur avait été là, Jack lui aurait brisé les côtes.

« Du calme ! » s'écria le juge, tentant de rétablir l'ordre. La rumeur s'apaisa. Manny et Jack se rassirent avec un sourire d'excuses.

« Mesdames et messieurs les jurés, je vous remercie. Vous pouvez maintenant vous retirer. L'acquittement est prononcé. Maître Swyteck, vous êtes libre. L'audience est levée. » Et le juge Tate ponctua ces dernières paroles d'un coup de marteau sur son estrade.

Des cris de félicitations éclatèrent dans la salle. Neil et Mike, qui n'avaient jamais cessé d'espérer, franchirent précipitamment la barrière qui les séparait des avocats. Ils tapèrent dans le dos de Jack, heureux de serrer la main de leur ami reconnu innocent. Jack était au comble du bonheur, mais encore sous le choc. Il scrutait la salle, espérant voir Cindy. Puis il s'aperçut d'une autre absence. « Où est mon père ? demanda-t-il à Manny, en essayant de faire porter sa voix pour qu'elle recouvre le tumulte de la salle d'audience.

– Nous avons prévu des petites festivités dans mon bureau », répondit ce dernier en souriant.

Jack baignait dans l'euphorie. Il avait l'impression qu'on venait de le retirer du couloir des condamnés à mort pour le plonger tout d'un coup dans la lumière du jour. Jamais il n'avait éprouvé un tel désir de voir son père. Manny et lui s'apprêtaient à partir lorsque Wilson McCue leur barra abruptement le passage.

« Je ne sourirais pas, à votre place », déclara le procureur avec amertume. Il s'exprimait d'une voix basse et menaçante, de façon à ne pas être entendu de la foule. « Ce n'est que le premier round, les gars, et le second ne va pas tarder. Tout dépendra du temps qu'il me faudra pour constituer un grand jury. Je vous ai prévenu, Swyteck. Je vous ai dit que je vous poursuivrais pour le meurtre de Gina Terisi. La seule question que je me pose est de savoir si je commence par vous, ou par l'inculpation de votre père pour le meurtre d'Eddy Goss. »

Jack le regarda avec mépris. « Vous n'avez pas l'intention d'ôter vos œillères, hein, McCue ?

– Taisez-vous, Jack, dit Manny.

– Très juste, contra McCue. Taisez-vous. Invoquez le cinquième amendement. C'est un tic de famille. » Il secoua la tête avec dégoût et tourna les talons pour affronter la meute des journalistes.

Jack n'avait qu'une envie : lui courir après et rétablir les faits. Mais Manny l'en empêcha. « Calmez-vous, Jack ! » conseilla-t-il en l'attirant du côté de l'estrade pour être à l'abri de la foule frénétique. « McCue peut se permettre de parler sous le coup de la colère, pas vous. Pour l'instant, laissez-moi m'occuper de la presse. Vous feriez mieux de retourner dans mon bureau. Il faut que nous discutions avec votre père.

– Mon père, répéta Jack, comme s'il s'abreuvait à une source vivifiante. D'accord, retrouvons-nous dans votre bureau. » Il ouvrit la barrière et se fraya un chemin parmi les journalistes, la tête baissée, ignorant les questions qui fusaient. Il ne lui fallut que trois minutes pour se glisser dans sa Mustang, garée dans le parking.

À peine était-il installé derrière le volant que le téléphone sonna. Serait-ce Cindy ? se demanda-t-il en nourrissant l'espoir que la jeune fille avait pardonné. Mais pourquoi appellerait-elle ce numéro ? Elle ne pouvait avoir déjà pris connaissance du verdict.

Il décrocha nerveusement.

« Jack ? C'est moi, Cindy.

— Cindy ! s'exclama-t-il avec un intense soulagement. Où es-tu ?

— La scène du balcon est terminée, Roméo, intervint l'horrible voix qu'il avait appris à reconnaître, celle de l'homme qui l'avait menacé dans le car. Elle est avec moi. »

D'une main tremblante, Jack serrait le téléphone contre son oreille. Malgré la terreur qui le submergeait, il trouva la présence d'esprit nécessaire pour éteindre son moteur. « Que lui avez-vous fait ? demanda-t-il d'une voix brisée par l'émotion.

— Rien. Pour l'instant.

— C'est moi que vous voulez, espèce de salaud. Laissez-la tranquille !

— Fermez-la, Swyteck. J'en ai marre des embrouilles. Votre satané droit a tout foutu en l'air encore une fois. Maintenant, c'est moi qui vais dicter les règles du jeu. Je veux du fric : un paquet de fric. Je veux deux cent cinquante mille dollars. En liquide. Des billets de cinquante, non marqués. »

Les tempes battantes, Jack essaya d'amadouer son interlocuteur. « Je ferai tout ce que vous voudrez. Mais c'est beaucoup d'argent. Ça me prendra du temps, et...

— J'ai bien peur que votre petite amie n'ait pas beaucoup de temps. Voyez ça avec votre père, connard. Il a tellement envie de vous aider.

— D'accord. Mais ne lui faites pas de mal, je vous en prie. Dites-moi où je dois vous apporter l'argent.

— À Key West. Et venez tous les deux.

— Tous les deux ?
— Votre père et vous.
— Je n'ai pas besoin de mon père pour...
— Ne discutez pas ! Faites ce que je vous dis, aboya le sadique. Je veux savoir où sont tous les gens impliqués dans cette histoire, pour pas risquer de tomber dans un piège. Pas un mot à la police, ni au FBI ou à qui que ce soit. Si j'aperçois le moindre signe d'un déploiement de forces, c'est votre petite amie qui trinque. Au moindre barrage sur les routes, au premier hélicoptère dans le ciel, à la première allusion à l'affaire à la télévision ou dans les journaux, bref si j'ai ne fût-ce que l'impression que vous avez appelé la cavalerie, elle est morte. À la seconde même. C'est moi contre Swyteck, n'oubliez pas ça.
— Je n'oublierai pas, affirma Jack, la gorge serrée. Quand voulez-vous que nous venions ?
— Samedi soir, le 29 octobre.
— C'est après-demain, protesta Jack.
— Exact. C'est carnaval, à Key West, ce week-end. Tout le monde sera déguisé. Moi aussi. Pas l'ombre d'une chance de me trouver au milieu de ce bordel. C'est clair, Swyteck ?
— Comment est-ce qu'on vous contactera ?
— C'est moi qui vous contacterai. Prenez une chambre dans l'un des grands hôtels du bord de mer, sous votre nom. Je vous trouverai. Des questions ?
— Non, dit Jack en soupirant.
— Bien. Très bien ! Hé, Swyteck !
— Oui ?
— Faudra payer pour voir », le nargua l'homme une dernière fois avant de raccrocher.

Ce soir-là, ils auraient dû faire la fête, son père, Cindy et lui, boire du Dom Pérignon, se régaler des mets les plus délicieux, comme si la vie était un conte de fées. Bien au contraire, le cauchemar continuait.

Comme convenu, Jack se rendit chez Manny, où il

retrouva son père. Tous deux examinèrent leurs possibilités.

« Agnès et moi nous pourrons trouver l'argent, assura le gouverneur à son fils. Ça ne posera pas de problèmes. Et, bien entendu, je peux mobiliser les meilleures forces de police disponibles. Il me suffit de passer un coup de fil. Je peux d'ailleurs le faire immédiatement.

– C'est impossible, répliqua Jack en secouant la tête. Il tuerait Cindy, j'en suis sûr. Il s'en apercevra tout de suite.

– Tu as sans doute raison, répondit son père en soupirant. C'est un vrai cinglé, mais il est malin comme un singe. Il doit s'être arrangé pour entendre les fréquences radio de la police. D'ailleurs, les postes de police sont des vraies passoires ; en dix ans, j'ai appris à m'en méfier. »

Le père et le fils se regardaient en silence. Enfin, le gouverneur dit : « D'accord, on ne fait pas appel à la police. Mais j'ai pas mal d'amis dans le secteur privé. Des agents du FBI à la retraite, des anciens des services secrets. Ils pourront nous aider. Ils pourront en tout cas nous donner de précieux conseils. »

Jack réfléchit quelques instants, un peu réticent. Mais il finit par se rendre aux arguments de son père. « À une seule condition, dit-il, qu'ils se contentent de nous donner des conseils. Quand viendra le moment d'agir, cela ne concernera plus que moi...

– Tu te trompes, rétorqua Harry, cela nous concernera tous les deux. »

Jack observa le gouverneur. Le sourire que ce dernier lui adressait était rassurant, franc. Il signifiait qu'il n'existait pas l'ombre d'un doute. Jack pouvait désormais compter sur son père.

« D'accord. On s'y met. On va le coincer, ce salaud ! À nous deux. »

V

Samedi 29 octobre

CHAPITRE 48

Le lendemain, Jack et Harry Swyteck empruntèrent la US 1 jusqu'à Key West, où ils arrivèrent aux alentours de midi. Ils suivirent les palmiers, le long du bord de mer, et garèrent la voiture qu'avait louée Harry, une Ford Taurus, dans les parages de Duval Street, la grande artère qui traverse le quartier touristique et commerçant. Galeries d'art et magasins d'antiquités, tous situés au pied d'immeubles fraîchement repeints en blanc, s'alignaient tout au long des deux trottoirs de Duval Street et des rues qui y menaient. Ils étaient flanqués d'échoppes où l'on vendait des billets pour des promenades sous-marines ou des T-shirts, de stands de location de vélos et de bars d'où s'échappait un fond sonore de rock, de calypso ou de folk.

Mallory Square était situé à l'extrémité nord de Duval Street. Animée et populaire, la place était le lieu de rendez-vous de magiciens, de jongleurs et de portraitistes qui, le crépuscule venu, attiraient une faune joyeuse et bigarrée. Chaque soir, ici, c'était la fête. Pendant le carnaval, Duval Street tout entière ressemblait à Mallory Square.

Cela faisait cinq jours que durait le carnaval lorsque les Swyteck arrivèrent à Key West. La fête battait son plein. Des touristes achetaient les plumes et les masques qu'ils porteraient pour le traditionnel défilé de

Halloween, tandis que d'autres se contenteraient du rôle de spectateurs. Beaucoup étaient déjà costumés. Des hommes étaient habillés en femmes ; des femmes étaient déguisées en Martiennes ; les plus effrontés des représentants des deux sexes n'avaient recouvert leur torse nu que de motifs psychédéliques peints à même la peau.

« Regarde ça, dit Jack assis à la place du passager, en désignant un homme revêtu d'un pagne violet et d'un bonnet rose.

– C'est sans doute le maire », affirma Harry, pince-sans-rire.

L'hôtel qu'ils avaient choisi était tout proche. Ils sortirent leurs sacs et leurs mallettes du coffre et s'engagèrent sur un vieux trottoir pavé, en bénissant la fraîcheur que leur procuraient la brise océane et l'ombre de chênes centenaires. Il était difficile de trouver des chambres d'hôtel pendant le carnaval, surtout si on réservait à la dernière minute ; mais le gouverneur avait des relations. Ils s'inscrivirent à la réception et portèrent leurs bagages dans une suite du sixième étage.

Les grandes baies vitrées offraient – si l'on peut employer ce terme à propos d'une chambre à huit cents dollars la nuit – une vue à couper le souffle sur le golfe de Mexico. Jack sortit sur le balcon et regarda le Pier Point, un de ces restaurants du bord de mer où la nourriture est rarement à la hauteur de l'ambiance. Tout cela lui semblait complètement irréel... Il aurait tellement voulu se dire que Cindy allait les rejoindre d'un moment à l'autre, qu'ils iraient faire la fête ensemble, ou marcher sur la plage, ou basculer tête à l'envers sur les balançoires du Lunapark et s'asseoir enfin, épuisés, à la table préférée d'Ernest Hemingway ! La tâche qui attendait le père et le fils était, hélas, d'une tout autre nature. Et ils avaient un rendez-vous. À une heure, celui qu'ils étaient venus rencontrer frappa à leur porte.

Le gouverneur fit les présentations : « Peter Kimmel ; mon fils, Jack. » Ce dernier referma les baies vitrées, et tira les rideaux. Il serra avec reconnaissance la main du nouveau venu. Peter Kimmel était un homme de haute taille, à l'allure souple d'un chat. Son visage, naturellement inexpressif, révélait cependant, grâce au regard inquisiteur que laissaient filtrer ses yeux, sa quête incessante d'informations complémentaires sur le monde. Jack eut la désagréable sensation d'être jaugé à l'aune de critères très particuliers et inconnus de lui.

Les vieilles habitudes ne meurent jamais tout à fait, et Peter Kimmel, même s'il avait pris sa retraite deux ans plus tôt et vivait désormais sur son bateau, ancré dans les Keys de Floride, était un vétéran des services secrets. Il s'était rapidement lassé de la pêche au gros et avait entrepris avec une farouche détermination de devenir champion senior toutes disciplines sportives confondues. Il y avait employé les qualités et l'énergie qui lui avaient permis de survivre dans son dangereux métier, et il avait réussi. Il lui arrivait encore, de temps à autre, d'accepter un contrat d'enquêteur privé, et Harry Swyteck avait eu recours à ses services lors d'événements qui nécessitaient un service de sécurité exceptionnel. Le gouverneur faisait une confiance aveugle à Kimmel, qu'il considérait comme la meilleure autorité dans son domaine. Qui plus est, il n'y avait aucun risque que Kimmel commît la moindre indiscrétion envers la presse ou la police.

« Alors, voilà Jack ! s'exclama Kimmel, cordialement. Votre père m'a beaucoup parlé de vous, mon garçon, et plutôt en bien ! » Il considéra successivement le père et le fils, et reprit : « Vous êtes prêts ?

— Prêts.

— Bon. Je vais vous montrer les joujoux que je vous ai apportés. » Il hissa sur le lit une valise grise en métal, presque aussi grande qu'une malle. « Voilà ! » dit-il en l'ouvrant.

Les Swyteck observèrent en silence le contenu de la

valise. « Que s'est-il passé ? demanda Harry. Vous avez confondu vos bagages avec ceux de James Bond ?

— Vous n'aurez pas besoin de la moitié de ces trucs, répondit Kimmel, mais tout ce dont vous pourriez avoir besoin est là. Tout. Du détonateur activé par la voix aux lunettes à infrarouge.

— Je trouve qu'il vaudrait mieux se cantonner à des choses simples, dit Jack.

— Tout à fait d'accord. Voyons d'abord les armes. Vous savez tirer, Jack ? »

Jack sourit ironiquement. Comment Wilson McCue aurait-il répondu à cette question ? « À peu près, déclara-t-il. Quand j'étais à l'université, j'ai eu une petite amie qui ne se sentait pas en sécurité dans l'appartement si elle n'avait pas d'arme. Alors, j'ai appris à m'en servir.

— Bon. Voilà pour vous, mon garçon. »

Il sortit de sa valise un pistolet noir et lisse. « Je vous le recommande. C'est un Glock Safe Action, 9 millimètres. Fabrication autrichienne. Haute technologie. Entièrement en plastique, mais plus solide que l'acier. Il ne pèse qu'un kilo, même chargé. Vous l'aurez bien en main. Diablement efficace, en plus. Inutile d'être juste en face de ce cinglé pour lui faire sauter la cervelle. Et, compte tenu de sa puissance, son recul est minime. » Il le tendit à Jack.

« Quel effet ça vous fait, camarade ? »

Jack haussa les épaules. « L'effet d'être un pistolet.

— Il faut qu'il vous fasse l'effet d'être parfaitement intégré à votre main, Jack. D'être le prolongement normal de votre bras. Pensez-y. » Il reprit le pistolet et le rangea dans la valise. « Bon, parlons protection, maintenant. Il vous faut des gilets pare-balles. Ça tient horriblement chaud, mais c'est indispensable. Voilà ce qui se fait de mieux. Kevlar 129 et fibres Spectra. Protection complète : devant, derrière et sur les côtés. Ne remonte pas, grâce à ses attaches multipoints. Arrête une balle de 44 Magnum à une vitesse de cinq cents mètres à la seconde, c'est-à-dire tirée à bout portant. Ne pèse que deux kilos et autorise toute liberté de mouvement. Sous un sweat-shirt un peu ample, le kidnappeur ne s'apercevra même pas que vous le portez. Et j'ai la même chose pour vous, monsieur le Gouverneur. Je sais que vous détestez les gilets pare-balles, mais...

— Je le porterai, dit Harry sans hésitation.

— Bon. Étudions maintenant notre plan d'action. Pour vous aider à affronter ce type, il faut que je sache tout sur lui. Tout ce que vous savez, en tout cas. Parlez-moi du meurtre qu'il a avoué avoir commis. Qui était la femme qu'il a tuée ?

— Une jeune fille, répondit Jack. Elle était allée en boîte avec un crétin, qui s'est saoulé. Elle a voulu rentrer chez elle et elle s'est fait agresser sur le parking. Le lendemain, on l'a retrouvée sur la plage, la gorge tranchée.

— Quoi d'autre ? demandait Kimmel au moment où le téléphone sonna. Vous attendez un coup de fil ?

— Non », dit Harry.

La sonnerie avait déjà retenti trois fois. « Répondez, Jack, ordonna Kimmel.

— Allô, dit Jack, qui écouta avec attention. Non, merci », continua-t-il juste avant de raccrocher. Son père et Kimmel le regardaient, attendant impatiemment de connaître la raison de cet appel. « Il y a un paquet pour nous à la réception.

— Envoyé par qui ? interrogea Kimmel.

— Il n'y a aucun nom d'expéditeur. Cela doit être lui... Quand il m'a téléphoné, hier, il m'a dit que nous n'avions qu'à prendre une chambre dans un des grands hôtels et que nous aurions de ses nouvelles. À Key West, les possibilités sont limitées. La preuve : on dirait bien qu'il nous a trouvés. »

Kimmel hocha la tête en signe d'assentiment. « Demandez-leur de faire monter le paquet. »

Jack appela le directeur pour le prier de leur apporter lui-même le paquet, ce qu'il accepta très volontiers. En deux minutes, il était à la porte. Ce fut Kimmel qui lui ouvrit. Après l'avoir remercié, il déposa sur le lit un paquet de la forme et de la taille d'une boîte à chaussures, qu'il soumit à un détecteur de métaux. L'appareil se mit à sonner.

« Vous croyez qu'il nous envoie une bombe ? s'enquit le gouverneur.

— Certainement pas. S'il avait l'intention de vous zigouiller, il y a longtemps qu'il l'aurait fait. Ouvrez. »

Jack défit soigneusement le nœud, et coupa le ruban adhésif avec une minutie digne d'un chirurgien. Puis il souleva le couvercle. À l'intérieur de l'emballage, il y avait un téléphone portable et une enveloppe grand format avec l'inscription suivante, écrite à la main : « Branchez le téléphone à minuit. »

« Bien, dit Kimmel. Nous savons que le kidnappeur n'a pas perdu la tête. Il joue toujours le même jeu. Ce qui signifie qu'il y a de l'espoir.

— Qu'y a-t-il dans l'enveloppe ? » demanda Harry.

Kimmel la décacheta et déplia le document qui était à l'intérieur.

« C'est un certificat de décès, déclara-t-il.

— Pas celui de Cindy ? interrogea Harry, pris d'un accès de frayeur.

— Raul Francisco Fernandez, déchiffra Kimmel. Établi par les autorités compétentes. Un double, parfaitement exact sauf en ce qui concerne la clause 30, la cause de la mort. On arrive encore à lire ce qui était écrit à la machine à l'origine : arrêt cardiaque consécutif à une électrocution. Mais quelqu'un a biffé cette mention, et l'a remplacée par une autre, écrite à la main. » Il tendit le document au gouverneur.

« Jack Swyteck », lut à haute voix le gouverneur, dont la voix se brisa en prononçant ces paroles.

Un lourd silence tomba sur la chambre. Puis Kimmel examina le certificat de plus près. « Pour quelle raison peut-il bien faire ça ?

— C'est le même message depuis le commencement, répondit Jack. Il rejette la faute sur moi.

— Non, je parle d'autre chose, dit Kimmel. Il y a un autre message, un peu moins évident. Peut-être même involontaire. Clause 7, regardez. C'est là que figure le nom de la personne qui fournit sur le mort les renseignements nécessaires pour remplir le certificat. Ici, il est écrit Alfonso Perez.

— Qui est-ce ? demanda Jack.

— C'est un nom courant. Plein de gens doivent s'appeler comme ça. Mais, lorsque je faisais partie des forces de l'ordre, c'était un des pseudonymes qu'employait un type qu'on connaissait sous le nom d'Esteban. Tous les agents fédéraux basés à Miami dans les années 80 connaissent le personnage. Très malin. Parle aussi bien l'anglais que l'espagnol. Change fréquemment d'identité et d'apparence. Les fédéraux n'ont jamais réussi à suivre sa trace. J'ai entendu dire qu'ils avaient été à deux doigts de le choper, il y a un an, mais il leur a filé entre les pattes une fois de plus et il s'est tiré quelque part dans les Caraïbes. En tout cas, il est soupçonné d'avoir commis au moins cinq kidnappings suivis de meurtres. Dans notre pays.

— Il est recherché dans d'autres pays ? demanda Jack.

— C'est un Cubain. Un ancien de l'armée de Castro. Il a appris son métier dans les camps d'entraînement russes, pendant la guerre en Angola. Le principal titre de gloire de ce salaud est d'avoir torturé des prisonniers politiques. En guise de récompense, on lui a filé une superpromotion : il est entré dans le *Batallon especial seguridad,* l'unité d'élite de l'armée de Castro. On dit que quand il s'est trouvé privé de ses amusements habituels, comme arracher des ongles, crever des yeux et couper des têtes à la baïonnette, il a disjoncté. C'était un véritable intoxiqué de la violence. Alors il s'est mis à tuer. Il a violé et assassiné une douzaine de femmes à La Havane, toutes des prostituées. Les Cubains l'ont collé dans une cage à cinglés pendant deux ans. Et Castro l'a envoyé à Miami en 1980, quand il a vidé ses prisons et ses asiles, et a flanqué tout ce beau monde sur les bateaux qui partaient de Mariel[1]. Ces satanés bateaux de prétendus réfugiés se sont transformés en un véritable cheval de Troie. Esteban n'a eu qu'à se glisser parmi les cent cinquante mille Marielitos, comme on les a appelés. Depuis, le FBI et les services d'immigration n'ont cessé de le rechercher.

— Raul Fernandez aussi est arrivé à Miami au moment de Mariel, dit Jack pensivement.

— Ce n'est sans doute pas une coïncidence, répondit Kimmel. Mais Fernandez n'était pas forcément un criminel ; ce n'est pas ce que je voulais dire. Il y en avait de cachés parmi les Marielitos, mais pas beaucoup. » Jack et son père réfléchissaient en silence. « Vous pensez que ce pourrait être lui ? » demanda enfin Jack.

Kimmel poussa un profond soupir. « Je ne peux pas l'affirmer. Mais il y a une chose que je peux affirmer, bon Dieu ! J'espère pour vous que non ! »

Jack se leva. Il se dirigea vers la fenêtre, et écarta un peu les rideaux pour jeter un coup d'œil sur le vaste océan. « Ce n'est pas pour moi que je suis inquiet », déclara-t-il avec un tremblement dans la voix.

---

1. Mariel : ville côtière à une quarantaine de kilomètres de La Havane. En 1980, Castro a autorisé les Cubains qui le désiraient à quitter l'île à partir du port de Mariel. Les réfugiés se sont tous dirigés sur Miami.

CHAPITRE 49

De l'autre côté de Key West, près du quartier touristique qu'on appelle l'« extrême sud des États-Unis d'Amérique », sous les planchers de pin pourrissants d'une maison blanche abandonnée, Cindy Paige plissa péniblement les paupières. Elle n'était pas certaine d'être réveillée. Autour d'elle, l'obscurité était totale. Elle voulut se toucher les yeux, pour s'assurer qu'elle n'était pas devenue aveugle, mais ses mains ne pouvaient pas bouger. Elles étaient liées. Elle se débattit, pour se dégager, mais ses pieds étaient également attachés. Elle hurla, mais ne reconnut pas son cri. Elle hurla à nouveau. Le son était étouffé, comme si une main lui couvrait la bouche. Y avait-il quelqu'un ? Y avait-il quelqu'un avec elle ? Et soudain, la mémoire lui revint. Les deux derniers événements dont elle se souvenait étaient, dans l'ordre, un sac qu'on lui jetait sur la tête et une main qui agrippait son bras.

Elle entendit un bruit de pas au-dessus de sa tête. Son cœur battait à tout rompre. Quelques pas encore, et une lumière aveuglante blessait son regard. Un courant d'air frais balaya son visage, la rendant douloureusement consciente de la chaleur qui régnait dans son enfer personnel. Elle s'habitua peu à peu à la lumière et reconnut l'homme en casquette et lunettes de soleil qui l'avait attaquée dans sa voiture.

« Du calme, ma belle », dit doucement Esteban. Il était assis par terre, et lui parlait à travers un trou ménagé dans le sol de bois. « Personne ne va vous faire de mal. »

Cindy n'avait jamais eu si peur de sa vie. Ses dents claquaient. Sa poitrine se soulevait convulsivement, à petits coups saccadés.

« Je vous en supplie, criait-elle avec ses yeux, ne me faites pas de mal !

– Si vous me promettez de ne pas hurler, dit l'homme à la casquette, je vous enlèverai votre bâillon. Si vous me promettez de ne pas vous enfuir, je vous sortirai de ce trou. Vous promettez ? »

Cindy fit signe que oui, avec toute la conviction dont elle était capable.

La bouche d'Esteban se retroussa en une cruelle grimace. « Je ne vous crois pas. »

Cindy hoqueta de façon pathétique.

« Ce n'est pas ma faute, reprit-il. C'est la faute de votre petit ami. Swyteck m'a obligé à faire ça. Je n'en avais pas l'intention. J'aurais eu de si nombreuses occasions de vous faire du mal, si j'avais voulu ! Mais je ne voulais pas. Et je ne vous ferai pas de mal si Swyteck fait ce que je lui dis de faire. Vous me croyez, n'est-ce pas ? »

Cindy, les yeux écarquillés de fureur, fit signe que oui.

« Bon. Je ne peux pas vous autoriser à sortir de votre petite cachette, mais je vous propose quelque chose. » Il lui montra une seringue. « C'est un barbiturique. C'est grâce à ça que vous avez dormi aussi profondément. Je ne me suis pas trompé dans mon dosage. Mais maintenant, j'ai un problème. Je ne sais pas si vous avez éliminé la première dose. Si je vous en donne trop, vous risquez de ne pas vous réveiller du tout. Alors, si vous me promettez de rester bien tranquille, on laisse tomber la piqûre. C'est d'accord ? »

Cindy hocha la tête.

« Voilà une fille intelligente ! » ajouta-t-il en remettant en place une des planches qu'il avait écartées pour lui parler. Cindy émit un petit cri étouffé. Il s'arrêta et la menaça du doigt. « Plus un bruit », lui rappela-t-il sur le ton qu'emploierait un parent aimant pour dire à son gosse de quatre ans qu'il ne pourra pas dormir avec papa et maman cette nuit.

Cindy avala sa salive et se débrouilla pour cesser de pleurer.

« Voilà. C'est beaucoup mieux. Et ne vous inquiétez pas. Je vous ai trouvé une installation plus confortable. Vous allez sortir de là très bientôt. »

Cindy, couchée dans son trou, tremblait de tous ses membres et espérait un miracle. Il reposa les planches, et l'obscurité l'entoura de toutes parts.

« Bonne nuit, ma belle », l'entendit-elle dire à travers la barrière de bois.

Esteban se releva et enleva sa casquette et ses lunettes de soleil. Il régnait au-dessus du plancher de bois la même humidité qu'au-dessous. Les murs suintants de la pièce où il se trouvait en portaient la trace. Quelques clochards de passage avaient laissé sur place leurs boîtes de bière vides, leurs couvertures de carton et des mégots de cigarettes ; Esteban n'avait apporté que ce qui lui était strictement nécessaire. Une glacière pleine, sa radio amateur, deux fauteuils et trois ventilateurs alimentés par piles qui brassaient l'air immobile. De crainte d'être découvert, il n'osait pas ouvrir les fenêtres. Mais il y avait très peu de chances que cela arrive. La maison était presque engloutie sous une épaisse végétation tropicale, et c'est tout juste s'il ne lui avait pas fallu une machette pour se frayer un passage jusqu'à la porte d'entrée. De plus, son poste de radio amateur branché sur les fréquences de la police le rassurait pleinement. Personne ne les cherchait.

« Tu l'appelles "ma belle", maintenant ? Qu'est-ce que c'est que ce cirque ? » grogna Rebecca, debout sur le pas de la porte.

Surpris, Esteban l'examina rapidement. Elle portait un short très court, un débardeur lâche et décolleté, et n'avait pas pris la peine de mettre des chaussures, ou un soutien-gorge. De plus, elle n'était pas maquillée. Même sa peau très bronzée, comme celle de beaucoup de femmes qui travaillent la nuit, ne lui donnait pas l'air d'être en bonne santé.

« Un cirque dont les putes de ton genre ignorent jusqu'à l'existence. » Indignée, Rebecca traversa la pièce pour prendre un Coca dans la glacière.

« Si elle est si belle que ça, pourquoi tu l'enfermes sous le plancher ? Hein ? »

Le visage d'Esteban devint glacial. « Elle est vivante, non ? Tu sais pourquoi ?

— Parce que, morte, elle ne te sert à rien.

— Non, cracha-t-il. Parce que je la surveille depuis des mois. Parce que je sais que ce n'est pas une salope comme sa copine, ou comme toi et toutes les autres suceuses qui dansent sur les tables. »

Rebecca s'appuya nerveusement contre le mur. Elle avait peur, mais ne voulait pas le montrer. « Écoute-moi bien. Je n'ai pas la moindre idée de ce que tu fabriques. Si quelqu'un doit se plaindre ici, c'est bien moi. J'ai passé le coup de téléphone, comme prévu. Tu m'as filé les six mille dollars, d'accord. Mais tu ne m'avais pas dit qu'il faudrait que j'aille à Key West avec toi pour ramasser le reste du fric. Tu ne m'as pas dit non plus qu'on embarquait la Belle au bois dormant dans le fourgon. Et il n'a surtout jamais été question de se terrer dans cet infect trou à rats, ou dans le prochain que tu vas nous dénicher. Alors, il faut augmenter ma part. Je le mérite. Ou alors, je me tire tout de suite. »

Il la regarda avec mépris. « Tu ferais n'importe quoi pour de l'argent, n'est-ce pas, Rebecca ?

— Parce que, toi, c'est pas pour le fric que tu fais tout ça ?

— Je fais ça pour Raul. Parce que Raul était innocent, bon Dieu ! »

Couchée sous le plancher, Cindy ne perdait pas un mot de la conversation. Le ton de l'homme lui faisait regretter de n'être pas endormie.

Rebecca sentit également la menace.

« Monte pas sur tes grands chevaux. Tout ce que je demande, c'est ce qui me revient. »

Esteban se dirigea lentement vers elle, comme s'il réfléchissait à sa proposition. Il mit la main dans sa poche. « Tu auras ce qui te revient, assura-t-il. Mais il faudra que tu le gagnes. Tiens », ajouta-t-il en lui jetant un billet de vingt dollars tout froissé. Puis il recula d'un pas et la regarda dans les yeux. « T'es payée, salope. Suce-moi.

— Va te faire voir », répliqua Rebecca, dos au mur.

Il la gifla. « Suce, je te dis. »

Elle essaya de lui glisser entre les doigts, mais il l'attrapa par le poignet et serra jusqu'à lui faire mal. « Fais-le. »

Rebecca retint le hurlement qui lui montait à la gorge en voyant l'expression du visage d'Esteban. Il lui était déjà arrivé de se trouver dans de sales draps. Des hommes l'avaient menacée de leur couteau, d'autres lui avaient uriné dessus. La dure école de la rue lui avait appris en quelles circonstances crier pouvait se révéler utile. Cette fois-ci, elle n'osait même pas l'envisager.

Elle s'agenouilla devant Esteban et, de ses mains tremblantes, ouvrit la fermeture de son pantalon. L'homme renversa la tête en arrière et grogna de plaisir. Elle se mit au boulot, s'activa avec toute l'ardeur nécessaire pour en finir vite. Vite fait, bien fait, c'était sa devise. Mais elle n'avalait jamais, par crainte du virus mortel. Elle entendit Esteban rugir, il allait jouir. Elle se prépara à se retirer, mais elle sentit une main brutale se fermer sur sa nuque et presser sa tête contre les cuisses de l'homme, l'obligeant à le prendre plus profondément dans sa bouche. Il rugissait de plus en plus fort. Elle étouffait. Il s'était enfoncé si profondément et la maintenait si solidement que toutes ses tentatives pour respirer étaient vaines. Complètement à bout de souffle, elle le mordit.

Esteban la frappa avec violence au visage, la renversant sur le sol. « Fais gaffe à tes putains de dents ! »

Rebecca hoquetait tout en s'essuyant la bouche du revers de la main. Elle le regarda craintivement. « Je ne pouvais plus respirer. »

Esteban la saisit par les cheveux, la contraignant à ployer la tête en arrière. « C'est le dernier de tes problèmes », répondit-il, le regard vague. Sous le plancher, Cindy se mit à trembler sans pouvoir se contrôler. Elle ferma étroitement les yeux pour cesser de pleurer, mais sans succès. Et il n'y avait rien qu'elle pût faire pour ne pas entendre.

« J'ai des projets, en ce qui te concerne, Rebecca », l'entendit-elle ajouter. Et le rire qui accompagna ces paroles lui glaça le sang.

CHAPITRE 50

Kimmel et les Swyteck passèrent le reste de la journée de samedi à échafauder des plans. Quelles que fussent les variantes, le triangle de base était identique. Jack et son père iraient sur le terrain et suivraient les instructions du kidnappeur. Kimmel resterait à l'hôtel, où l'on pourrait le joindre par téléphone ou par bip en cas d'urgence.

Vers dix heures du soir, les trois hommes avaient atteint le point de saturation. Ils se firent servir à dîner dans leur suite et mangèrent en silence. Les bruits de la fête qui se poursuivait dans Duval Street leur parvenaient de plus en plus fort : cris de joie ou feux d'artifice leur rappelaient inexorablement que dans deux heures on leur téléphonerait.

Quand il eut fini de dîner, Kimmel jeta sa serviette dans son assiette et se leva. En général, il fumait deux ou trois cigarettes par an. Ce soir, il avait dépassé son quota de l'année. Il saisit le cendrier et se rendit dans la pièce voisine pour examiner une fois encore les photographies et les messages envoyés par le criminel, comme si, en s'imprégnant de toutes les informations disponibles, il pouvait pénétrer dans l'esprit du kidnappeur.

Jack et Harry étaient assis face à face. Le gouverneur regardait son fils manger.

« Je suis désolé, Jack », affirma-t-il sur un ton de profonde sincérité. Jack n'était pas sûr de bien comprendre ce que voulait dire son père.

« Nous le sommes tous les deux. Je prie pour qu'on ramène Cindy, saine et sauve. Et nous n'aurons plus aucune raison d'être désolés ni l'un ni l'autre.

— Moi aussi, je prie pour qu'on la ramène. Évidemment. C'est le plus important. Mais je suis désolé à propos d'autre chose, ajouta-t-il, le visage empreint d'une expression de souffrance. Je suis désolé d'avoir bousculé un gamin qui faisait de son mieux, et de l'avoir désespéré en considérant que ce n'était jamais assez bien. Tu vois, Jack, parfois je me dis que, si tu avais été Michel-Ange, je serais entré dans la chapelle Sixtine et j'aurais sans doute dit un truc dans le genre : "Pas mal, mon garçon, mais tu as oublié les murs." » Il eut un bref sourire et redevint sérieux. « Je suppose que, du moment que ta mère était morte, je voulais que tu sois parfait. Mais ce n'est pas une excuse. Je regrette très sincèrement la peine que je t'ai causée. Je le regrette depuis longtemps. Il était temps que je te le dise enfin. »

Jack, très ému, la voix rauque, s'efforça de trouver les mots justes. « Tu sais, depuis trente-six heures, l'unique chose à laquelle je sois capable de penser, le kidnapping mis à part, c'est comment te remercier pour ce que tu as fait au tribunal.

— Tu peux me remercier en acceptant mes excuses », répondit Harry en souriant chaleureusement. Le cœur de Jack s'emballa. Bien sûr qu'il les acceptait ; il avait l'impression que c'était à lui de présenter des excuses. Il choisit une façon différente d'exprimer ses sentiments.

« Quand tu connaîtras Cindy, je suis sûr que tu l'aimeras.

— J'en suis convaincu », affirma le gouverneur, l'œil humide.

Avant que les deux hommes aient l'occasion de laisser libre cours à leurs émotions, Kimmel entra dans la pièce. Le moment était venu de s'habiller.

Jack et son père se regardèrent avec confiance. Leur union leur donnait de la force. « Allons-y », dit Jack. Le gouverneur acquiesça, et ils se rendirent ensemble dans la pièce voisine, où Kimmel les aida à se préparer. Ils revêtirent tous les deux des tenues sombres, au cas où ils auraient à se cacher. Des chaussures de sport, au cas où ils devraient courir. Et les gilets pare-balles qu'avait apportés Kimmel, au cas où ils ne pourraient ni se cacher ni courir assez vite.

« Qu'est-ce que c'est que ça ? demanda Jack à Kimmel qui accrochait un gadget sur son gilet.

– Un système de repérage. L'émetteur envoie un signal de un watt, de façon intermittente, pour que je reconnaisse facilement votre signal, et aussi pour que la pile dure plus longtemps. On ne sait jamais, cette histoire peut prendre plus de temps que nous ne l'imaginons. Si j'ai besoin de savoir où vous êtes, je n'ai qu'à consulter mon écran, ici même. »

Kimmel sortait son antenne lorsque le téléphone sonna.

Il était exactement minuit.

« Faites preuve de bonne volonté, lui rappela Kimmel, mais insistez pour entendre la voix de Cindy. »

Jack hocha la tête et décrocha.

« Alors, Swyteck, prêt à payer pour voir ? »

De la bonne volonté, pensa Jack. « Nous avons l'argent. Dites-nous où vous voulez procéder à l'échange.

– Ah, ah, l'échange, répondit Esteban d'une voix rusée. Comme vous le savez, aucun kidnappeur n'a jamais résolu convenablement la question de l'échange. C'est le moment le plus dangereux. Et si quelque chose va de travers, tout le reste se déglingue. Vous me comprenez, Swyteck ?

– Oui.

– Bien. Alors, voilà mon plan. Vous allez vous séparer. Votre père me remettra l'argent dans un endroit public. Vous irez chercher la fille dans un endroit privé. Malin, non ?

— Que voulez-vous que nous fassions ?

— Dites à votre père d'apporter l'argent sur le quai numéro 1, à côté de Mallory Square. Qu'il attende près de la cabine téléphonique. C'est moi qui viendrai le rejoindre. Je serai déguisé. Et, croyez-moi, il me reconnaîtra.

— Et Cindy ? Comment est-ce que je la récupère ?

— Dès que nous aurons raccroché, prenez le téléphone portable et sortez. Descendez Simonton Street, en direction du sud. Marchez jusqu'à ce que je vous appelle. Je vous conduirai à elle. Et si votre père me file l'argent, je vous conduirai à elle à temps.

— Que voulez-vous dire par "à temps" ?

— À votre avis, je veux dire quoi ?

— Il faut que je parle à Cindy, dit Jack d'une voix assurée. J'ai besoin de savoir si elle va bien. »

Le silence se fit au bout de la ligne. Dix longues secondes passèrent. Puis vingt. Jack supposa qu'il avait raccroché. Mais non.

« Ja-ack, fit Cindy d'une toute petite voix.

— Cindy ! hurla Jack.

— Je t'en supplie, Jack, fais ce qu'il dit.

— C'est terminé, déclara Esteban. Si vous voulez l'entendre encore, il faudra jouer le jeu comme j'ai dit. Pas de coups fourrés, pas de flics, et tout se passera bien. Allez, Swyteck, en route. » Et il raccrocha.

CHAPITRE 51

Kimmel leur fit d'ultimes recommandations. Jack et son père se conseillèrent mutuellement la prudence, puis quittèrent l'hôtel et prirent chacun une direction opposée. Le gouverneur allait vers l'ouest, vers Mallory Square et ses vastes quais où, au siècle dernier, pilleurs d'épaves et naufrageurs venaient décharger et vendre aux enchères des vins, des soies ou toute autre marchandise dont ils avaient réussi à s'emparer. Pendant le carnaval, Mallory Square établissait une sorte de frontière entre l'agitation forcenée de Duval Street et le calme du golfe de Mexico. Pour sa part, Jack emprunta Simonton Street, vers le sud. Il traversa une zone résidentielle parallèle à Duval Street, et composée principalement de maisons victoriennes à plusieurs étages, construites au XIXe siècle pour les marins, les marchands d'éponges et les chasseurs de trésors. Beaucoup d'entre elles étaient désormais reconverties en pensions de famille, et les panneaux « Bed and breakfast » fleurissaient sur nombre de barrières blanches.

Jack commença par marcher très vite, puis ralentit le pas en se rappelant qu'il ne savait pas où il allait. Une bande de joyeux drilles le dépassa en dansant et en chantant. Des hommes et des femmes déguisés avaient pris des scooters pour rejoindre les festivités.

Il valait mieux ne pas se servir d'une voiture, pendant le carnaval.

En entendant sonner son téléphone portable, Jack tressaillit.

« Tournez à gauche dans Caroline Street, ordonna Esteban, et restez en ligne. Prévenez-moi à chaque carrefour que vous atteindrez. »

Jack s'exécuta. Le vacarme en provenance de Duval Street s'estompait peu à peu, il croisait de moins en moins de piétons pressés de se mêler à la fête. L'obscurité était plus profonde, l'éclairage public se clairsemant et l'épaisse voûte de feuillage occultant le clair de lune... Le trottoir avait éclaté sous la pression des racines de palmiers ou de chênes luxuriants. De majestueuses maisons en bois, aux porches surélevés, à la décoration prétentieuse, semblaient craquer dans le vent. Jack marchait toujours.

« Ça n'a rien à voir avec votre petite amie », dit la voix au téléphone.

Jack soupira. Ainsi, l'appareil ne servait pas seulement à lui indiquer le chemin à prendre.

« Je suis au coin d'Elizabeth Street, dit-il cependant.
– Continuez tout droit, ordonna Esteban avant de reprendre le fil de son discours. Il s'agit en fait de Raul Fernandez. Vous l'avez compris, je suppose. »

Jack marchait toujours. Il ne voulait pas provoquer son adversaire, mais cela faisait deux ans qu'il se posait des questions. Il voulait une réponse. « Parlez-moi de Raul, demanda-t-il.

– Vous savez le plus important. Ce n'est pas Raul qui a eu l'idée de tuer cette fille.

– Dites-m'en plus sur lui. »

La ligne resta silencieuse – un de ces longs silences que Jack avait souvent connus avec ses clients. Désormais, soit son interlocuteur dirait tout, soit il se tairait à jamais. Il entendit Esteban se racler la gorge. « Raul a passé neuf ans en prison à Cuba, avant que nous ne prenions le bateau pour venir ici. Après neuf années de prison, de quoi croyez-vous qu'il avait envie, en arrivant à Miami ? »

Jack hésita. La mention du bateau confirmait la théorie de Kimmel sur l'identité du kidnappeur. Mais il ignorait s'il était censé intervenir activement dans cette conversation ou si son interlocuteur avait l'intention de se livrer à un monologue.

« Dites-le-moi donc.

— Il avait envie d'une pute, connard ! Et il ne demandait qu'à payer pour. Mais il y a tellement de petites garces qui traînent sans vouloir admettre qu'elles sont à vendre que je lui ai conseillé d'en choisir une au hasard. C'est ce qu'il a fait. Et comme il avait besoin d'être encouragé, je suis allé avec lui, pour lui montrer comme c'était facile.

— Vous et Fernandez ? Vous l'avez fait ensemble ?

— Raul n'a tué personne. Le couteau, c'était juste pour lui coller la pétoche. Mais cette petite salope a paniqué, et a tiré sur le masque que portait Raul. Même à ce moment-là, Raul ne voulait pas la liquider. Alors, c'est moi qui l'ai fait, pour sauver sa peau. Comment croyez-vous que j'ai réagi quand c'est lui qui a été arrêté pour meurtre ? J'ai tout essayé pour qu'il ne soit pas condamné à mort. J'ai même avoué. Mais vous, Swyteck, vous n'avez pas joué votre rôle correctement. Le gouverneur, le type qui pouvait arrêter tout ça, c'était votre père. Et vous n'avez rien fait. »

Jack résista à la tentation d'éclairer le kidnappeur. En fait, il était soulagé, davantage pour son père que pour lui-même. L'action du gouverneur avait été justifiée. Selon la loi, puisque le meurtre avait été précédé d'un viol ou d'une tentative de viol par Raul Fernandez, ce dernier était tout aussi coupable que celui qui avait tranché la gorge de la victime. Il avait commis le premier crime, celui qui avait provoqué le meurtre proprement dit. Et c'était passible de la peine de mort. Son père n'avait donc pas donné l'ordre d'exécuter un innocent.

« Vous et Raul vous étiez des copains de taule, alors ?

— Copains de taule ! Quelle connerie ! Pourquoi pas un petit couple de tapettes, pendant que vous y êtes ? Raul était mon frère, ordure. Vous avez tué mon petit frère. »

Jack inspira profondément. Les enjeux venaient de grimper d'un cran. « J'approche de William Street, dit-il.

— Arrêtez-vous. Regardez au sud. Vous la voyez ?
— Quoi ?
— La maison du coin. »

Jack regarda à travers les barreaux de la grille en fer. Une vieille demeure de style victorien dressait ses trois étages devant lui, presque cachée sous la luxuriante végétation tropicale. Elle semblait en bon état, avec ses fenêtres ornées de persiennes bleues et protégées, comme les portes, par des volets en fer que l'on fermait pendant la saison des ouragans, de juin à novembre.

« Je la vois, dit Jack. Elle a l'air complètement fermée.

— Peut-être, mais votre petite amie est dedans. Et elle ne sortira pas. Il faut que vous entriez et que vous la trouviez. Et surtout, n'appelez pas la police pour qu'elle vous aide à la dénicher. C'est une grande maison, et elle est très bien cachée. Peut-être dans le grenier, peut-être sous le plancher. Votre unique chance de la retrouver vivante est de rester au téléphone et de m'écouter. Je vais vous diriger vers elle. Mais grouillez-vous, Swyteck. Il y a une demi-heure, je lui ai fait bouffer de l'arsenic.

— Salaud ! Vous aviez dit que vous ne lui feriez pas de mal.

— Je ne lui ai fait aucun mal. Le seul qui puisse lui faire du mal, c'est vous. Si vous ne suivez pas mes instructions, vous la tuerez. Elle peut encore tenir une vingtaine de minutes sans prendre d'antidote. Plus vite vous la trouverez, plus vite vous pourrez appeler les toubibs. La porte de derrière est ouverte, j'ai retiré les volets de fer. Alors, allez-y, Jacky. Et ne lâchez pas le téléphone. »

L'angoisse et la colère submergèrent Jack. Mais il n'avait pas le temps de s'attarder sur ses émotions. Il ouvrit la grille et se précipita vers l'arrière de la maison. Dans sa course, il buta contre une haie de près d'un mètre de haut, qui protégeait la porte de derrière. L'unique entrée de cette demeure noble et désolée de Key West.

CHAPITRE 52

Harry Swyteck arpentait nerveusement le quai, aux alentours de l'entrepôt où on lui avait ordonné de se rendre pour remettre la rançon. Il était seul, mais les sons assourdis de la fête lui parvenaient encore. Il était aussi près qu'il pouvait l'être de la folle agitation qui régnait sur Duval Street, et pourtant dans un relatif isolement. De temps à autre seulement, quelqu'un passait, déguisé, pour aller forniquer ou fumer un joint dans le parking situé derrière l'entrepôt.

Le gouverneur consulta sa montre. Presque une heure, et aucune nouvelle de Jack ou du kidnappeur. Étrange, pensa-t-il. Il était seul, dans le noir, avec une valise remplie de billets, et il n'éprouvait pas la moindre inquiétude pour lui ou pour l'argent. Il ne pensait qu'à Jack. Il cessa de faire les cent pas pour entrer dans la cabine téléphonique et s'assurer qu'elle fonctionnait toujours. C'était le cas. Les bruits de la fête l'empêchaient d'être aussi vigilant qu'il l'aurait souhaité. Des rires, des cris, toutes sortes de musique le distrayaient sans arrêt. Un orchestre de rock assourdissant jouait dans les jardins de l'hôtel Pier House. Il entendait les accords de la basse et la batterie. Au début, c'était agaçant comme un robinet qui coule goutte à goutte dans la nuit. Mais peu à peu la musique l'étourdit comme des coups de tonnerre retentissant directement dans son cerveau... Si seulement cela s'arrêtait ! Il secoua la tête et tressaillit en s'apercevant que la basse et la batterie arrivaient d'une direction, et le martèlement d'une autre. Il regarda tout autour de lui. Le martèlement était tout proche, il semblait venir de la cabine téléphonique.

« Qui est là ? » demanda-t-il sans obtenir de réponse. Le martèlement résonnait de plus en plus fort, frénétiquement, comme les battements de son cœur. Il avança de deux pas. Un vieux fourgon était garé derrière la cabine téléphonique. Les portes arrière vibraient à chaque pulsation. Le bruit provenait de l'intérieur. Comme si l'on tapait du pied. Quelqu'un essayait de sortir. Les portes s'ouvrirent d'un seul coup et le gouverneur sortit son arme. « Ne bougez pas ! cria-t-il. Qui est là ? »

Le bruit cessa, mais il n'obtint pas de réponse. Le gouverneur se rapprocha du fourgon. Il savait qu'il était inutile de répéter sa question. S'il voulait une réponse, il fallait qu'il entre la chercher.

CHAPITRE 53

Jack ouvrit à la volée la porte de derrière et se trouva dans une cuisine totalement obscure. En passant la main le long du mur, il sentit un interrupteur électrique et l'actionna. Mais la pièce resta aussi sombre. Aucune lumière extérieure ne filtrait dans la maison, depuis que des volets de protection avaient été mis à chaque fenêtre contre les ouragans.

« Il n'y a pas de courant ! cria Jack dans le téléphone.

– Il est coupé. Prenez la torche électrique qui est sur la table. »

Jack se cogna contre une chaise en tâtonnant dans le noir, devina la table et saisit fébrilement la torche. Il sentait l'adrénaline couler à flots dans ses veines, bien qu'il fût terrifié. Le rayon de lumière blanche trancha l'obscurité comme un laser et il eut l'impression d'être un intrus ayant pénétré par erreur dans un autre monde. La vieille maison de bois semblait respirer, elle craquait de tous ses membres. Il y régnait une odeur de moisi, de renfermé ; tout y était très ancien : le mobilier, le papier peint, et même le robinet au-dessus de l'évier. On aurait dit que personne n'y avait vécu depuis une centaine d'années. Ou, plus exactement, on aurait dit que les gens qui l'habitaient cent ans plus tôt y étaient toujours.

« Où est Cindy ? hurla-t-il.

— Prenez à droite de la porte, entrez dans la salle à manger.

Jack se dépêcha d'obtempérer. Sous ses pas, le plancher craquait de façon sinistre. Il tourna la poignée en verre de la porte et entra dans la salle à manger. Sa lampe électrique lui permit de voir une longue table en acajou, avec des chaises assorties. Cindy n'était pas là. Il chercha plus haut, mais le lustre en cristal se contenta de réfléchir la lumière. Il passa les murs en revue, s'arrêta un instant sur un tableau représentant un vieux capitaine au long cours qui avait sans doute vécu ici, et qui y était probablement mort. Le portrait semblait le narguer.

« Où est-elle ?

— Calmez-vous. On a tout le temps. Autant de temps que vous m'en avez accordé pour vous convaincre que Raul était innocent. Maintenant, c'est à votre tour de me persuader que Cindy doit vivre. »

Jack, au comble de la terreur, se rendait compte que l'homme le menait par le bout du nez. La sueur perlait à son front. Il saisit le téléphone pour supplier son interlocuteur. « Écoutez-moi, je vous en prie...

— J'ai dit qu'il fallait me convaincre. Me convaincre, moi, qu'elle ne doit pas mourir.

— Je vous donnerai tout ce que vous voulez. Annoncez votre prix.

— Je veux que vous ressentiez ce que j'ai ressenti. Je veux que vous soyez aussi impuissant que je l'ai été. Rampez, pour commencer, suppliez-moi, Swyteck. Suppliez-moi de ne pas l'exécuter. »

Pendant quelques secondes, Jack ne trouva plus ses mots. Et pourtant, il avait conscience de gaspiller un temps précieux... Il eut beau éclairer le salon et le hall d'entrée, cela ne fit que lui prouver que la maison était immense, et que courir en tous sens pour trouver Cindy était inutile. « Je vous en prie, relâchez-la.

— J'ai dit : Suppliez.

— S'il vous plaît. Cindy n'a jamais rien fait de mal. Elle ne mérite pas ça.

— Essayez dans le placard, en face de l'entrée. »

Jack y courut, l'ouvrit, l'éclaira. « Elle n'est pas...

— Évidemment qu'elle n'y est pas. Supplier, argumenter, cela ne mène nulle part. Vous vous rappelez ? Essayez une autre méthode, pour voir. »

Jack haletait. « Espèce de misérable enfant de salaud, dites-moi où elle est !

— Ah, la colère. Voyons où cela nous mène. Essayez le salon, le réduit sous l'escalier. »

Jack découvrit alors un immense escalier, digne de la demeure de Scarlett O'Hara. Une première volée de marches s'incurvait majestueusement jusqu'au deuxième étage, et l'escalier se rétrécissait pour accéder au troisième.

« Le réduit », dit Esteban, comme s'il s'était rendu compte que Jack n'avait pas bougé.

Les secondes s'égrenaient jusque dans le cœur de Jack. Telle une marionnette, il n'avait d'autre choix que d'obéir aux ordres. Mais il n'y avait rien dans le réduit. « Salaud ! » cria-t-il, sa voix résonnant dans la cage d'escalier caverneuse.

« Le temps passe. Qu'allez-vous faire maintenant ?

— Cessez ce jeu. C'est moi que vous voulez. Prenez-moi.

— Nous y voilà, dit Esteban. C'est votre dernière chance, Swyteck : des aveux, exactement ce que j'attendais. Voyons si ça va marcher, cette fois. Avouez-moi tout.

— J'avoue tout ce que vous voulez.

— Dites-moi très précisément ce que vous avez fait. Avouez que vous avez tué Raul Fernandez.

— J'avoue. Où est-elle ?

— Prononcez les mots, je veux les entendre.

— Oui ! hurla Jack. Oui, j'ai tué Raul Fernandez ! Maintenant, où est Cindy ?

— Juste derrière vous. »

Jack se retourna, examina la cage d'escalier et vit un corps plonger dans l'air immobile tel un missile. « Cindy ! » Puis il entendit l'horrible bruit d'une nuque qui se brise au bout d'une corde. Ses pieds ne touchèrent pas le sol. Jack, désespéré, ne pouvait que hurler d'horreur. Il reconnaissait ses vêtements. Sa tête était recouverte d'une capuche noire, comme lors d'une exécution capitale. « Oh non, mon Dieu ! » s'écria-t-il en pleurant. Il lâcha le téléphone pour monter les marches et essayer de la décrocher, mais elle n'était pas à sa portée. Il se précipita dans le salon pour prendre une chaise sur laquelle grimper et retourna dans l'escalier.

« Inutile, dit une voix grave et solennelle. Elle est morte. »

Jack se figea sur place. Il n'était plus seul. D'un coup de pied, il se débarrassa de la chaise et sortit son arme. Il projeta des éclairs de lumière de toutes parts, sans voir personne. « Je vous tuerai ! hurla-t-il.

– La vengeance, Swyteck. La vengeance ! Nous la voulons tous les deux, maintenant. Venez ! »

Jack ne pensait qu'à Cindy, pendue haut et court. L'idée de sauver sa vie en laissant aller le tueur ne l'effleura pas. Il monta l'escalier en courant, son arme dans une main, la lampe électrique dans l'autre. Au moment où il arrivait sur le palier, un choc violent et assourdissant le renversa et il tomba en arrière. Il se sentit partir, et dégringola, sans pouvoir maîtriser sa chute.

Sa lampe électrique et son arme lui échappèrent des mains lorsqu'il fracassa la balustrade en bois, qui s'effondra avec lui. Sa chute lui semblait ralentie. Il s'entendit enfin crier lorsqu'il se cogna contre une table et trébucha sur le sol du salon, avant de se retrouver couché sur le dos, incapable de respirer, chacun de ses membres paralysé de douleur.

Les secondes passèrent. La pièce était plongée dans une obscurité totale. Puis un rai de lumière se dirigea sur ses yeux.

Esteban le regardait, du haut de l'escalier. Un sourire hideux jouait sur son visage en examinant la position torturée du corps de Jack. Il était heureux qu'il soit encore vivant. Fier de ce qu'il avait accompli, il éclaira un instant la cage de l'escalier, pour admirer le corps sans vie qui se balançait au bout de la corde. Il fourra son revolver dans sa ceinture et sortit son couteau. Passons aux choses sérieuses, songea-t-il, impassible, avant d'éclairer de nouveau Jack avec sa lampe électrique. Son sourire satisfait s'évanouit tout d'un coup. Durant les quelques secondes qu'il s'était accordées pour savourer le résultat de ses efforts, sa proie s'était évaporée.

Esteban examina le sol du salon, perplexe : il n'y avait de sang nulle part. Il grinça des dents de rage en comprenant que sa victime portait un gilet pare-balles. Il descendit rapidement les marches et aperçut l'arme et la lampe de Jack, par terre.

Le criminel retrouva le sourire. Jack était désarmé, et ne pouvait pas être bien loin. La maison était si sombre que, s'il s'était éloigné, il aurait fait du bruit. Or, Esteban n'avait rien entendu. Il braqua le rayon de sa lampe tout autour de l'endroit où il avait vu Jack pour la dernière fois. Le champ de bataille était circonscrit, mais il était assez vaste pour que la chasse fût excitante. Esteban rangea son couteau et reprit son revolver. Cette fois, Jack Swyteck ne s'en tirerait pas comme ça.

CHAPITRE 54

À quelques centaines de mètres de là, le gouverneur Harold Swyteck avançait à pas prudents vers le fourgon aux portes ouvertes. Son arme au poing, le cœur battant, il s'arrêta brusquement à trois mètres du fourgon en avisant un sac de la taille d'un corps qui s'agitait à l'arrière du fourgon.

« Ne bougez pas ! » cria-t-il.

Le mouvement cessa ; une plainte désespérée, monotone, le remplaça. Le gouverneur s'approcha et regarda la plaque d'immatriculation du fourgon. Elle était de Miami.

« Je suis Harold Swyteck », annonça-t-il au pied du camion.

Le murmure s'amplifia.

« Restez parfaitement immobile, j'ai un revolver braqué sur vous. »

Harold pénétra dans le camion et s'agenouilla près du corps. Tenant son arme d'une main, il dénoua rapidement les liens qui fermaient le sac.

« Cindy ! » s'exclama-t-il, reconnaissant la jeune fille à la description que lui en avait faite Jack.

La jeune fille le regardait, les yeux emplis de terreur.

« Tout va bien, ajouta Harry. Je suis le père de Jack. » En ouvrant le sac, il se rendit compte que Cindy était nue. Le monstre lui avait pris ses vêtements. Il la dégagea du bâillon qui l'étouffait.

Elle respira profondément, tenta de remuer ses mâchoires bloquées, et parvint enfin à murmurer, d'une voix tremblante : « Merci, mon Dieu !

— Vous allez bien ?

— Oui, répondit-elle. Mais il faut appeler la police. Il va tuer Jack. Il m'a dit qu'il le ferait, juste avant de me refaire une piqûre qui m'a endormie d'un coup. Il partait pour une autre maison. Il m'a dit que vous me trouveriez dans le camion. Je dois vous transmettre un message de sa part. » Maintenant, Cindy parlait à toute vitesse, sans reprendre son souffle. « Il va tuer Jack, et il veut que ce soit vous qui découvriez le corps. Il est peut-être trop tard pour le sauver. Il a dit que, le temps que je me réveille, Jack serait mort.

— Où sont-ils ?

— Je ne sais pas. Il n'a aucune envie de vous rencontrer. Tout ce qu'il veut, c'est que vous cherchiez Jack, et que vous n'arriviez pas à temps, et que vous trouviez le corps de votre fils mort. »

Harold prit le téléphone portable qui se trouvait dans sa poche. « Code rouge, Kimmel. Cindy est avec moi, elle va bien. Mais Jack est dans de sales draps. J'ai besoin de savoir où il est.

— Une seconde. » Kimmel appuya sur une touche de son terminal. Dans quelques instants, il allait recevoir le signal de Jack. Du moins, il aurait dû le recevoir. Mais Jack n'émettait pas.

« Merde, je ne le reçois pas.

— Quoi ?

— Je ne reçois rien, je vous dis.

— Qu'est-ce qui se passe ?

— Je ne sais pas, déclara Kimmel. Il a peut-être perdu son émetteur. Je suis désolé, monsieur le Gouverneur. Je ne peux pas le localiser. »

Ces paroles ébranlèrent le courage de Harry. « Que Dieu lui vienne en aide, dit-il tout bas. Mon Dieu, je vous en supplie, aidez-le. »

CHAPITRE 55

Confiant, déterminé à en finir, Esteban descendit les marches de l'escalier en frôlant le corps sans vie de Rebecca. Il avait posé sa lampe électrique allumée sur la plus haute marche. Le rayon éclairait la cage de l'escalier. Esteban avait besoin de lumière, mais il ne voulait pas révéler l'endroit où il se trouvait en la transportant avec lui. Son corps élancé projetait une ombre longiligne dans le salon. Silencieux comme un serpent, l'arme bien en main, le cœur battant à un rythme normal, Esteban se préparait sans émotion particulière à accomplir un nouveau forfait. Il avait répété trop souvent cette expérience pour qu'elle l'émût encore. Le choix qu'il avait à faire était simple : attendre que sa proie quitte sa cachette, ou la débusquer. Or, ce qu'aimait par-dessus tout le meurtrier était de forcer le gibier à quitter son refuge.

Dans la minuscule salle de bains au bout du couloir où s'était dissimulé Jack, la chaleur était suffocante. Il transpirait de tous ses pores. Son gilet pare-balles lui collait à la peau, mais il n'osait pas le retirer. Il lui avait déjà sauvé la vie une fois, même si une douleur aiguë et constante laissait supposer que le choc de la balle lui avait cassé une côte. Pour l'atténuer, il respirait à tous petits coups. C'était le dernier de ses problèmes : il n'avait plus d'arme, pas de lumière, et aucun contact avec l'extérieur. En dégringolant l'escalier, il avait tout perdu. Quant à l'émetteur que lui avait remis Kimmel, l'impact de la balle l'avait détruit. Il ne possédait qu'un atout : la surprise. Parfaitement immobile, debout derrière la porte ouverte de la salle de bains, dos au mur, il tendait attentivement l'oreille, guettant le moindre bruit. Le moment de l'ultime confrontation avait sonné, et Jack était intimement convaincu que, du criminel ou de lui, un seul sortirait vivant de cette maison.

Le revolver braqué devant lui, Esteban progressait pas à pas dans l'entrée. Le faible rayon de sa lampe torche ne l'éclairait plus, mais il était en territoire familier. Avant l'arrivée de Jack, il avait exploré plusieurs fois tous les recoins de la maison. Il savait qu'il allait trouver sur sa droite la porte d'une chambre à coucher et qu'il y avait une salle de bains au bout du couloir. Collé au mur, il s'arrêta à environ un mètre de la porte ouverte de la salle de bains.

Jack était dans le noir complet, mais ses yeux s'étaient habitués à l'obscurité. Par la fente entre les gonds de la porte, il examinait le couloir. Sa vision nocturne s'améliorait à chaque instant. Enfin, il vit Esteban, sombre silhouette, revolver à la main.

Le cœur battant, les mains tremblantes, Jack, qui s'était coupé la lèvre en tombant, lécha le sang qui perlait. L'ombre s'approchait. Il ne voyait ni ses yeux ni les traits de son visage, mais il savait que son ennemi était là, en face de lui. Esteban l'avait-il vu ? S'amusait-il avec lui, le sachant sans arme, sans défense ? Jack le saurait très bientôt. Esteban avait le choix entre deux portes : celle de la chambre, celle de la salle de bains. Jack attendait, retenant sa respiration.

Va dans la chambre, supplia-t-il en silence.

Du temps passa. Puis Esteban bougea, se rapprocha. Il avait choisi la salle de bains.

Jack, qui n'osait pas remplir ses poumons d'air de peur d'être repéré, l'entendait respirer. Figé contre son mur, la porte ouverte devant le nez, il lui fallait maintenant imaginer la progression du meurtrier : un pas de plus, et il serait dans la pièce.

Soudain, d'un seul mouvement d'une force inouïe, Jack repoussa la porte sur Esteban. Celui-ci, le poignet coincé, hurla. La main qui tenait le revolver était à l'intérieur de la salle de bains. Un coup de feu éclata, brisant en mille morceaux le miroir au-dessus du lavabo. Une autre balle fracassa le lavabo lui-même. Jack s'appuyait de tout son poids contre la porte. Il poussa encore un peu plus fort, et entendit le revolver tomber sur le carrelage.

Sans libérer la porte qui retenait Esteban par le poignet, Jack chercha le revolver du pied et le localisa. Un craquement sinistre résonna juste au-dessus de sa tête, puis un autre, et Jack hurla en sentant la lame du couteau d'Esteban frôler sa tête et s'enfoncer dans son avant-bras après avoir traversé le bois de la porte. Il plongea au sol et saisit le revolver, s'attendant à l'irruption d'Esteban. Il tira deux fois, mais n'entendit aucun bruit de chute. En revanche, des pas pressés dans l'entrée lui apprirent que le meurtrier s'enfuyait en courant. Il tira à nouveau, mais la cible était déjà à l'abri. Jack se jeta à la poursuite d'Esteban. Un fracas retentit dans la cuisine. Esteban s'échappait ! La porte de derrière claqua à l'instant où Jack pénétrait dans la cuisine. Il se précipita sur le perron, regarda à droite et à gauche. Un homme en noir courait sur le trottoir, en direction de Duval Street. S'il arrivait à se fondre dans la foule du carnaval, le tueur serait définitivement hors de portée. En dépit de sa douleur dans les côtes et de ses blessures au bras et au front, Jack n'hésita pas : il fourra son arme dans sa ceinture et se lança à la poursuite d'Esteban.

Malgré le poids du gilet pare-balles, Jack courait plus vite que jamais : il gagnait du terrain sur le meurtrier.

Plus on se rapprochait de Duval Street, plus on croisait d'ivrognes égarés, mieux on entendait la musique. Une pétarade éclata soudain, provoquant cris et rires.

« Hé, attention ! » s'exclama une femme déguisée en Cléopâtre, mais Esteban la bouscula comme si elle n'existait pas et plongea au cœur d'une parade joyeuse qui défilait en rangs serrés sur Duval Street. Jack s'y engouffra derrière lui, essayant désespérément de ne pas perdre sa cible de vue dans une foule aussi compacte. Mais un océan de plumes, de confettis et de visages peints l'avala bientôt. Lorsque Jack parvint à se libérer du cercle des danseurs, Esteban avait disparu.

« Espèce de crétin ! » cria quelqu'un. Jack leva les yeux en direction de l'invective. Esteban venait de heurter violemment un long et sinueux dragon chinois composé de dizaines de personnes et l'avait brisé en son milieu. Ainsi donc, pensa Jack, Esteban ne se contentait pas de s'enfuir au hasard : il allait quelque part, et tentait de s'y rendre par le plus court chemin. Il prenait la direction du nord, et de Mallory Square. En un éclair, Jack songea à un bateau. Le meurtrier s'apprêtait à s'enfuir par bateau ! Le jeune homme n'hésita qu'une seconde, le temps de penser à Cindy, puis il se jeta à sa suite, bousculant au passage d'innombrables Napoléon, Beatles et autres Marilyn Monroe.

Esteban larguait les amarres d'un hors-bord lorsque Jack, à bout de souffle, atteignit enfin le quai de bois à l'extrémité de Duval Street. Les trois moteurs hurlèrent de conserve. Jack s'arrêta, sortit son arme et visa. Un clown cria, la foule s'écarta : l'arme de Jack faisait trop vrai pour le carnaval. Un homme des cavernes surgit, se prenant pour un héros, et fit voler le revolver des mains de Jack d'un coup de son gourdin.

« Non ! » s'exclama Jack en voyant son revolver s'enfoncer dans les eaux de la marina.

Le bateau d'Esteban s'éloignait du bord, zigzaguant entre les embarcations. Instinctivement, Jack s'élança et sauta sur la proue du bateau au moment même où

Esteban mettait les gaz. Les moteurs rugirent et la proue s'éleva au-dessus de l'eau, faisant perdre son équilibre à Jack qui se débrouilla tant bien que mal pour se remettre debout.

Esteban, qui avait vu son passager indésirable, tenait le volant d'une main tandis que de l'autre il essayait de pousser Jack à la mer avec une longue gaffe. Le bruit des moteurs était de plus en plus assourdissant : le bateau, lancé à pleine vitesse, rebondissait violemment de vague en vague. Jack tomba à genoux. D'un rapide coup de volant, Esteban fit tourner le bateau vers la droite, et Jack s'écroula sur le pont. En moins de temps qu'il ne faut pour le dire, il passa par-dessus bord.

Toussant et crachant de l'eau salée, Jack parvint à émerger. Il allait se mettre à nager lorsque ses pieds heurtèrent le sol. En moins de quatre-vingt-dix secondes, le hors-bord avait parcouru plus d'un kilomètre et demi. Jack avait été projeté aux abords immédiats d'un récif de corail où il pouvait se tenir debout, la tête hors de l'eau. Il maudit le sort en regardant s'étirer la longue trace d'écume blanche que laissait derrière lui le bateau d'Esteban. Soudain, le meurtrier fit demi-tour. Il revenait vers Jack, à pleins gaz.

Bon sang ! se dit le jeune homme, il va m'écrabouiller.

Il plongea et se colla au récif. Il se coupa les mains et les genoux contre les pointes aiguës du corail, mais cela lui sauva la vie. Le bateau fonçait à nouveau sur lui. Jack s'agrippa fermement, et l'hélice passa trente centimètres au-dessus de lui. Jack émergea un instant pour respirer. Le bateau revenait, mais plus lentement. Esteban voulait sans doute vérifier que le sale boulot était accompli. Cela faisait deux ans qu'il attendait : il voulait voir le sang de Jack, de ses propres yeux.

« Alors, Swyteck, cria-t-il, te voilà transformé en nourriture pour les poissons ? » Esteban était presque certain d'avoir coupé en deux ce salaud d'avocat. Il avait senti le choc. Mais l'eau était si peu profonde qu'il était possible que l'hélice ait cogné un haut-fond au lieu de remplir son office de mort. Il regarda lentement à droite et à gauche, tout autour de l'endroit où il avait vu sa proie pour la dernière fois.

Jack se cramponnait au massif de corail comme si sa vie en dépendait. Cependant, l'air n'allait pas tarder à lui manquer. Le bateau était juste au-dessus de lui, évoluant à vitesse réduite. Les secondes passaient. Incapable de résister plus longtemps, les poumons sur le point d'éclater, Jack émergea et accrocha la plate-forme de plongée à l'arrière du bateau. Un coup d'œil prudent lui prouva qu'Esteban ne l'avait ni vu ni entendu. Même au ralenti, le fracas des trois moteurs était infernal. Jack se hissa doucement sur la plate-forme. Esteban scrutait les vagues, dans l'espoir de voir flotter des lambeaux de chair. Silencieux comme un chat, Jack se dirigea vers les moteurs dans l'intention de couper les arrivées de fuel. Esteban ne ferait plus qu'un ou deux kilomètres avant de tomber en panne et de dériver au gré des courants. Il y était. Mais un cri lui échappa lorsqu'il posa la main sur les moteurs brûlants, et Esteban l'entendit.

« Crève ! » hurla-t-il à Jack ; et, se servant de sa gaffe comme d'une hache, il l'abattit sur le dos de Jack.

Malgré la douleur fulgurante, Jack eut la présence d'esprit de saisir la gaffe et de tirer, entraînant Esteban dans son plongeon. Les deux hommes étaient maintenant sous un mètre d'eau, et se cognaient en même temps contre le récif de corail. Esteban fit surface le premier, s'ébrouant comme un poisson ferré pour maintenir Jack sous l'eau. Trébuchant sur le corail en essayant de trouver un appui, Jack essayait de sortir sa tête de l'eau. Mais les doigts puissants d'Esteban se refermèrent sur sa gorge avant qu'il ait posé ses pieds sur le sol hérissé. Il essaya de donner des coups de poing et des coups de pied, mais la résistance de l'eau réduisait ses tentatives à zéro. Il avalait de plus en plus d'eau, ses narines brûlaient. Il ouvrit la bouche et emplit ses poumons d'eau salée.

Frénétiquement, Jack chercha une pierre qui pût lui servir d'arme. Il n'y en avait pas. Mais le corail offrait sa forêt fossilisée, pointue et coupante comme le verre. Il saisit à l'aveuglette une formation qui tenait des bois d'un jeune cerf, l'arracha et la lança en direction de la tête d'Esteban. Aveuglé par l'eau et l'écume, Jack dut attendre que se relâchât la terrible pression autour de son cou pour supposer qu'il avait atteint son but. Il se libéra enfin et fit surface en toussant.

Jack recracha un maximum d'eau salée. À cinq mètres de lui, Esteban nageait. Il avait retrouvé la gaffe et la brandissait une fois encore. Du sang coulait sur son visage et son cou.

« Fils de pute ! hurla Esteban. Salaud de fils de pute ! » Il jeta son bras en avant, mais Jack évita la gaffe et la saisit. Les yeux d'Esteban, affaibli par une grosse perte de sang, étaient vitreux ; il ne tenait plus la gaffe aussi solidement. Mais il n'abandonnait toujours pas la partie. « Ça suffit ! » hurla Jack.

Il se jeta en avant, brisa les dents du Cubain avec la gaffe et la lui enfonça dans la gorge avec une telle violence que l'homme bascula en arrière et que sa tête disparut sous l'eau. Jack maintint sa prise et ne la relâcha que trente secondes plus tard, lorsqu'il ne vit plus de bulles venir crever à la surface. Il rejoignit alors le bateau à la nage.

Une fois à bord, Jack examina les alentours attentivement : il ne pouvait croire que le combat était fini. Durant une dizaine de minutes, il garda les yeux fixés sur l'endroit où Esteban avait disparu, s'attendant à moitié à le voir resurgir, comme le requin articulé du film *Les Dents de la mer*. Mais on était dans la vraie vie, et ici les gens payaient le prix de leurs actions. La pleine lune éclairait la scène. Une étoile filante illumina le ciel. Les vagues clapotaient doucement contre la coque du bateau. La tragédie qui s'était jouée n'avait en rien perturbé les rythmes de la nature, pensa Jack, médusé.

Le bruit d'un hélicoptère lui fit lever les yeux. Un appareil de la brigade côtière approchait. Jack ne bougeait absolument pas. Peu à peu, le courant dispersait le nuage rouge sombre formé par le sang d'Esteban tout autour du récif de corail. Quelle ironie ! songea-t-il. Des milliers d'opprimés avaient fui Cuba à bord de rafiots de fortune et s'étaient perdus à jamais dans les eaux de l'Atlantique. Cette fois-ci, c'était l'un des oppresseurs qui allait par le fond. Et, grâce à Dieu, la mer ne le rendrait jamais.

Jack regarda l'hélicoptère, qui descendait doucement et s'immobilisa non loin de lui. Par la vitre qui brillait sous le clair de lune, il aperçut son père. Il lui fit signe, pour indiquer qu'il allait bien. Le gouverneur ouvrit la porte de verre et lui rendit son salut.

« Elle est saine et sauve ! cria le gouverneur en essayant de couvrir le bruit du rotor. Cindy va bien. »

Jack entendit les paroles, mais ne réagit pas. Elle ne pouvait pas être en vie. Il l'avait vue, de ses propres yeux, se balancer au bout d'une corde, et lui arracher ainsi une grande partie de l'âme. Cependant il voulait y croire. Il voulait tant y croire ! Il regarda son père et autorisa une petite parcelle d'espoir à faire son chemin dans son cœur torturé.

« Je viens de la voir, je l'ai serrée dans mes bras », cria le gouverneur, qui voyait l'incrédulité peinte sur le visage de son fils.

On lui jeta une corde, mais Jack était trop abasourdi pour bouger. Peu à peu, la vérité éclata dans son cerveau. Cindy était vivante. Son père était là. Tout danger était écarté. Il attrapa la corde et nagea lentement vers le salut. Les vagues que soulevaient les pales de l'hélicoptère éclaboussaient son visage ; toutefois, Jack n'en avait cure : toutes ses écorchures, toutes ses blessures, toutes les traces de cette terrible aventure que portait son corps meurtri n'avaient plus qu'une seule fonction : lui rappeler qu'il était vivant et que sa vie, désormais, aurait un sens.

Les larmes de fierté et de joie qui brillaient dans les yeux de son père achevèrent de le lui confirmer !

ÉPILOGUE
Janvier 1995

Avant que la mer n'eût rapporté le cadavre d'Esteban, son histoire avait déferlé sur le continent avec la violence d'un raz de marée. La tempête médiatique commença le dimanche matin, et dura des semaines. Cependant, dès les premières vingt-quatre heures, l'essentiel était connu. Chaque journal de Floride lui consacrait sa première page. Les chaînes locales de radio et de télévision ouvraient leurs magazines d'information avec le récit de ses méfaits, et même CNN retransmit la nouvelle et vint enquêter sur place.

Dès le lundi après-midi, la vérité avait largement éclaté. L'opinion publique savait que ni Jack ni son père n'avaient tué Eddy Goss. Ce meurtre, commis par Esteban qui avait accumulé les indices contre Jack, faisait partie de son plan pour le faire accuser et condamner pour un crime qu'il n'avait pas commis. Tout le monde savait que Jack n'avait pas tué Gina Terisi non plus, mais qu'Esteban avait ajouté cette dernière touche à son coup monté. Le gouverneur Swyteck était lavé de tout soupçon : il n'avait pas fait exécuter un innocent, puisque, comme Esteban l'avait raconté à Jack, Raul Fernandez était en train de violer la jeune fille

343

lorsque Esteban l'avait tuée. Les deux criminels n'avaient eu que le sort qu'ils méritaient.

Lundi soir, les Swyteck étaient considérés comme des héros. Ils avaient éliminé un dangereux psychopathe, ancien homme de main de Castro. De nombreux leaders nationaux écrivirent au gouverneur pour le féliciter. À Little Havana, il circulait une pétition pour créer un boulevard Swyteck. Au milieu de tout ce brouhaha, c'est à peine si l'on remarqua une déclaration discrète émanant du cabinet du procureur : Wilson McCue abandonnait l'instruction contre les Swyteck.

Le premier mardi de novembre, les électeurs se rendirent aux urnes. Le pourcentage d'abstentions n'avait jamais été aussi faible dans toute l'histoire de la Floride. Et nul ne se souvenait d'un aussi fantastique retournement d'opinion en deux jours seulement.

« La seconde fois, c'est encore meilleur ! » s'écria Harry Swyteck du haut de l'estrade, le soir de son bal inaugural.

Acclamations et vœux emplirent la grande salle de bal où s'étaient réunis trois cents amis et invités. Tous levaient leur verre à la santé du gouverneur réélu.

L'orchestre entama son premier morceau. Le gouverneur prit Agnès par la main et la conduisit sur la piste. Ils dansèrent tendrement. Lui en habit, elle en longue robe de taffetas blanc, ils formaient un beau couple, que l'on aurait pu croire en train de célébrer ses noces d'argent.

Agnès et Harry furent bientôt rejoints par la foule des danseurs. Jack et Cindy, assis à la table d'honneur, les observaient. Cela faisait très longtemps qu'ils n'avaient été aussi heureux, même si la terrible aventure qu'ils avaient vécue avait laissé des traces : Cindy faisait d'horribles cauchemars, et n'osait pas rester seule. Jack et elle pensaient constamment au calvaire qu'avait subi Gina.

Cependant, peu à peu, les blessures se cicatrisaient,

et ils puisaient dans leur amour des forces nouvelles. Cindy avait repris son travail au studio de photo, Jack avait ouvert son propre cabinet d'avocat et jouissait pour la première fois du bonheur de pouvoir choisir ses clients. En cette fin d'année, ils avaient retrouvé leur appétit de vivre.

Jack ne pouvait cacher son admiration pour Cindy, assise en face de lui à table. Elle portait une superbe robe d'un rouge profond, très décolletée. Ses cheveux blonds étaient noués en un lourd chignon. Des pendants d'oreilles en diamant, prêtés par Agnès, encadraient son visage rayonnant.

« Viens, lui dit Jack en la prenant par la main. Je veux te montrer quelque chose. » Bras dessus, bras dessous, ils quittèrent la salle de bal. Les jardins de l'hôtel, de style méditerranéen, étincelaient au clair de lune.

Une musique douce leur parvenait par les baies vitrées, grandes ouvertes. Jack et Cindy marchaient lentement sous les palmiers, environnés d'odeurs enivrantes. Ils s'arrêtèrent à côté d'une fontaine, sur une terrasse qui surplombait un court de tennis et une piscine. Jack posa leurs deux verres de champagne sur la balustrade et prit Cindy dans ses bras. Sans qu'elle s'en aperçût, il sortit de sa poche une bague ornée d'un diamant et la jeta dans son verre.

« Enfin, vous voilà ! s'exclama le gouverneur avec un sourire. Depuis le début de la soirée, j'essaie d'être seul avec vous. »

Jack n'était pas certain d'apprécier l'interruption, mais Cindy lui rendit son sourire.

« Nous aussi, monsieur le Gouverneur, nous avions envie d'être seuls avec vous. Et de porter un toast personnel en l'honneur des quatre années à venir.

– Excellente idée ! Mais je n'ai pas de verre.

– Attends, dit Jack. Je vais... »

Cindy voulut lui tendre le sien, mais elle le renversa et il tomba de l'autre côté de la balustrade.

« Oh non ! s'écria Jack en regardant, horrifié, le

verre s'écraser dix mètres plus bas et se briser en mille morceaux sur le rebord de la piscine.

— Que je suis maladroite ! » s'écria Cindy d'un ton contraint.

Jack ne quittait pas des yeux le point d'impact du verre. Sans dire un seul mot, il partit en courant, dévala les marches qui descendaient vers la piscine et se mit à scruter chaque centimètre carré du sol dallé. Il y mettait l'attention forcenée d'un octogénaire s'activant sur une plage avec un détecteur de métal. Mais il ne trouva que des éclats de verre. Agenouillé, il dut se rendre à l'évidence : la bague avait disparu.

« C'est ça que tu cherches ! » demanda Cindy d'un air détaché. Elle était debout à côté de lui, et lui tendait sa main où brillait la bague qu'elle s'était passée au doigt.

Jack prit la mine ahurie de quelqu'un qui vient de se faire piéger par la Caméra invisible.

« Tu m'as vu la déposer dans ton verre ? »

Cindy hocha la tête.

« Et tu l'avais depuis le début ? Elle n'est pas tombée avec le verre ?

— Je l'ai repêchée pendant que tu regardais ton père », dit-elle en souriant.

Il secoua la tête avec un grand rire. Puis, levant les yeux vers elle, il ouvrit les bras. « Alors ?

— Alors, répondit Cindy, puisque tu es déjà à genoux...

— Tu veux bien ?

— Je veux bien quoi ?

— M'épouser ?

— Mmmmm..., commença Cindy, avant de répondre avec un grand sourire : Tu sais bien que oui. » Elle lui tendit la main pour l'aider à se relever, et l'enlaça.

Ils oublièrent le reste du monde pendant quelques instants. Mais une salve d'applaudissements leur rappela soudain qu'ils étaient en public. Au-dessus d'eux, penchés à la balustrade de la terrasse, le gouverneur,

Agnès et une dizaine de couples qu'Harry avait prévenus lorsque Cindy lui avait montré la bague riaient et battaient des mains.

Jack leur fit un grand signe de la main, puis salua.

« Ton père est fier de toi, affirma Cindy en regardant Jack dans les yeux. Et quand nous aurons un petit Jack, ou une petite Jackie qui nous courra dans les pattes, nous serons fiers, nous aussi.

– D'accord pour Jackie si c'est une fille. Ça sonne bien. Mais si c'est un garçon, j'aimerais qu'on l'appelle Harry, dit Jack pensivement, comme son grand-père. »

Cindy se serra contre lui. « Je suis heureuse qu'il ait un grand-père.

– Moi aussi », déclara Jack.

Et le père et le fils échangèrent un long regard, où se lisait enfin le pardon, accordé et reçu.

*Achevé d'imprimer en septembre 1999
sur les presses de l'Imprimerie Bussière
à Saint-Amand (Cher)*

POCKET - 12, avenue d'Italie - 75627 Paris Cedex 13
Tél. : 01-44-16-05-00

— N° d'imp. 2080. —
Dépôt légal : octobre 1999.
Imprimé en France